AF140700

Lukas

K. J. Weiss

LUKAS

Irrwege
eines Hochbegabten

Bibliografische Information der Deutschen Nationalbibliothek:
Die Deutsche Nationalbibliothek verzeichnet diese Publikation in der Deutschen
Nationalbibliografie; detaillierte bibliografische Daten sind im Internet über
http://dnb.dnb.de abrufbar.

© 2015 K. J. Weiss

Illustration: *Ralf B. Franke / Achim Mehardel*

Herstellung und Verlag: BoD – Books on Demand, Norderstedt

ISBN: 978-3-7386-3636-9

„Es ist kein Luxus, große Begabungen zu fördern, es ist Luxus und zwar sträflicher Luxus, dies nicht zu tun."

A. Herrhausen

Vorwort

Immer noch hält sich in unserer Gesellschaft das Bild vom Überflieger, vom Schulgenie, wenn von hochbegabten Kindern die Rede ist. In den Medien wird zwar ab und an auch von Kindern berichtet, die ins Ausland flüchten, weil sie hier in Deutschland trotz Hochbegabung untergehen oder zu Leistungsverweigerern werden, doch entsteht, da wir betroffenen Eltern uns so sehr zurückhalten, auch nur wieder der Eindruck von Einzelfällen.

Noch ist nicht wissenschaftlich geklärt, warum die einen Hochbegabten keine Probleme haben, die anderen hingegen kläglich scheitern. Tatsache ist, in psychiatrischen Kliniken und ambulanter Behandlung werden prozentual gesehen mehr hochbegabte als normale Kinder betreut. Einige Experten vertreten, leider noch hinter vorgehaltener Hand die Meinung, bei hochbegabten Kindern liege die Chance des Scheiterns in der heutigen Gesellschaft, sei es nun schulisch oder sozial, bei einem Verhältnis von 50 zu 50.

Oft hören wir Eltern auch von Lehrern den Vorwurf, es läge an unserer Erziehung, wenn unsere Kinder Schwierigkeiten machen, ja selbst viele Kinderpsychologen versuchen unsere Kinder anzupassen oder ihr Selbstwertgefühl zu steigern, damit sie dann besser in dieser normalen Welt zurechtkommen. Wenige geben offen zu, dass es auch an unserer Gesellschaft und unserem Schulsystem liegt, wenn diese Kinder scheitern.

Wir Eltern stehen meist mit unseren Problemen alleine da, versuchen selbst über lange Zeit unsere Kinder anzupassen, wollen sie und uns nicht außerhalb des Systems stellen, wären gerne konform. Statt uns zusammenzuschließen und Veränderungen für unsere Kinder zu fordern, ziehen wir den Kopf ein und versuchen irgendwie durchzukommen. Wenn einem lange genug von verschiedenen Lehrern, Ämtern, teilweise sogar von den Ärzten und dem Freundes- und Bekanntenkreis vermittelt wird: Ihr seid nicht normal, ihr seid schuld, wenn die Kinder immer mehr Verhaltensauffälligkeiten entwickeln, beginnen wir Eltern damit unsere Probleme und die Andersartigkeit unserer Kinder zu verbergen und ziehen uns zurück. Kaum einer bringt dann noch den Mut auf zu kämpfen. Und was erreicht man denn auch ganz allein?

Es gibt einen Satz, den ein renommierter Psychologe auf dem Gebiet der Hochbegabung gerne verwendet, den ich mir, wenn ich nicht mehr weiter weiß und aufgeben will, stets vor Augen halte: Für die Hochbegabten sind Normalbegabte wie Lernbehinderte.

Unser Problem ist, dass wir so wenige sind. Wenn normalbegabte Kinder jeweils als Einzelfälle in einer Klasse mit Lernbehinderten an deren Unterricht teilnehmen müssten, in demselben Tempo, ohne die Möglichkeit je etwas anderes machen zu dürfen, die Eltern würden Zeter und Mordio schreien - und Recht bekommen.
Uns Eltern geht es in erster Linie darum glückliche Kinder zu haben. Doch bei vielen geht Zufriedenheit nun mal nur über Förderung ihrer kognitiven Fähigkeiten und dem Zugeständnis, dass auch sie als Gleiche unter Gleichen lernen und leben können, sowie Verständnis auf Grund ihrer Andersartigkeit brauchen. Es ist nicht so, dass sie nur schneller denken, sie haben oft auch ganz andere Denkstrukturen, Querdenken wird zur Gewohnheit, die Fähigkeit alles über den Verstand lösen zu wollen, nicht selten zur emotionalen Falle.

Dieses Buch ist keine wahre Geschichte. Doch auch wir haben einen 'Lukas´, der zu den sogenannten Underachievern gehört. Einiges aus unseren Erlebnissen ist mit eingeflossen, vieles habe ich aus dem Erzählen und Miterleben der Lebens- und Leidensgeschichten anderer hochbegabter Kinder entnommen. Auch wir sind lange den Weg der Anpassung gegangen, fast zu lange sogar. Doch rechtlich gibt es für uns und alle verzweifelten Eltern keinerlei Möglichkeiten Differenzierung und Förderung unserer Kinder einzuklagen, noch dürfen wir sie dem öffentlichen Schulsystem entziehen.

I

Sie lag im Dunkeln und versuchte nicht auf das monotone Ticken der Uhr zu achten, das in der Stille der Nacht immer lauter und störender zu werden schien. Das tiefe, gleichmäßige Atmen aus dem Nachbarbett steigerte ihre Nervosität noch mehr und sie gab es schließlich auf, das Einschlafen erzwingen zu wollen, wie sie es eigentlich jeden zweiten Sonntag aufgab und sich jedes Mal stundenlang unruhig hin und her wälzte.

Wie immer, wenn Lukas gerade zurück ins Internat gefahren war, kreisten ihre Gedanken um das eine Thema.

Es war so ungerecht, so unfair, so widersinnig, sie konnte sich einfach nicht damit abfinden, und die innere Leere, das Gefühl des Verlustes quälten sie stets aufs Neue. Wenn Lukas wenigstens mit dieser Situation glücklich gewesen wäre, hätte sie sich fügen können, es als gegeben hingenommen. Aber jedes Mal, wenn sie die Augen schloss, sah sie wieder sein Gesicht vor sich, dieses volle, sommersprossige Jungengesicht mit der lustigen Stupsnase und dem Igelschnitt, wie es diesen hoffnungslosen Ausdruck annahm, wie ihr Sohn krampfhaft versuchte das Weinen zu unterdrücken, seine hängenden Schultern, sein gekrümmter Rücken, wenn er, wie ein geprügelter Hund, zum Auto schlich. Dann sein erster Anruf gleich am nächsten Morgen noch vor der Schule, sein unterdrücktes Schluchzen am Telefon, die spürbare Resignation in den darauffolgenden Tagen, seine Versuche jedes Telefongespräch noch mehr auszudehnen, an ihrem Leben zu Hause teilhaben zu wollen, die Eifersucht auf die Geschwister, die in unmäßige Liebe umschlug, wenn er wieder zu Hause war. Das Bemühen sich in den kurzen zweieinhalb Tagen des Daheimseins wieder in das Familienleben zu integrieren, dann das langsame Aufdämmern, dass er jetzt nirgendwo mehr richtig dazugehörte, nicht zu Hause, nicht im Internat, sein inneres Hin- und Hergerissensein zwischen diesen beiden Leben mit ansehen zu müssen und doch nicht helfen zu können. Die Schule, die Freunde dort, konnten das Familienleben mit seinen Eltern und Geschwistern nicht ersetzen, die Liebe und Geborgenheit nicht geben, die er noch so sehr brauchte. Die Familie, so stark sie auch zusammenhielt, reichte nicht aus, den Schulfrust daheim, die Isolation, das so spürbare Gefühl des Andersseins aufzufangen und auszugleichen.

Sie stöhnte auf, Bitterkeit keimte in ihr auf und Zorn; auf das System, das sich stur stellte und nicht zugab, dass auch solche Kinder Hilfe brauchten, auf sich selbst und Roland, ihren Mann, dass sie hilflos waren, sich nicht wehrten - irgendwie -, keinen Ausweg fanden; auch Neid, dass gerade ihre Kinder nicht so pflegeleicht waren wie andere, sich nicht einfinden konnten in dieses Schulsystem, diese Gesellschaft; und auch Selbstzweifel, ob es nicht doch an ihr und Roland lag, an ihrer Erziehung, dass alles so gekommen war.

Die Uhr im Wohnzimmer stimmte ihr Stundengeläut an, sie horchte. Ein Uhr, und sie war hellwach. Sie drehte sich auf den Rücken, stopfte sich das Kissen in den Nacken und dachte zurück an die Zeit, als alles begonnen hatte.

Ja, wann denn eigentlich? Ihr war Lukas ja eigentlich immer als völlig normal erschienen, seine Art zu denken, seine Art zu reden, zu begreifen, zu spielen. Obwohl sie jetzt rückblickend doch sah, auch damals schon, nur eher unbewusst gesehen hatte, dass er anders war als andere, sich irgendwie von den normalen Kindern unterschied, eigentlich schon von Geburt an.

Lukas war ein Wunschkind. Sie erinnerte sich noch an die aufregende Zeit der Schwangerschaft, der Freude und des mit nichts zu vergleichenden Glücksgefühls als er geboren wurde, aber auch an den Stress der ersten Lebensmonate. Nein, so wie sie und Roland es sich oft ausgemalt hatten, waren diese ersten Wochen des Lebens zu dritt nun wirklich nicht verlaufen. Sie lachte leise: Da denkt man als Ersteltern an eine wonnige, kleine Puppe, die man zärtlich umhegen kann, füttert, badet, im Kinderwagen spazieren fährt, die noch viel schläft und, wenn sie wach ist, zufrieden in Mamas Arm liegt oder auf der Decke, während die Mutter fröhlich ihrer Hausarbeit nachgeht.... . Nein so sah ihre Wirklichkeit nicht aus. Lukas war von Geburt an ein ewig waches, fordernd schreiendes Baby, das nur zufrieden war, wenn es herumgetragen und beschäftigt wurde. Schlafpausen von halbstündiger Dauer reichten, um ihn danach für sechs Stunden wach zu halten. Aber dafür schlief er nachts relativ schnell durch, sodass sie sich genug regenerieren konnte, um das stressige Tagespensum Kind und Haushalt einigermaßen bewältigen zu können.

Dazu vermisste sie gerade in den ersten Monaten ihre abwechslungsreiche Arbeit und die täglichen Gespräche mit den Kollegen. Ihre Freundinnen waren alle berufstätig und hatten noch keine Kinder. Und abends war sie viel zu müde, um noch ausgehen zu wollen. Doch nach und nach gewöhnte sie sich an das neue Leben, die fast täglich zu entdeckenden Fortschritte ihres Sohnes, die gesamte Entwicklung vom Baby zum Kleinkind zum ersten Mal selbst erlebt, entschädigte für vieles.

Sobald Lukas auf seiner Decke liegend sich eigenständig mit seinen Spielsachen beschäftigen konnte, wurde er auch selbständiger, war über längere Zeiträume mit sich allein zufrieden, musste nicht mehr ständig herum getragen werden. Das häusliche Leben spielte sich ein. Sie meldete sich mit ihm zu einem Babyschwimmkurs an, wurde regelmäßiger Besucher der Stadtbücherei und unternahm lange Spaziergänge mit zwei anderen Müttern aus der Nachbarschaft. Natürlich kümmerte sie sich weiterhin viel um Lukas, es machte ihr Spaß zu beobachten, wie er fast täglich dazu lernte und immer selbständiger wurde. Obwohl, eigentlich war er ihr immer schon als zwar kleine, doch vollkommen eigenständige Person erschienen, mit eigenem Willen, wachem Verstand, der an allem Anteil nahm, sein stets neugieriger Blick, sein bewusstes Reagieren - von Anfang an eine kleine Persönlichkeit.

Notgedrungenermaßen nahm sie ihn bei all ihren Unternehmungen mit. Roland war im Außendienst viel unterwegs, ihre Mutter zu krank, ihre Schwiegereltern wohnten zu weit weg, als das jemand als Babysitter hätte einspringen können. Und solange Lukas viel sah und sie sich zwischendurch mit ihm beschäftigte, war er glücklich und zufrieden. So verwunderte es weder sie noch Freunde und Verwandte, dass er mit sieben Monaten deutlich Mama, bald darauf auch Papa sagen konnte und mit einem Jahr einen relativ großen Wortschatz besaß. Du kümmerst dich ja auch viel um ihn, hieß es.

Als Lukas elf Monate alt war, begann sie regelmäßig mit ihm zu einer Spielgruppe zu gehen, einmal um selbst mehr Kontakt mit Müttern zu haben, zum anderen aber auch, damit er früh mit Gleichaltrigen zusammenkommen sollte. Sie fand auch schnell Kontakt, doch ihr Sohn benahm sich in ihren Augen etwas seltsam. Sicher, er war schon immer ein sehr zurückhaltendes Kind gewesen, das zu Fremden kaum oder zumindest nur sehr zögernd Kontakt aufnahm. Aber selbst nach längerem Spielgruppenbesuch hielt er sich lieber von den anderen Kleinkindern fern, beobachtete aus sicherer Entfernung, was diese machten, versuchte nie von sich aus Kontakt aufzunehmen, blieb immer in der Nähe seiner Mutter. Er ließ sich widerstandslos Spielzeug wegnehmen, machte bei Balgereien und Tobespielen nicht mit, es schien, als seien ihm die

Gleichaltrigen nicht geheuer. Trotzdem ging er gerne in seine Spielgruppe, das viele unterschiedliche Spielzeug zog ihn magisch an, er liebte die gemeinsamen Singspiele. Waren ältere Kinder da, durfte er fast immer mitspielen und kam mit diesen und sie mit ihm seltsamerweise gut klar.

„Er ist ja auch nicht so doof wie die anderen Kleinen", sagte der sechsjährige Christopher erklärend, „er kann schon richtig spielen und macht uns auch nichts kaputt."

Dieses Kind brachte die Wahrheit, die in ihr erst langsam aufdämmerte, auf den Punkt. Der eineinhalbjährige Lukas hielt sich an Regeln, spielte konzentriert über längere Zeit, zerstörte nie anderen aufgebaute Spielsachen, nahm niemandem Spielzeug aus der Hand, kurz, er war ganz anders als all die anderen Kleinen, mit denen er hier zusammenkam. Die Großen behandelten ihn stets rücksichtsvoll, beschützten ihn, aber immer wollten sie ihn natürlich auch nicht dabei haben, für viele ihrer Spiele war er denn doch noch zu klein, konnte körperlich nicht mithalten.

Doch sie sah die Andersartigkeit des Kindes eher in seinem zurückhaltenden Wesen, seiner ernsthafteren Art, ihrer vielen Beschäftigung mit ihm und ihrem, wie sich oft deutlich zeigte, anderen Erziehungsstils begründet. Die meisten Mütter, ins Gespräch vertieft, beachteten ihre spielenden Kinder kaum, schienen meist nicht zu bemerken, was diese trieben und reagierten daher in Konfliktsituationen oft aus dem Bauch heraus, strafend oder mitfühlend, je nachdem was sie gerade mitbekommen hatten. Teilweise reagierten sie auch überhaupt nicht und das jeweilige Kind blieb sich selbst überlassen. Selten wurde eingegriffen und kaum eindeutige Verbote aufgestellt und auch auf deren Einhaltung geachtet.

Sicher, Lukas war ein sehr sensibles Kind, wenn sie ihn böse ansah oder ihn später in seinen Trotzphasen nicht beachtete oder mit energischem Griff aus dem Zimmer verbannte, reichte dies als Strafmaßnahme völlig aus. Andererseits hatte sie von klein auf Grenzen gesetzt und diese auch immer und überall aufrechterhalten, einen gleichmäßigen Rahmen geschaffen, doch nie ohne eigentlich automatisch an jedes nein ein erklärendes warum anzuschließen. Durch seine Akzeptanz dieser Dinge erreichte er innerhalb kurzer Zeit viel größere Freiräume und konnte überdies jede sinnvoll begründete Einschränkung hinnehmen. Doch sie empfand dies nicht als etwas besonderes, war eher der Meinung alle anderen Kinder, wenn sie es denn auf diese Art beigebracht bekämen, entwickelten sich ähnlich.

In der Zeit zwischen seinem ersten und dritten Lebensjahr traf sie sich regelmäßig mehrmals in der Woche nachmittags mit einigen Müttern aus der Spielgruppe. Manchmal besuchten sie sich gegenseitig, oft trafen sie sich auch auf dem Spielplatz oder gingen gemeinsam spazieren. Lukas hielt sich meist abseits, spielte für sich allein oder beobachtete die anderen.

Nach und nach fand er langsam Kontakt zu dem gleichaltrigen, aber viel größeren und kräftigeren Benni. Der machte begeistert alles, was Lukas anregte, mit und plapperte dabei in Babysprache auf ihn ein, während dieser ihm kleine, selbsterfundene Geschichten erzählte. Keiner verstand, warum diese beiden zueinander gefunden hatten, waren sie doch wirklich grundverschieden.

Doch Benni lief bei jedem Treffen gleich auf Lukas zu, der selbst auch Gefallen am gemeinsamen Spiel zu finden schien. Nur wenn Benni balgen wollte oder ihm andauernd das Spielzeug aus der Hand nahm, auf dem Spielplatz mit Sand warf oder mit anderen an der Rutsche beim Hochklettern rangelte, zog er sich sofort zurück. Überhaupt hielt er sich von größeren Kindergruppen weiterhin fern, auch wenn er von Benni, der ihn stets gegen andere beschützte, wiederholt aufgefordert wurde mitzutun.

Leider löste sich der Mütterkreis nach zwei Jahren auf. Einige Frauen fingen wieder an zu arbeiten, andere bekamen zum Sommer einen Kindergartenplatz, Benni zog mit seiner Familie in eine andere Stadt. Und da sie im Herbst ein zweites Baby bekommen würde, traf sie sich in den letzten Monaten vor der Geburt nur noch ab und zu mit der einen oder anderen Mutter.

Lukas schien das Zusammensein mit den anderen jedoch nicht zu vermissen. Sie hatte ihre alten Legosteine auf dem Dachboden entdeckt und ihm geschenkt, im Bauen ging er völlig auf. Er ließ sich gerne, am liebsten stundenlang, vorlesen und intensivierte nun, da sie wieder mehr Zeit mit ihm alleine verbrachte, seine ständige Fragerei noch mehr. Er war an allem interessiert, wollte alles ganz genau, bis ins kleinste Detail wissen, hinterfragte Gebräuche, Handlungsweisen, Allgemeinheiten. Sie merkte plötzlich erstaunt, wie sich dadurch auch ihr Blickwinkel änderte, wie auch sie wieder staunend auf Kleinigkeiten blicken konnte, an denen sie vorher, ohne sie zu beachten vorbeigegangen war. Durch ihn lernte sie die technischen Errungenschaften, die Erwachsene meistens beiläufig ohne darüber nachzudenken benutzten, als selbstverständlich hinnahmen, mehr zu schätzen aber auch kritischer zu betrachten. Sie wurde überhaupt dem ganzen Leben gegenüber wacher, teilnehmender aber auch kritischer. Und sie erkannte entsetzt, wie wenig sie eigentlich detailliert, ohne das Lexikon in die Hand zu nehmen, wusste und wie viele Gebräuche und Handlungen sie einfach aus ihrer Kindheit und Jugendzeit übernommen hatte und ohne Nachdenken, ohne Wertung wiederholte.

Dann im Oktober waren sie endlich zu viert, Felix wurde geboren. Lukas hatte die Schwangerschaft einfach als gegeben hingenommen, ohne besonders interessiert zu sein. Nur die Arztbesuche, besonders die Ultraschalluntersuchungen empfand er jedes Mal als höchst bemerkenswert. Wieder zu Hause angekommen, spielte er dann mit seinen Stofftieren selbst Arzt. Für jedes Tier malte er ein kleines Bild, das waren die Ultraschallbilder, so wie sie seine Mutter auch bekommen hatte.
Für den neugeborenen Bruder interessierte er sich nicht sonderlich. Anfangs sah er neugierig zu, wenn Felix gefüttert, gebadet und gestillt wurde, doch wurde ihm die Sache bald langweilig. Besondere Gefühle schien er für das Baby nicht zu entwickeln, es war ihm im Großen und Ganzen egal. Solange sie weiterhin viel Zeit für ihn hatte, störte ihn dieser Familienzuwachs nicht sonderlich, war seine Welt in Ordnung.
Als Felix älter wurde und zu krabbeln begann, setzte er sich dann öfter zu ihm und versuchte mit ihm zu spielen. Doch sein Verhalten blieb lange Zeit weiter freundlich zurückhaltend, er konnte mit diesem Kleinkind nicht viel anfangen.

Im darauffolgenden Sommer begann Lukas Kindergartenzeit, er war jetzt drei Jahre und zehn Monate alt. Sie hatte vorher öfter mit ihm darüber gesprochen, hatte diese Zeit als selbstverständlich für alle kleinen Kinder hingestellt, nicht gerade als Muss, eher als feststehende Tatsache und tolles Erlebnis.
Trotzdem ging sie am ersten Tag skeptisch mit klopfendem Herzen mit ihm, der ihre Hand fest umklammert hielt, zu seiner Gruppe. Ob er wohl, nachdem er erst einen kurzen Kennenlernvormittag gemeinsam mit ihr hier verbracht hatte, ohne in Tränen auszubrechen von ihr Abschied nahm? Was sollte sie tun, wenn er sich an sie klammern würde? Er war noch nicht oft und wenn doch, nie gerne allein bei Bekannten und Verwandten geblieben, es hatte oft Tränen gegeben, wenn sie, seine Eltern, ohne ihn gehen wollten. Doch sie wusste, die Anwesenheit von Eltern wurde hier nicht gern gesehen.

Die Kindergärtnerin kam freundlich auf Lukas zu, begrüßte ihn kurz, löste dann schnell mit geübtem Griff seine Finger aus ihrer Hand und forderte ihn zum Mitkommen auf. Hilflos schaute er auf sie, seine Mutter, die aufmunternd lächelnd Zustimmung nickte. Er schluckte einmal trocken, wandte sich um und ging mit der Erzieherin in den Gruppenraum.

Sie schlich leise nach draußen, hatte immer noch ein mulmiges Gefühl im Bauch, jetzt eher sogar noch stärker. Ob dieser Abschied wohl wirklich so richtig gewesen war? Ihn so schnell zu verabschieden, ihn so einfach dazulassen, unter ihm fremden Kindern und Erwachsenen? Hätte sie nicht doch wenigstens noch kurz mit hineingehen sollen?

Den ganzen Morgen wartete sie aufgeregt auf einen Anruf des Kindergartens, doch das Telefon blieb still. Als sie ihn um zwölf Uhr abholte, spielte die Kindergruppe draußen. Lukas stand am Tor und warf sich freudestrahlend in ihre Arme.

„Na, wie war dein erster Tag?", fragte sie gespannt.

„Ganz nett", murmelte er nur und begann ungeduldig an ihrem Ärmel zu zerren, als sie ihn weiter forschend ansah, „lass uns nach Hause gehen."

Den ganzen Nachmittag versuchte sie immer wieder etwas über seine Erlebnisse im Kindergarten zu erfahren, aber er antwortete nur einsilbig, ausweichend, ohne genaueres zu erzählen.

Die nächsten Wochen verliefen ähnlich, Lukas ging ohne zu murren morgens in den Kindergarten, erzählte aber nichts von dem, was dort passierte. Zu Hause stürzte er sich gleich auf seine Spielsachen, versuchte jetzt aber verstärkt sie oder Roland als Spielgefährten zu gewinnen. Hatte keiner von ihnen Zeit, nahm er auch mit Felix vorlieb oder setzte sich mit seiner Legokiste ihnen zu Füßen und hörte ihren Gesprächen zu, war aber nun ständig bemüht sich einzubringen. Zu den noch verbliebenen Spielnachmittagen mit den Gefährten aus der ehemaligen Spielgruppe hatte er plötzlich keine Lust mehr, maulte meistens, er würde lieber zu Hause bleiben und blieb, gingen sie trotzdem hin, immer in Felix Nähe.

Nachdem vier Wochen vergangen waren, fragte sie die Gruppenleiterin des Kindergartens, wie Lukas sich eingelebt hätte und teilte ihr gleichzeitig ihre Beobachtungen mit. Nun ja, meinte diese, er wäre wohl nicht so viele Kinder und so viel Lärm gewöhnt, zöge sich meist allein in eine Ecke zurück und spiele dort auch allein. Allerdings wäre er der erste, der bei ihr säße, wenn sie eine Geschichte vorlesen würde und die Kreisspiele schienen ihm auch Spaß zu machen, nur wolle er sich noch nicht beteiligen. Er brauche wohl noch etwas Zeit, um sich richtig einzugewöhnen. Nach einer Weile würde er bestimmt auftauen, er hätte wohl nie viel Kontakt zu anderen Kindern gehabt - und schüttelte ungläubig den Kopf, als sie erwiderte, dass sie von klein auf den Kontakt mit Gleichaltrigen gesucht habe. Das wäre aber seltsam, denn er benähme sich in vielen Dingen gar nicht so kindgerecht, wie man es eigentlich seinem Alter nach erwarten würde, zudem hätte er eine auffallend gute Sprachentwicklung, so etwas sähe man meist bei Kindern, die hauptsächlich mit Erwachsenen zusammenkämen und wenig Kontakt zu Gleichaltrigen hätten. Hm, und dass er vom Kindergarten zu Hause nichts erzählen wolle, könne man vielleicht so erklären, dass er dies hier als seinen eigenen, persönlichen Bereich betrachte, an dem er seine Eltern nicht teilhaben lassen wolle. Ob er denn genug Freiraum zu Hause hätte? Vielleicht würden sie sich ja zu viel mit ihm beschäftigen, statt ihn einfach spielen zu lassen.

Sie sah wohl etwas bekümmert drein, denn die Kindergärtnerin tätschelte ihr freundlich den Arm. „Vielleicht ist Lukas ja auch nur extrem schüchtern. Lassen Sie uns noch etwas abwarten, wir werden es schon schaffen. Dafür sind wir ja ausgebildet, die Gemeinschaft der Kinder zu fördern, ihnen helfen Kontakte zu knüpfen, das Sozialverhalten zu verbessern, aber auch die Kinder Kind sein zu lassen, zum gemeinsamen Spielen anzuregen, sie selbständiger werden zu lassen. Wir geben ihm jetzt am besten alle noch etwas mehr Zeit und stellen keine Forderungen an ihn. Und Sie werden sehen, bald wird er von sich aus anfangen zu erzählen."

Sehr verwirrt ging sie nach Hause. Zweifel nagten an ihr, hatte sie sich vielleicht doch zu viel um Lukas gekümmert, ihm zu wenig Freiräume gelassen? Aber er wollte doch nie welche, selbst wenn sie ihren Haushaltspflichten nachkam, versuchte er sie mit seinen Fragen zu löchern. Beschäftigte sie sich mit Felix, saß er in ihrer Nähe, unterhielt sie sich mit Roland, kullerte er mit seinem Bruder über den Teppich und hörte ihrem Gespräch aufmerksam zu. Selbst der langweiligste Besucher konnte ihn nicht freiwillig aus dem Wohnzimmer vertreiben. Er ging gerne mit einkaufen, weil es so viele interessante Dinge zu beobachten gab, selbst wenn sie einen längeren Stadtbummel machen wollte, wäre er am liebsten mitgekommen. Nur auf dem Spielplatz, den sie ein- bis zweimal in der Woche weiterhin aufsuchten, hielt er sich immer noch abseits von anderen Kindern, rutschte nur, wenn sich kein anderes Kind mit angestellt hatte, verließ sofort die Schaukel, wenn er jemanden diese ansteu-

ern sah, ging jeder Konfrontation aus dem Weg, ja saß lieber neben ihr auf der Bank, wenn es keinen einsamen Ort auf dem Spielplatz gab.
Sie seufzte, wahrscheinlich tat ihm der Kindergarten wirklich gut, denn spätestens in der Schule musste er mit den anderen Kindern klarkommen, konnte nicht mehr ausweichen, musste sich anpassen.

Endlich nach einem Dreivierteljahr fand Lukas Anschluss an einen anderen Jungen im Kindergarten. Bald darauf entwickelte sich zwischen ihnen eine feste Freundschaft, sie besuchten sich auch nachmittags regelmäßig gegenseitig.
Kopfschüttelnd beobachtete sie die beiden und konnte nicht verstehen, dass diese grundverschiedenen Jungen die besten Freunde geworden waren. Der quirlige, sportliche, um ein Jahr ältere Nico und der eher unsportliche, bedächtige, total kopfgesteuerte Lukas hatten so wenig gemeinsam. Nico, schnell von einem Spiel zum nächsten springend, immer in Bewegung und Lukas, der sich stundenlang phantasievoll mit ein und demselben Spielzeug beschäftigen konnte - irgendwie verliefen die Nachmittage stets völlig chaotisch. Aber die Kinder hingen aneinander und verabredeten sich jeden Tag wieder aufs Neue. Nico, der ein Einzelkind war, liebte auch Felix sehr und wollte ihn überall dabei haben. Die drei vertrugen sich ausnehmend gut, selbst Lukas lud seinen Bruder immer wieder von sich aus zum Mitspielen ein.
Im Kindergarten beschützte Nico seinen Freund, stieß Kinder, die Lukas ärgern wollten beiseite, half ihm beim Basteln und bei sportlichen Aktivitäten, sodass dieser langsam etwas von seiner Zurückhaltung in der Gruppe aufgab und sich jetzt morgens auch offensichtlich auf den gemeinsamen Vormittag freute.
Endlich begann er zu Hause kleine Geschichten von seinen morgendlichen Erlebnissen zu erzählen.
Positiv fiel in dieser Zeit den Erzieherinnen auf, dass Lukas unheimlich schnell Lieder und Gedichte auswendig lernen konnte. Er wurde sehr gelobt und freute sich darüber, anerkannt zu werden.
Ihr gegenüber äußerten die Kindergärtnerinnen jedoch oft die Sorge darüber, dass Lukas sich, wenn er angegriffen wurde, nie wehrte, sondern immer versuchte alles verbal zu regeln oder sich zurückzog.

Dies war auch das Hauptargument seiner Gruppenleiterin, als es um die Frage der vorzeitigen Einschulung ging.

Dem Kinderarzt war bei der Vorsorgeuntersuchung mit fünfeinhalb Jahren aufgefallen, dass ´Lukas ein sehr pfiffiges Kerlchen sei´, und hatte eine vorzeitige Einschulung als empfehlenswert angesehen. Er hatte ihr aber nachdrücklich empfohlen, erst mit den Kindergärtnerinnen seiner Gruppe zu sprechen, da diese ihn über einen viel längeren Zeitraum beobachtet hätten und sie mit Sicherheit auch sehr erfahren in der Beurteilung ihrer Schützlinge seien.

„Nein, um Gottes Willen, tun Sie das Ihrem Kind bloß nicht an!", rief die Gruppenleiterin entsetzt, als sie dieser von dem Vorschlag des Kinderarztes erzählte. „Lassen Sie Lukas doch bitte noch dieses eine Jahr zum Spielen, ohne Verpflichtungen. Gerade er, der im sozialen Bereich noch so unsicher und zurückhaltend ist, würde sich schwer tun ohne das schützende Umfeld des Kindergartens. In der Schule sind die Kinder viel mehr auf sich gestellt, er müsste vieles alleine regeln, damit ist er jetzt noch überfordert. Außerdem kann er noch nicht richtig ausschneiden und wenn Sie sich seine Bilder ansehen, selbst die meisten Kleineren können besser malen, er hält den Stift noch immer nicht richtig. Da würde er in der Schule gar nicht mitkommen."

„Aber er kennt schon alle Zahlen und Buchstaben", wandte sie zaghaft ein. „Und der Kinderarzt meinte, er wäre sehr weit für sein Alter."

„In einigen Bereichen sicherlich, aber ihm fehlen noch so viele andere wichtige Fertigkeiten. Außerdem, ich kann Sie beruhigen, Buchstaben und Zahlen kennen viele Kinder bereits vor der Einschulung, dieser kleine Vorsprung wird von den anderen aber schnell aufgeholt. Ich kann Ihnen nur raten, gönnen Sie ihm noch dieses eine Jahr Freiheit. Entscheiden müssen natürlich letztendlich Sie, aber ich und auch meine Kolleginnen halten es auf jeden Fall für das Beste, was Sie für Ihr Kind tun können."

Völlig durcheinander verließ sie den Kindergarten.

In den nächsten Tagen kreisten ihre Gedanken immer wieder um dieses Thema. Was sollten sie tun? Einerseits sah sie auch, dass seine Mal- und Schneidversuche äußerst bescheiden ausfielen, andererseits war er in vielen Dingen des eigenständigen Denkens bestimmt genau so weit, wie die Kinder, die in diesem Sommer eingeschult wurden.

Roland dagegen sah kein Problem. „Lass ihn doch ruhig noch ein weiteres Jahr im Kindergarten, er will schließlich von sich aus nicht unbedingt in die Schule. Und anstrengen muss er sich noch früh genug. Außerdem hast du dann auch weniger Stress. Im Juni kommt unser Baby, wenn du dann im August auch noch jeden Morgen mit zur Schule laufen müsstest, zumindest am Anfang, wäre das ganz schön anstrengend. Im Kindergarten nehmen sie es mit der Pünktlichkeit nicht so genau, und wenn er mal einen Tag zu Hause bleiben möchte, ist es auch nicht schlimm. Langweilen wird er sich, so wie ich ihn einschätze, trotzdem nicht."

Sicher, die Einschulung im Sommer wäre für sie nicht gerade günstig, aber richtig überzeugt war sie immer noch nicht. Doch als sie hörte, dass Nico im Sommer in eine andere Stadt ziehen und auch das Nachbarskind, mit dem Lukas den gleichen Schulweg gehabt hätte, nicht an seiner Schule, sondern in einem anderen Stadtteil, in der Nähe der Oma eingeschult würde, er also ganz allein in der neuen Situation wäre, kam auch sie zu der Überzeugung, ihn doch noch ein Jahr im Kindergarten zu belassen. Vielleicht war es wirklich besser so.

II

Dann wurde Lukas mit sechs Jahren und elf Monaten eingeschult. Wieder erzählte er nichts, wenn er aus der Schule kam, sein einziger Kommentar war, es sei ganz nett. Er erledigte jedoch ohne Aufforderung gleich nach dem Mittagessen, so schnell wie möglich seine Schulaufgaben. Malen, Muster ergänzen und Zahlen und Buchstaben schreiben bereiteten ihm immer noch Schwierigkeiten, Abzählen mit Einkreisen von Gegenständen erledigte er ohne zu murren, obwohl er dies schon mit vier Jahren gekonnt hatte.

Nach einem Monat erwähnte er beiläufig, dass er bis jetzt nichts Neues gelernt hätte, ließ sich aber bereitwillig auf später vertrösten. Nachmittags spielte er viel mit Felix, ab und zu auch mit Andreas, dem Kind aus der Nachbarschaft, mit dem er morgens gemeinsam in die Schule ging. Sonst schien er in der Klasse keine Freunde zu haben.

Nach den Herbstferien bemerkte sie zum ersten Mal eine Unzufriedenheit und Gereiztheit an ihm, die sie früher nie beobachtet hatte. Er beklagte sich jetzt auch öfter, er müsse in der Schule mit Plättchen rechnen, obwohl er es ohne viel besser könne und es würde fürchterlich lange dauern, bis endlich mal etwas Neues drankäme.

„Stell dir vor Mama", sagte er eines Tages entrüstet, „wir haben jetzt schon den dritten Tag hintereinander nur Buchstaben lernen aufgehabt und weil es immer noch Kinder in der Klasse gibt, die das jetzt noch nicht können, ist das nun schon wieder unsere Hausaufgabe. Soll ich dann heute gar nichts machen, ich kann alle Buchstaben schon?"

Also übten sie kleine, einfache Wörter zu schreiben, wobei sie sich eingedenk der eindringlichen Rede der Lehrerin am Elternabend: ´Die Kinder lernen schreiben, wie sie sprechen, um die frühe Lesefertigkeit zu fördern, alles was richtig lautiert ist, gilt als fehlerfrei´, an die Lautiervorschrift hielt.

Lukas schien die Arbeit Spaß zu machen und sie war erstaunt, wie viele Worte er schon umsetzen konnte.

Jetzt setzte er sich oft nachmittags hin und schrieb kleine Bildergeschichten, die abends in der Familie vorgelesen wurden und nicht nur bei Roland und ihr auf Beifall stießen, selbst Felix freute sich, wenn wieder ein neues Abenteuer fertig war. Dadurch hatte sich auch Lukas Lesefertigkeit schnell entwickelt, sodass er nach vier Monaten Schule zwar noch etwas stockend aber doch recht gut verständlich lesen konnte.

Aber nun fiel ihm bald der Unterschied zwischen seiner Lautiermethode und fehlerfreiem Schreiben auf. Sie versuchte ihm zu erklären, dass, da lautieren einfacher wäre, die Lehrerin mit der Klasse lieber so lernen würde, auf diese Weise könnten alle Kinder schnell einen großen Wortschatz erlangen und schon bald eigene kleine Geschichten schreiben. Deswegen wäre seine Art zu schreiben zur Zeit eben auch völlig richtig, die korrekte Rechtschreibung würden sie in der Schule dann später noch lernen. Er nickte, gab sich mit dieser Erklärung zufrieden, kam dann aber oft zu ihr oder Roland und fragte, ob dies Wort auch nach ihrer Rechtschreibung so richtig wäre.

In dieser Zeit erhielt sie die erste Einladung zum Elternsprechtag. Sie ging leichten Herzens hin, völlig überzeugt, nur Gutes zu hören .... und fiel aus allen Wolken.

Ihr Sohn wäre sehr langsam und ungeschickt, sagte die Lehrerin Frau Schreiber, kaum dass sie sich gesetzt hatte. Lukas hätte keine vernünftige Schriftführung, im Malen und Basteln würde er noch eben ausreichende Leistungen erbringen. Er sei sehr zurückhaltend, auch ihr gegenüber und habe in der Klasse keine Freunde. Wenn er etwas erzähle, könne die Klasse ihm oft nicht folgen, da er sich meist wie ein Erwachsener ausdrücken würde und viel zu komplizierte, verschachtelte Sätze benütze. Sie müsse ihn dann häufig stoppen, da die anderen Kinder unruhig würden und nicht mehr zuhörten. Ob er denn nicht im Kindergarten gewesen wäre?

Ja, doch, erwiderte sie, sogar drei Jahre lang, aber auch dort sei seine zurückhaltende Art schon aufgefallen.

Aber sonst wäre er wohl viel mit Erwachsenen zusammen, mutmaßte die Lehrerin, denn seine Sprache wäre überhaupt nicht kindgemäß. Ob er denn ein Einzelkind sei?

Wieder verneinte sie, er hätte noch zwei kleinere Geschwister.

Tja, sie könne natürlich auch nur Vermutungen anstellen, aber sie als Eltern sollten in nächster Zeit doch etwas mehr darauf achten, wie sie mit ihm umgingen, er wäre auch in seinem Verhalten lange nicht so Kind wie andere Gleichaltrige und da brauche man sich nicht wundern, wenn die anderen ihn nicht so richtig akzeptierten. Sie würde jedenfalls versuchen ihn mehr den anderen anzugleichen, dann würde er bestimmt nicht mehr so ein Außenseiter in der Klassengemeinschaft sein. Er hätte nur zu Andreas etwas mehr Kontakt, der wäre allerdings auch ein Außenseiter, aber aus anderen Gründen. Na ja, und vom Stoff her gehöre Lukas so ins

Mittelmaß, es gäbe einige die schlechter wären, aber auch mindestens genauso viele, die bessere Leistungen zeigten.

Sie schluckte, irgend etwas in ihr riet, sie solle besser gehen, aber sie brachte die Sprache doch noch auf die Rechenplättchen. Lukas hatte ihr eindringlich ans Herz gelegt, die Lehrerin zu fragen, ob er sie nicht auch in der Schule weglassen könne, nachdem sie dies zu Hause schon stillschweigend taten und es seltsamerweise besser klappte als vorher mit. Doch wiederum war die Lehrerin anderer Ansicht. Er, wie fast alle Kinder in der Klasse, wäre noch nicht so sicher, um ohne sie auszukommen, dass könne sie als Lehrerin wirklich besser beurteilen. Und tatsächlich hätte sie gerade in dieser Klasse ein Kind, das schon im Hunderter-Raum rechne und trotzdem ohne zu murren die Rechenhilfe benutze. Als Mutter würde man die Fähigkeiten seines Kindes schnell überschätzen, besonders wenn es das erste Kind in der Schule wäre. Sie dagegen hätte ja den Vergleich mit den anderen Schülern und könne auf über zwanzigjährige Lehrerfahrung zurückblicken.

Sie nickte, was sollte sie noch sagen, und verabschiedete sich von Frau Schreiber.

Wieder blieb eine gewisse Unsicherheit zurück, wieder überdachte sie ihre Erziehung, ihren Umgang mit ihrem Sohn. Sie sah ihn ganz anders als die Lehrerin. Zu Hause war er genauso fröhlich und unbeschwert wie alle anderen Kinder, die sie kannte. Er tobte gerne herum, spielte viel und ausdauernd, versuchte gerne seinen Kopf durchzusetzen und war auch nicht besonders fügsam. Auch empfand sie weder sich noch ihn als überzogen ehrgeizig, noch hatte sie das Gefühl seine Fähigkeiten zu überschätzen. Sie hatte ihn nie zum Lernen angehalten, nur auf seine ständigen Fragen geantwortet, nie Lernspiele mit ihm gespielt. Eigentlich war ihm alles, was er bis jetzt konnte, so zugeflogen, ohne irgendwelche Anstrengung oder Übung. Buchstaben und Zahlen hatten ihn zwar interessiert, aber auch nicht in besonderem Maße, er hatte vor der Einschulung nie den Versuch unternommen lesen zu lernen, ja ließ sich selbst jetzt noch gerne vorlesen. Klar, irgendwie war er schon Erwachsenen orientiert, unterhielt sich gerne mit ihm bekannten Erwachsenen, die ihr dann oftmals bestätigten, er wäre ein aufgewecktes Kerlchen und hätte an allem und jedem Interesse. Das sah die Lehrerin aber anscheinend auch anders. Sie zuckte die Achseln, vielleicht lag die Diskrepanz ihrer Ansichten doch darin begründet, dass Lukas noch nicht richtig in die

Klassengemeinschaft integriert war und anscheinend auch mit seiner Lehrerin oder sie mit ihm nicht besonders gut zurecht kam.

Als sie die Wohnung betrat, hatte sie sich soweit wieder gefangen, dass sie auf Lukas Nachfrage, wie es gewesen wäre unbefangen antworten konnte: „Frau Schreiber meint, du würdest dich ganz gut machen und auch gut mitkommen."

Sie sah sein zweifelndes Gesicht und zog ihn an sich. „Siehst du es nicht so? Was ist denn eigentlich los?", fragte sie liebevoll.

„Na ja", verlegen sah er nach unten und bohrte mit seinem großen Zeh in dem weichen Teppich herum. „Ich dachte eher, sie könne mich nicht sonderlich leiden. Dauernd hat sie etwas an mir auszusetzen und wenn ich mal eine Frage habe, sagt sie, das gehöre nicht zum Thema oder, das ginge zu weit, wenn sie das jetzt auch noch erklären würde oder, das wäre erst im nächsten Schuljahr dran. Verstehst du, ich mache es ihr nie recht. Ich versuche mich ja anzupassen, aber entweder bin ich ihr zu langsam oder ich schieße über das Ziel hinaus, wie sie sagt." Er zuckte mit den Schultern.

Bestürzt schob sie ihn etwas von sich, sah ihm in die Augen. „Ja warum hast du mir das denn nie gesagt?"

Wieder sah er zu Boden, „weiß ich nicht, vielleicht muss es so sein, so schlimm ist es auch gar nicht. Außerdem kannst du daran auch nichts ändern."

Schweigend sah sie ihn an, fassungslos, irgendwie auch zornig und hilflos. „Und jetzt?", fragte sie schließlich.

Wieder zuckte er die Schultern. „Ach, ich komme schon klar."

Felix rief aus dem Kinderzimmer nach ihm, Laura begann zu schreien. Lukas lief zu seinem Bruder und sie hob ihre kleine Tochter aus dem Bett. Ein ungutes Gefühl blieb zurück.

Das Leben lief wie gewohnt weiter. Morgens Schule für Lukas und Kindergarten für Felix, nachmittags gemeinsames Spielen, oft jetzt auch mit Spielkameraden von Felix aus dem Kindergarten. Felix, der mit seiner sonnigen, kumpeligen Art bei allen Kindern und Erwachsenen gut ankam, hatte schnell Freunde gefunden, meist ältere Kinder, die auch Lukas noch aus seiner Kindergartenzeit kannte. So spielten sie oft alle gemeinsam bei ihnen und die Brüder wurden dann oft auch beide zu Gegenbesuchen eingeladen. Verbrachten sie ihre Freizeit allerdings allein, gab es nun plötzlich oft Zank und Streit.

Rückblickend erinnerte sie sich, dass Lukas ungefähr zu der Zeit auch anfing, erst nur ein wenig, dann immer mehr mit den Schularbeiten zu trödeln. Hatte er sich verabredet, musste sie immer öfter mahnen, fertig zu werden, nicht so zu träumen, konzentriert zu arbeiten. Blieben sie allein zu Hause, fand er tausend Ausreden, um nicht ins Kinderzimmer an seine Schulaufgaben gehen zu müssen. Am liebsten brachte er seine Hefte mit ins Wohnzimmer, sah seinen Geschwistern beim Spielen zu und hörte interessiert auf die Geschichten, die vorgelesen wurden, entwickelte aber keinerlei Antrieb endlich fertig zu werden. War es dann geschafft, fanden sich allerdings auch keine Fehler.

Wie sehr er sich jedoch in letzter Zeit wirklich verändert hatte, fiel ihr so richtig erst in der zweiten Weihnachtswoche auf. Eines Morgens, als sie ihn und Felix im Kinderzimmer einträchtig beieinander sitzen sah, erkannte sie blitzartig, so wie jetzt, war er schon lange nicht mehr gewesen. Seine ganze Art war wieder so wie früher, fröhlicher, freier.

Entsetzt diese Veränderungen in seinem Wesen nicht eher bemerkt zu haben, nicht einmal jetzt genau sagen zu können, wann es eigentlich angefangen hatte, was der eigentliche Auslöser gewesen war, begann sie ihn von nun an genauer zu beobachten. Von Tag zu Tag so schien es ihr, wurde er wieder interessierter, nahm wieder an allem Anteil, die Lethargie, das beginnende in sich selbst Zurückziehen verschwand, er stritt auch kaum noch mit seinem Bruder, war viel weniger gereizt.

Besorgt sprach sie abends mit Roland über ihre Beobachtungen, der jedoch genauso ratlos war wie sie. Hatten sie sich in letzter Zeit zu wenig um ihn gekümmert, sich zu sehr mit den Kleinen beschäftigt, oder hatte er irgend einen geheimen Kummer? Sie überlegten hin und her. Doch war zumindest im häuslichen Bereich in letzter Zeit nichts Gravierendes vorgefallen. An den Wochenenden hatte Roland zwar viel alleine mit den Jungen unternommen, sie waren mit ihm Schwimmen oder Radfahren gegangen, hatten im Garten getobt, aber gerade Lukas war auch von sich aus, wie immer eigentlich, zu ihr gekommen und hatte mit ihr geschmust, sich mit ihr über seine Interessen unterhalten, sie hatte ihm weiterhin abends vorgelesen und oft bei ihm im Kinderzimmer vorbeigeschaut und seine Legobauwerke bewundert. Da sie zu keiner Lösung kamen, beschlossen sie ihn nur weiter zu beobachten, ohne etwas zu unternehmen.

Sie brauchten nicht lange zu warten. Eine Woche, nachdem die Schule wieder begonnen hatte, rutschte er wieder in die gleiche Verhaltensweise wie vor den Ferien zurück. Sollte, konnte etwa die Schule an seiner Veränderung Schuld sein?

Sie fragten ihn einzeln, ganz beiläufig wie seine schulische Situation denn wäre. Doch außer den Antworten ganz okay, mittelmäßig oder irgendwie seien alle Aufgaben total einfach bekamen sie nichts aus ihm heraus.

Warum er denn, wenn doch alles so leicht wäre, stundenlang an seinen Schularbeiten säße, fragte sie dann eines abends genervt. Tja, das wisse er auch nicht, er bemühe sich wirklich schnell fertig zu werden, aber irgendwie würde es nicht klappen.

Wie er denn mit seinen Klassenkameraden jetzt zurecht käme, wollte sie wissen. Och, eigentlich ganz gut, nur zwei würden ihn dauernd ärgern, aber denen ginge er aus dem Weg. Und mit wem er in den Pausen zusammen wäre? Er druckste herum, wollte erst nicht mit der Sprache heraus, räumte dann jedoch ein, diese meistens alleine zu verbringen. „Die anderen Jungen spielen Fußball oder Fangen, oder ärgern die Mädchen, dazu habe ich keine Lust. Ich laufe lieber allein herum und schaue nur zu."

Dann fragte sie noch nach seiner Klassenlehrerin, ob er jetzt besser mit ihr zurecht käme. Er nickte nur und benutzte das Klingeln des Telefons um schnell ins Kinderzimmer zu verschwinden.

In den nächsten Tagen und Wochen wurden seine Verhaltensauffälligkeiten zusehends schlimmer.

Sollte er in seinem Zimmer Schulaufgaben machen, saß er nur da und träumte, erledigte er sie im Wohnzimmer, dauerte es endlos, bis er fertig wurde. Er verrechnete und verschrieb sich andauernd, musste ständig radieren, sagte oft nach langem Überlegen das richtige Ergebnis und schrieb dann falsche Zahlen hin. Er wurde immer lustloser und gereizter. Selbst seine ständige Fragerei hörte fast ganz auf, er brachte kaum noch Interesse für irgend etwas auf und schien von dem, was um ihn herum vorging, immer weniger mitzubekommen.

Da las sie abends in der Zeitung einen Artikel über hochbegabte Kinder, erst nur flüchtig, doch dann immer interessierter. Hochbegabte Kinder stand da, sind oft nicht die ´Überflieger´, wie man gemeinhin erwartet. Im Gegenteil, sie haben oft in der Schule immense Probleme, bringen schlechte Zensuren, entwickeln Lernblockaden bis hin zum Sitzenbleiben, verlieren jegliches Interesse am schulischen Lernen durch ständige Unterforderung. Oft entstehen auch Probleme im sozialen Bereich, weil hochbegabte Kinder und Gleichaltrige unterschiedliche Beziehungsmuster und Zugänge zueinander haben. Die Deutsche Gesellschaft für das hochbegabte Kind, kurz DGhK, von der in diesem Artikel berichtet wurde, hatte eine Broschüre mit Fallbeispielen für interessierte Eltern herausgebracht, die man unter beigefügter Telefonnummer bestellen konnte. Sie war hin und her gerissen, konnte dies auch die Lösung für Lukas Probleme sein?

Am nächsten Morgen gab sie sich einen Ruck und bestellte das Heft. Schon zwei Tage später erhielt sie es. Endlich am Abend konnte sie ungestört lesen - und las das Buch in einem Zug durch. Ernüchtert klappte sie es nach eineinhalb Stunden zu. Jetzt war sie noch unsicherer als vorher. Nur eins wusste sie ganz genau, so wie diese Kinder, die hier beschrieben wurden, war Lukas sicher nicht. Weder konnte er vor der Einschulung lesen, noch hatte er sich mit Hilfe von Bauklötzen das Einmaleins beigebracht. Er rechnete selbst jetzt noch nicht in größeren Zahlenräumen, hatte keine Ahnung von Geometrie oder irgendwelches Interesse an Fremdsprachen, Physik oder Chemie gezeigt. Ja gut, er hatte sein Hobby Dinosaurier, kannte alle Arten mit ihrem lateinischen Namen, wusste in welcher Periode sie gelebt hatten, zu welcher Spezies sie gehörten. Doch sie hatten dies nie als etwas besonderes angesehen. Schließlich gab es auch fußballbegeisterte Kids, die sämtliche Vereine und Spieler kannten.

Andererseits waren denn doch einige Hinweise in diesem Buch auch auf Lukas passend. Er benötigte wenig Schlaf, konnte früh mit den Augen Gegenstände fixieren, sprach sehr früh, war mit Sicherheit, was die Qualität seines Sprachschatzes anbelangte, Gleichaltrigen voraus, war zumindest bis vor kurzem noch ungeheuer wissbegierig gewesen, hatte ein ungewöhnlich gutes Gedächtnis. Auch die weiteren Punkte der Checkliste trafen auf ihn zu, er interessierte sich schon lange für Probleme des Universums und des Lebens, erkannte schnell Regeln und Beziehungen, hatte eine ungewöhnlich starke Phantasie, stellte fast ununterbrochen Fragen. Nur, deuteten diese Merkmale wirklich auf Hochbegabung hin? Ihr waren diese Verhaltensweisen immer als völlig normal erschienen. Und, die Kinder über die das Büchlein berichtete, wiesen alle bestimmte sichtbare Fähigkeiten auf, z .B. dass sie sich vieles selbst beigebracht hatten, was bei Lukas eben nicht so war. Bei den Fallbeispielen sah man eindeutige Beweise einer höheren Intelligenz, die sogar ihr als nicht durchschnittlich auffielen, während Lukas ihnen immer als völlig normal erschienen war. Und wäre eine Hochbegabung nicht auch von den Kindergärtnerinnen oder der Lehrerin längst entdeckt worden? Frustriert legte sie das Buch zur Seite und ging zu Bett, ohne zu wissen, ob diese Lektüre ihr in irgend einer Form geholfen hatte.

Doch am nächsten Tag gab es wieder solche Probleme bei den Hausaufgaben - Lukas war mittlerweile nicht mehr in der Lage sechs und neun zusammenzuzählen, was er vor der Einschulung bereits schnell und sicher gekonnt hatte -, dass sie kurz entschlossen bei der Beratungsstelle der DGhK anrief, deren Telefonnummer in der Broschüre gestanden hatte. Mehr, als dass man ihr zu verstehen gab, sie wäre dort falsch, konnte schließlich nicht passieren, vielleicht wussten die Berater aber, an wen sie sich um Hilfe wenden konnte.

Die Dame am Telefon nahm sich sehr viel Zeit und ließ sich ihre Probleme bis ins kleinste Detail schildern. Dann stellte sie selbst noch gezielte Fragen, das Gespräch dauerte fast zwei Stunden. Schließlich meinte die Beraterin, selbst Mutter eines hochbegabten, mittlerweile fast erwachsenen Sohnes, sie würde ihr doch raten, Lukas einem erfahrenen Psychologen vorzustellen. Sicher könne sie zwar nach einem Telefongespräch auch nicht sein, ob eine Hochbegabung vorläge, doch würden einige Ungereimtheiten zumindest eine Tendenz in diese Richtung erkennen lassen, und dass das Kind dringend der Hilfe bedürfe wäre eindeutig. Sie warnte aber auch eindringlich davor, sich falsche Hoffnungen zu machen, wichtiger wäre die Probleme einzuordnen und auf Abhilfe zu sinnen. Sie könne natürlich auch zu einer öffentlichen Stelle gehen, um ihren Sohn testen zu lassen, zum Beispiel würden Schulpsychologen bei der vorliegenden Problematik einen kostenlosen Test durchführen, oder sie könne sich auch an eine Erziehungsberatungsstelle wenden. Aber wenn doch eine Hochbegabung bestehen würde, könne ein, mit dieser Thematik vertrauter Psychologe, gerade in dieser Situation, in der sich Lukas zur Zeit befände, genauere Werte ermitteln. Sie würde deshalb Herrn Mobst empfehlen, der schon viele Kinder getestet habe und sich in den verschiedenen Begabungsformen sehr gut auskenne.

Am nächsten Tag rief sie gleich morgens bei der erhaltenen Telefonnummer an. Wieder musste sie ihren Fall kurz schildern und auch der Psychologe wies sie daraufhin, dass eventuell das genaue Gegenteil von Hochbegabung bei einer Testung herauskommen könne. Außerdem müssten sie sein Honorar für Gespräch und Test selbst übernehmen, alles in allem circa fünfhundert Mark.

Doch jetzt hatte sie sich einmal für diesen Versuch entschieden, denn auch sie sah, dass professionelle Hilfe dringend erforderlich war. Nur wenn schon, dann wenigstens von einem Experten, auch wenn dies relativ teuer war. Und er konnte ihnen schon einen Termin in der nächsten Woche anbieten. Sie wollte endlich wissen, was mit Lukas los war, egal was bei der Untersuchung herauskam. Sie sagte zu.

Abends überlegte sie mit Roland gemeinsam, wie sie Lukas, der auf jeden Fremden sehr zurückhaltend reagierte, beibringen sollte, dass er mit einem ihm unbekannten Psychologen einen Test machen sollte, dazu noch ganz allein mit diesem wäre. Und ob er überhaupt bereit wäre sich, ohne für ihn ersichtlichen Grund, anzustrengen? Was, wenn er sich verweigerte, nicht mitmachte?

Roland hatte schließlich die beste Idee. „Warte doch einfach ab. Im Moment hat er doch täglich zunehmend Probleme mit den Hausaufgaben. Sind die Schwierigkeiten dann besonders groß, erklärst du ihm einfach, wir würden sehen, wie sehr er sich zur Zeit quält, wüssten jedoch auch nicht, woran es läge. Wir hätten jetzt jemanden gefunden, der ihm helfen wolle. Dazu müsste dieser Mann aber mit ihm alleine einige Tests machen um herauszufinden, woher seine Probleme kämen."

Sie brauchte nicht lange zu warten. Schon am übernächsten Tag saß Lukas wieder stundenlang über den einfachsten Aufgaben. Dann fing er sogar an zu weinen. „Ich bin richtig dumm, ich kann gar nichts mehr", stieß er schließlich schluchzend hervor. „Ich will doch fertig werden, ich mach mir so sonst den ganzen Nachmittag kaputt."

Sie nahm ihn tröstend in die Arme und setzte sich mit ihm auf die Couch. „Papa und ich glauben, dass wir alle jetzt doch Hilfe von außen brauchen um die Ursache für deine Schwierigkeiten zu finden. Wir wissen nicht, woran es liegt und so sehr wir auch überlegen, wir kommen nicht dahinter. Jetzt haben wir uns überlegt, ob wir mit dir nicht doch mal zu jemanden gehen, dessen Beruf es ist, Kindern mit Schwierigkeiten zu helfen."

„Etwa ein Arzt?", fragte Lukas neugierig.

„Nein, so etwas ähnliches, ein Kinderpsychologe."

„Da soll ich hin? Nein, das mache ich nicht, ich bin doch nicht verrückt!"

Sie musste lachen. „Das wissen wir. Außerdem, nur zu deiner Information, ein Psychologe hilft allen Kindern, die Probleme haben, versucht herauszufinden, woher diese Schwierigkeiten kommen und gibt dann gezielte Hilfen. Deshalb ist so jemand auch in der Lage, dir zu helfen."

„Hast du etwa schon mit einem gesprochen, oder woher weißt du das alles, ich meine, dass so jemand auch mir helfen kann?", bohrte er sofort nach. „Vielleicht bin ich einfach wirklich nur zu dumm."

„Das glauben wir nun wieder nicht, im Gegenteil, wir halten dich für ziemlich clever. Und was deine Frage angeht, als uns klar wurde, dass wir an unseren Grenzen angekommen sind, dir nicht helfen können, du aber dringend Hilfe benötigst, oder meinst du, wir sehen nicht, wie du immer trauriger wirst, immer gequälter wirkst, haben wir uns erkundigt, wer dir in deinem Fall helfen kann. Nur, im Endeffekt musst du entscheiden, ob du das machst, wir können dir nur dringend dazu raten, denn sei mal ganz ehrlich, so wie jetzt, kann es einfach nicht weitergehen."

Er nickte noch etwas zögernd, „einmal hingehen kann ich ja mal. Kommt ihr denn auch mit?"

Als sie bejahte, war er beruhigt. „Aber wenn dieser Psychologe mir nicht gefällt, gehe ich da nie wieder hin!"

„Klar, abgemacht", stimmte sie erleichtert zu.

III

In den nächsten Tagen erwähnte Lukas das Gespräch nicht mehr und sie erzählte ihm auch nicht, dass sie schon einen Termin ausgemacht hatte. Sonst hätte er sich nur unnötig den Kopf zerbrochen, was der Psychologe wohl mit ihm anstellen würde, wäre aufgeregt gewesen oder hätte womöglich in der Schule darüber gesprochen. Instinktiv scheute sie davor zurück, die Lehrerin über ihre Aktivitäten aufzuklären oder ihr ihren Verdacht mitzuteilen, die hätte sie mit Sicherheit missverstanden.

So holten Roland und sie ihn am Donnerstag einfach mit dem Auto von der Schule ab und teilten ihm ruhig mit, sie hätten heute morgen bei einem Psychologen angerufen und sofort einen Termin bekommen, deshalb müssten sie jetzt gleich dorthin fahren. Papa hätte sich extra frei genommen um dabei zu sein. Lukas schien etwas erstaunt, nahm ihre Erklärung aber ohne Kommentar hin, zum Teil wohl auch deshalb, weil sie ihm, in Ermangelung eines warmen Mittagessens, seinen Lieblingskuchen inklusive einer Flasche Cola mitgebracht hatten, auf die er sich gleich erfreut stürzte.

Nach einer halbstündigen Fahrzeit erreichten sie pünktlich ihr Ziel. Zögernd und mit plötzlich stark klopfendem Herzen, stieg sie aus, auf einmal doch unsicher, ob sie den richtigen Weg eingeschlagen hatten. Auch Lukas schien sich mulmig zu fühlen.

Zum Glück übernahm Roland die Führung. „Hopp, hopp, Beeilung!", rief er energisch, „sonst kommen wir noch zu spät!" Er sprang aus dem Auto und lief, ohne auf sie zu warten zur Eingangstür und klingelte. Schnell gingen Lukas und sie hinterher und erreichten gerade das Haus, als die Tür aufging. Herr Mobst öffnete selbst, ein etwas älterer, gemütlich wirkender Mann. „Na, Sie sind wirklich pünktlich", lobte er und bat sie herein. Er führte sie in sein Arbeitszimmer und sie nahmen auf einer Sesselgruppe Platz, Lukas verlegen auf der Kante balancierend.

Herr Mobst wandte sich ihm gleich direkt zu. „So, um dich geht es also heute. Weißt du denn, warum deine Eltern heute mit dir hierher gekommen sind?"

Lukas nickte. Zu ihrem Erstaunen antwortete er ohne zu zögern: „Weil ich so Probleme mit den Hausaufgaben habe und in letzter Zeit dauernd traurig bin."

„Warum bist du denn traurig? Weißt du den Grund?"

„Mhm", Lukas überlegte, seine Augen wanderten zu ihr und Roland, als sie schwiegen wieder zum Psychologen zurück. „Weiß ich nicht", sagte er schließlich.

Herr Mobst ließ ihn daraufhin in Ruhe und stellte ihnen gezielte Fragen nach seinem bisherigen Werdegang. Lukas saß daneben und hörte zu. Dann mussten sie die jetzige Situation aus ihrer Sicht schildern.

Der Psychologe äußerte sich nicht zu ihren Ausführungen, sondern wandte sich dann wieder an Lukas. „Nun haben mir deine Eltern sehr viel über dich erzählt, bist du einverstanden, wenn ich jetzt noch ein paar Fragen an dich richte?"

Als Lukas nickte, begann er mit Fragen nach Details aus früheren Jahren und arbeitete sich dann behutsam an die bestehenden Schwierigkeiten heran. Lukas war mittlerweile richtig aufgetaut, und berichtete offen von seinen Schwierigkeiten in der Schule und bei den Hausaufgaben, dass er sich andauernd mit seinem Bruder zanken würde, er wüsste selber nicht warum und fände dies eigentlich auch schade, dass er zu nichts mehr so richtig Lust hätte, dass er das Gefühl hätte, er wäre so anders als die anderen - obwohl, zu Hause eigentlich nicht. Irgendwas würde mit ihm nicht stimmen, davon war er fest überzeugt, nur was, dass wusste er nicht.

Schließlich nickte Herr Mobst: „Ich glaube, wir werden jetzt erst einmal ein paar Spiele machen, ich habe so einen Verdacht, woran deine Schwierigkeiten liegen könnten. Hilfst du mir und machst mit?" Er hob einen Koffer auf, der unter dem Tisch gestanden hatte und öffnete ihn. „Schau her, hier drin sind lauter tolle Sachen, mit denen wir spielen werden."

Lukas war jetzt doch wieder skeptisch. „Na ja, ich weiß aber doch gar nicht, ob ich alles spielen will, vielleicht interessieren mich manche Dinge gar nicht, oder ich kann sie nicht."

„Lass uns das einfach abwarten, okay? Weißt du, ich habe schon ganz viele Kinder hier gehabt und alle waren ganz begeistert von meinen Materialien. Außerdem wollen wir doch herausfinden, wo dich der Schuh drückt und diese Spiele helfen uns dabei."

„Na gut, ich kann es ja mal versuchen", gab Lukas noch etwas zögernd seine Zustimmung.

„Dann fangen wir am besten gleich an", Herr Mobst erhob sich, dann zögerte er. „Nur, deine Eltern müssen solange nebenan warten, sonst lenken sie dich ab. Ach weißt du was, wir schicken sie auf einen langen Spaziergang. Dann brauchen sie sich hier nicht zu langweilen. In anderthalb Stunden können sie wiederkommen und wir besprechen alle zusammen die Ergebnisse."

Etwas hilfesuchend sah Lukas Roland an. Doch der hatte sich schon erhoben und nickte ihm aufmunternd zu, „bis gleich dann."

Er nahm ihren Arm und schob sie aus dem Raum nach draußen auf die Straße. Dort blickten sie sich unsicher an. „Tja, dann lass uns mal ein Stückchen laufen", sagte Roland und räusperte sich. „Komisch, jetzt wo wir nichts mehr mit dem weiteren Verlauf zu tun haben, bekomme ich richtig Lampenfieber."

„Hab ich auch", gestand sie, „richtig Prüfungsangst, mit trockenem Hals, klopfendem Herzen und zitternden Knien. Ach Roland, haben wir es richtig gemacht?"

Er legte den Arm um ihre Schultern, „ich weiß es auch nicht, ich hoffe nur, dass irgend etwas bei dieser Testung herauskommt, egal was, nur irgend ein Punkt, wo wir ansetzen können, ihm endlich helfen können."

Schweigend marschierten sie durch die Straßen der Kleinstadt, an Feldern und Wiesen vorbei, alle paar Minuten auf die Uhr blickend. Es kam ihnen vor, als wenn die Zeit endlos langsam verstrich.

Sorgen und Zweifel quälten sie weiter. Schätzte sie ihr Kind vielleicht doch völlig falsch ein? Sah sie Besonderheiten, wo gar keine waren? Bewertete sie seine Probleme über? Nein, das letzte denn doch nicht. Aber was, wenn nun gar nichts bei dem Test herauskam, keinerlei Auffälligkeiten, weder nach oben noch nach unten, was sollten sie dann bloß tun? Oder, ein ganz anderer Gedanke durchzuckte sie, wenn er nur einige wenige Aufgaben lösen konnte, würde sein angeknackstes Selbstbewusstsein dies zum jetzigen Zeitpunkt verkraften? War dieser Experte für hochbegabte Kinder auch in der Lage, besondere Probleme eines vielleicht doch völlig normalen Kindes zu sehen?

So sehr sie es auch versuchte, es gelang ihr nicht diese und ähnliche Gedanken abzuschütteln. Roland schien es genauso zu gehen. Anfangs hatte er sich noch bemüht ein Gespräch in Gang zu halten, war aber selbst so uninteressiert, so mit seinen Gedankengängen beschäftigt, dass immer längere Gesprächspausen entstanden und sie schließlich ganz schwiegen.

Endlich waren die eineinhalb Stunden fast um und sie wanderten zurück zum Haus des Psychologen. Mit undurchdringlichem Gesicht öffnete er die Tür. „Wir sind schon fertig, kommen Sie bitte gleich durch in mein Arbeitszimmer."

Wieder nahmen sie auf der Sitzgruppe Platz. Lukas, der noch am Schreibtisch gesessen und sich mit irgendwelchen Materialien beschäf-

tigt hatte, gesellte sich zu ihnen. „Das hat echt Spaß gemacht", verkündete er mit leuchtenden Augen. Er wirkte richtig aufgekratzt.

„Ja, du warst toll", bestätigte Herr Mobst und schob ihnen ein Blatt zu,
„hier, das sind die einzelnen Testergebnisse und die Gesamtauswertung."
Gleichzeitig beugten sie sich über das, mit Tabellen und Zahlen bedeckte
Papier. Der Psychologe wies auf die letzte unterstrichene Zahl ganz un-
ten, „hier steht das Ergebnis, alles andere erkläre ich Ihnen gleich noch."
Sein Finger wies auf eine Zahl, IQ 132 stand da und dahinter 98%.

Sie schluckte trocken, also doch. „War ich wirklich gut", fragte Lukas
aufgeregt, richtig froh und glücklich sah er aus. „Ja, sogar sehr, sehr
gut", erwiderte Roland und drückte ihn.

„Ach so schwer waren die Spiele gar nicht", wehrte Lukas ab. „Und wir
haben unheimlich viel Spaß dabei gehabt. Herr Mobst hat zwischendurch
dauernd Witze gemacht. Wisst ihr denn jetzt, was mit mir los ist?" Sie
alle drei sahen den Psychologen erwartungsvoll an.

„Ja, Lukas", antwortete dieser auf seine bedächtige Art, „ich will es dir
und deinen Eltern erklären. Deine Schwierigkeiten hängen damit zusammen, dass du ganz anders und viel schneller denkst, als andere Kinder. Ich will es mal so ausdrücken, du erkennst sofort die Zusammenhänge von neu Erlerntem, dein Gehirn will sofort weiterdenken, am
liebsten immer ganz, ganz schnell Neues lernen, und wenn dir dies nicht
möglich ist, schaltet es sich einfach nach und nach ab, zuletzt ist es dann
so, als wenn du mit offenen Augen schläfst."

„Dann ist es doch ganz einfach", erklärte Lukas mit leuchtenden Augen.
„Ich lerne ab jetzt so schnell wie ich kann und es geht mir wieder gut."

„Ja, das hast du gut erkannt", nickte der Psychologe, „und wie man dies
umsetzen kann, will ich jetzt mit deinen Eltern besprechen. Erst erkläre
ich ihnen aber, was wir beide in den anderthalb Stunden gemacht haben.
Weißt du was, spiel du in der Zwischenzeit noch ein bisschen mit den
Zauberwürfeln, die dich so fasziniert haben, dann ist es nicht so langweilig für dich." Bereitwillig ging Lukas wieder hinüber zum Schreibtisch.

Herr Mobst wandte sich ihnen zu. „Also", begann er, „ich habe verschiedene Tests mit Ihrem Sohn gemacht, die alle zusammengenommen den
Intelligenzquotienten 132 ergaben, dies entspricht einem Prozentrang
von 98. Das heißt, Lukas intellektuelle Fähigkeiten sind besser als die
von siebenundneunzig Prozent der Gleichaltrigen. Der Normalwert des
Intelligenzquotienten liegt zwischen neunzig und einhundertzehn. Lukas
hat in fast allen Bereichen überdurchschnittlich abgeschnitten, mit einigen Einschränkungen, auf die ich gleich noch zurückkomme. Es liegt bei

ihm eine relativ gleichmäßige Hochbegabung vor, sowohl im sprachlichen als auch rechnerischem Bereich. Am besten erkläre ich Ihnen seine Andersartigkeit über Altersvergleiche. Körperlich und - das dürfen Sie nie vergessen, auch emotional handelt es sich bei Ihrem Sohn um ein siebenjähriges Kind. Intellektuell gesehen, ist er seinen Altersgenossen jedoch um zwei bis drei Jahre voraus, im verbalen sogar um vier Jahre. Und da liegen seine Schwierigkeiten, erstens ist er in der ersten Klasse total unterfordert und zweitens im Bezug auf soziale Strukturen wesentlich weiter entwickelt. Ich kann Ihnen nur dringend empfehlen, ihn sofort in die zweite Klasse vorversetzen zu lassen. Des weiteren braucht er auch zu Hause wesentlich mehr Förderung und Anregungen in geistiger Hinsicht. Haben Sie einen Computer?"

„Ja, aber nur einen relativ alten, langsamen", erwiderte Roland, immer noch überwältigt von dem eben Gehörten.

„Macht nichts, für den Anfang reicht der völlig aus. Geben Sie Lukas freien Zugang, erklären Sie ihm einmal wie er den Computer bedienen muss und lassen Sie ihn dann alles weitere alleine machen. Geben Sie ihm Strategiespiele, Wirtschaftssimulationen, alles was ihn interessiert und zum Denken anregt. Aber nehmen Sie bitte Programme für eine höhere Altersstufe, sonst wird es ihm zu langweilig und stellt auch wieder keine Denkanregung dar."

Herr Mobst sah auf seine Notizen. „Dann ist mir aufgefallen, dass seine Feinmotorik nicht sehr gut entwickelt ist, das heißt, er ist nicht in der Lage gewesen, kleine Puzzle mit den Händen zusammenzusetzen, wusste aber, welche Figur die Teile zusammengefügt ergeben hätte, im Kopf hatte er ein fertiges Bild, konnte dies jedoch nicht umsetzen. So etwas frustriert natürlich auch. Wobei dies, gerade bei hochbegabten Jungen sehr oft vorkommt. Sie müssen sich das so vorstellen: Diese Kinder haben eine genaue Vorstellung von dem, was sie schaffen wollen, können dies aber praktisch nicht umsetzen. Anstatt zu üben, wenden sie sich lieber anderen Dingen zu, zum einen, da sie es gewöhnt sind, fast alles auf Anhieb zu können, zum anderen oft aber auch, da sie das Gefühl haben, das Produkt, so wie sie es sich vorstellen, sowieso nicht umsetzen zu können, und zwar laufen diese Vorgänge bereits im Kindergartenalter ab. Die Kleinen sollen ein Bild malen, schaffen aber, wenn überhaupt, nur einfache Strichmännchen, in ihren eigenen Augen nur Krikelei. Verstehen Sie, ihr Qualitätsstreben, ihre Ansicht von dem, was sie umsetzen können wollen, ist da bereits so groß, dass sie sofort aufgeben, wenn sie dies nicht schaffen. Damit lernen sie dann natürlich nicht, dass auch ständiges Üben Fortschritte bringt, weigern sich einfach bestimmte Übungen zu wiederholen, da sie meinen, ihren, natürlich viel zu übersteigerten Ansprüchen an sich selbst eh nie genügen zu können. Am besten lassen Sie Lukas ein Instrument lernen, aber bloß nicht Blockflöte, da verzweifeln diese Kinder mit den ungeschickten Händen. So etwas wie Klavier wäre ideal. Gerade im Bereich der Musik können auch hochbegabte Kinder lernen, dass man sich anstrengen muss um etwas zu erreichen, dass stetes Üben dazu gehört. Dann wäre es ideal, ihn Sport treiben zu lassen, damit er im Kontakt mit anderen Kindern bleibt und sich austoben kann. Nur empfehle ich Ihnen, etwas anderes als Mannschaftssport auszusuchen, eher so etwas wie z. B. schwimmen, wo jeder individuell Leistung bringt. Da wird er sehen, dass es Bereiche gibt, wo er nicht immer automatisch der Beste ist. Auch Schachspielen wäre gut, dort trifft er auf andere Kinder, denen das Denken genauso viel Spaß macht wie ihm, mit denen er sich messen kann. Denn auch er braucht dringend andere Kinder zum gemeinsamen Spielen und kommunizieren, am besten wäre, er hätte etwa gleichaltrige Kinder zum Toben und zwei bis drei Jahre ältere zum Spiele spielen und austauschen. Über eines müssen Sie sich jedoch klar sein, so ein Kind wie Ihr Sohn, das so anders ist als andere, wird Sie immer mehr fordern als normale Kinder, wird mehr Zuwendung und Verständnis brauchen, in einer Welt in der es oft das Gefühl hat nicht dazu zu gehören, die sein Selbstwertgefühl ständig angreift, in der es sich oft ausgegrenzt fühlt."

Herr Mobst hatte sich vorgebeugt, sie bei seinen letzten Worten eindringlich angesehen. Jetzt lehnte er sich wieder zurück. „Nun muss ich Ihnen aber noch einiges zum Test selbst sagen. Dies", er wies auf den Testbogen, „ist eine Momentaufnahme, der heutige Zustand sozusagen. Ich kann Ihnen versichern, dass kein Kind so ein Ergebnis rein zufällig erreichen kann, eher liegt bei Kindern wie Lukas, die schon etliche Blockaden entwickelt haben, wie auch einige Untertests zeigen, nahe, dass der eigentliche Wert noch höher liegt. Nehmen wir z. B. mal diese Aufgabe", wieder wies er mit der Hand auf den Testbogen, „hier geht es um Wiederholen von Zahlenreihen. Wie Sie sehen, ist er in dieser Spalte ziemlich weit gekommen. Doch dann gibt es diese Aufgabe noch mal in einer wesentlich schwierigeren Form, hier schauen Sie das Ergebnis in der nächsten Reihe, dort ist er noch wesentlich weiter gekommen. Das zeigt, dass Lukas vorher gar nicht mit voller Kapazität gearbeitet hat, so als würde er erst bei für ihn komplizierten Anforderungen sein gesamtes Gehirn einschalten und vorher nur mit halber Kapazität fahren. Somit

haben Sie hier ein Kind, von dem Sie immer einhundertundzwanzig Prozent fordern müssen um ungefähr eine hundertprozentige Leistung zu erhalten." Er seufzte, „und da sehe ich erhebliche Schwierigkeiten auf Sie zukommen. Denn wie wollen Sie dies in der Schule erreichen?"
„Ja, aber wenn wir ihn wirklich vorversetzen lassen...", warf Roland ein.
„Ist dies doch nur eine kurzzeitige Hilfe, um ihn aus seiner Lethargie herauszureißen, sein Gehirn wieder anspringen zu lassen", unterbrach ihn der Psychologe. „Sobald Lukas den Vorsprung der Mitschüler aufgeholt hat, ich schätze diese Zeit auf zwei bis drei Monate, wird er wieder heruntergebremst auf das allgemeine Lernniveau, und das reicht dann weiterhin nicht aus, ihn zu fordern. Ja, so wie ich es sehe, wird es in seiner gesamten Schulzeit nicht ausreichen. Es liegt weiterhin an Ihnen, darauf zu achten, dass er nicht wieder blockiert, ihn also nachmittags zu fordern und zu fördern. Ich weiß, dass die Situation in den Schulen schwierig ist, weil die meisten Lehrer nichts über hochbegabte Kinder wissen, es kommt noch nicht einmal in ihrem Studium vor. Trotzdem sollten Sie versuchen, mit den betreffenden Lehrern zu sprechen. Jetzt auf der Grundschule ist es doch bestimmt möglich ihm vertiefende Aufgaben zu geben, wenn längere Wiederholungsphasen anstehen, die er nicht benötigt. Oder er sollte angehalten werden Referate vor der Klasse zu halten. Wichtig ist auf jeden Fall mit dem Lehrer oder der Lehrerin im Gespräch zu bleiben. Kommt er dann auf das Gymnasium, Sie brauchen gar nicht so ungläubig zu schauen, eine andere Alternative hat er nicht bei seinem Intellekt, reicht es möglicherweise, wenn Sie wenigstens zwei Lehrer finden, die ihn in ihren Fächern speziell fördern. Wird er zumindest teilweise anerkannt und zu Höchstleistungen motiviert, helfen ihm diese Erfahrungen oft schon ausreichend, den Rest des für ihn langweiligen, weil zu langsamen Unterrichts ertragen zu können."
Er bemerkte ihre ungläubigen Blicke. „Ich glaube, ich muss Ihnen doch noch eine andere Erklärung geben, damit Sie merken, wie sehr Ihr Sohn sich von der Norm unterscheidet. Also, wie ich anfangs schon sagte, bei den normalen Altersgenossen liegt der IQ ungefähr bei hundert, plus minus zehn Punkte. Kinder, die einen IQ von achtzig haben, gelten als lernbehindert, das heißt sie können dem normalen Unterrichtstempo nicht folgen, denken wesentlich langsamer. So, jetzt gehen wir mal in die andere Richtung. Kinder, die andersherum zwanzig bis dreißig Punkte über der Norm liegen, haben die gleiche Diskrepanz zu den Normalen, wie die Lernbehinderten. Und so wie für diese, das normale Tempo viel zu schnell ist, ist für Hochbegabte das normale Tempo viel zu langsam.

Leider gibt es aber, im Gegensatz zu den Lernbehinderten keine Schulen für Hochbegabte, das heißt diese müssen sich an das, für sie viel zu langsame Tempo anpassen. Das alleine ist schon schwer genug, dazu kommt aber noch, dass die hochbegabten Kinder nun oft denken, die ja auch merken, dass sie irgendwie anders sind, mit ihnen stimme etwas nicht, sie wären, so wie sie sind, nicht richtig, weil sie meistens ganz allein mit diesem Problem in ihrer Klasse sind. Sie sehen nur, dass alle anderen zurechtkommen, sie selbst aber nicht, selbst wenn sie sich noch so bemühen. Deshalb ist es auch ganz wichtig, Ihrem Sohn immer wieder zu erklären, dass er eben anders ist, nicht besser, aber auch nicht schlechter als die anderen. Wenn es geht, verwenden Sie nicht unbedingt das Wort hochbegabt, es hat noch immer zu sehr den Beigeschmack von Elite, was bei uns seit dem zweiten Weltkrieg verpönt ist, obwohl es damals einen ganz anderen Hintergrund hatte. Bestärken Sie ihn aber immer wieder darin, sich so zu geben wie er ist, er selbst zu sein. Und zeigen Sie ihm deutlich, dass Sie ihn so lieben und annehmen, wie er ist. Das steigert sein Selbstbewusstsein und gibt ihm Kraft vieles, was er und Sie nicht ändern können, zu ertragen. Sie sollten sich auch ruhig einer Selbsthilfegruppe für hochbegabte Kinder anschließen, wie z. B. der DGhK. Dort gibt es viele Eltern mit ähnlichen Problemen, das hat für Sie den Vorteil, nicht das Gefühl zu bekommen, ganz allein dazustehen. Außerdem können Sie von den Tipps der Eltern älterer Kinder profitieren, die ähnliche Situationen wie die Ihre schon hinter sich haben, Sie können sicher auch Schulempfehlungen für weiterführende Schulen erhalten. Ich glaube, es werden auch Nachmittagsveranstaltungen für die Kinder angeboten, eine gute Möglichkeit verschiedenste Bereiche auszuprobieren und zusätzlich, was genauso wichtig ist, mit ähnlichen Kindern umzugehen und vielleicht sogar Freunde zu finden. Zumindest sieht Lukas aber, dass er doch nicht so alleine dasteht, wie er zur Zeit empfindet, nicht nur er so anders ist, sondern es noch ganz viele Kinder so wie ihn gibt."

Sie sahen wohl recht erschlagen von seinen Antworten aus, denn Herr Mobst lachte plötzlich und fragte: „Haben Sie denn überhaupt nicht mit einer möglichen Hochbegabung gerechnet, wissen Sie denn noch gar nichts darüber?"

Sie sahen sich an, dann antwortete Roland, „meine Frau vielleicht schon, ich aber eigentlich nicht. Das einzige Buch, das wir zu dem Thema Hochbegabung gelesen haben, schilderte wohl eine Vielzahl von unterschiedlichsten Problemen, aber alles bei Kindern, deren Merkmale wesentlich ausgeprägter auf eine Hochbegabung hindeuteten als bei unserem Sohn. Sie kamen uns um so viel intelligenter vor, selbst wir sahen, dass sie so weit von anderen Kindern entfernt waren, dass sie einfach Probleme haben mussten. Aber Lukas war im Vergleich zu ihnen eher normal."

„Es muss auch nicht alles zutreffen, was Sie gelesen haben oder was ich Ihnen aufgezählt habe, ich wollte Sie nur darauf hinweisen, dass es so kommen kann, Sie etwas für vielleicht eintretende Probleme sensibilisieren. Vielleicht reicht einmaliges Springen, eine veränderte Klassensituation, eine neue Lehrerin aus um Lukas so viel Auftrieb und Selbstbewusstsein zu geben, dass er zufrieden und glücklich wird und auch bleibt. Es gibt auch ganz viele Hochbegabte, die völlig unauffällig durch die Schule kommen, ohne Probleme. Oft ermöglicht schon ein guter Freund, der ähnlich begabt ist, oder ein Hobby in der Freizeit, in das er alle überschüssige Energie investiert, alles andere ertragen zu können."

Herr Mobst machte eine Pause und sah wieder auf seine Notizen. „Lukas erzählte mir, er hätte noch zwei Geschwister", sagte er dann.

Sie nickte, „ja, einen Bruder von vier Jahren und eine Schwester, die allerdings erst anderthalb ist."

„Diese zwei sind nicht so wie Lukas", mischte sich Roland ein.

„Seien Sie sich nicht zu sicher", erwiderte der Psychologe zweifelnd. „Es kommt nämlich sehr oft vor, dass alle Kinder einer Familie hochbegabt sind, zumindest aber noch ein weiteres. Beobachten Sie beide also trotzdem mal im Vergleich zu Gleichaltrigen. Sie müssen nicht die gleiche Entwicklung durchmachen wie Ihr großer Sohn, auch bei Hochbegabung gibt es ganz unterschiedliche Ausdrucksformen. Und denken Sie daran, bei Lukas hat es auch lange gedauert, bis Sie nur an die Möglichkeit, dass es so sein könnte, gedacht haben."

Sie nickte, „wir werden darauf achten. Denn noch einmal erst durch Probleme darauf gestoßen zu werden, muss nun wirklich nicht sein."

Der Psychologe schob ihnen den Testbogen zu, „ dieses Blatt ist für Sie, ich denke, wir haben jetzt alles besprochen. Haben Sie noch irgendwelche Fragen?"

Sie sahen sich an, schüttelten gleichzeitig den Kopf, so viel Neues hatten sie heute erfahren, das musste erst verarbeitet werden.

„Ich weiß, wie Sie sich fühlen", sagte Herr Mobst. „So ergeht es fast allen Eltern. Nun, wenn Sie erst in Ruhe über alles nachgedacht haben, fällt Ihnen bestimmt noch die eine oder andere Frage ein. Zum Glück gibt es mittlerweile auch einiges an deutschsprachiger Literatur zu diesem Thema, über die DGhK kann man bestimmt eine Bücherliste bekommen. Wenn Lukas Klassenlehrerin trotz des schriftlichen Ergebnisses noch Einwände gegen das Überspringen hat, kann sie mich gerne anrufen." Er erhob sich.

Während Roland noch die finanzielle Seite erledigte, gingen sie und Lukas schon zum Auto voraus. „Was ist denn das, hochbegabt?", fragte er, sobald sie das Haus verlassen hatten.

„Äh, wo hast du das denn gehört?", antwortete sie ausweichend.

„Na von euch gerade, so leise habt ihr nun auch wieder nicht gesprochen. Herr Mobst hat euch gesagt, ich wäre hochbegabt und meine Probleme hingen damit zusammen. Aber was er euch noch gesagt hat, habe ich nicht mehr verstanden, zwischendurch seid ihr so leise geworden, dass ich nur noch Bruchstücke eurer Unterhaltung mitbekommen habe."

„Nun, das Wort Hochbegabung drückt nur in einem Wort das aus, was Herr Mobst dir, bevor er mit uns allein gesprochen hat, schon erklärt hat, das mit der Schnelligkeit des Gehirns. Wobei ich seine Erklärung eigentlich besser finde, als dieses Wort."

Lukas nickte zustimmend, „finde ich auch, das Wort hört sich nur bedeutend an und kein Mensch weiß, was es eigentlich ausdrücken soll. Sag mal", er sah sie prüfend an, „hat Herr Mobst wirklich gesagt, ich soll in eine andere, eine zweite Klasse gehen, oder habe ich das falsch verstanden?"

Sie schwieg, überlegte kurz, wie sie ihm dies schmackhaft machen sollte, denn wie sie wusste, hasste er jegliche Veränderung. Da platzte er schon heraus: „Weg von Frau Schreiber, weg aus meiner Klasse? Ne, das mache ich nicht!"

„Ja, wie stellst du dir denn eine Lösung vor?", fragte Roland, der hinzukommend die letzten Worte seines Sohnes noch gehört hatte. Lukas strahlte ihn an: „Herr Mobst hat doch irgendwas von Extraaufgaben und so gesagt. Das könnte Frau Schreiber bestimmt."

„Ja, gute Idee von dir", Roland gab ihr einen Rippenstoß, als er merkte, dass sie protestierend den Mund aufmachen wollte. „Weißt du was, wir lassen uns so schnell wie möglich einen Termin bei deiner Lehrerin geben und erzählen ihr, was der Psychologe gesagt hat. Dann werden wir sehen, was sie dazu meint."

„Aber aus der Klasse gehe ich nicht", beharrte Lukas.

Als sie Felix und Laura bei der Oma abholten, platzte Lukas sofort mit seinen Neuigkeiten heraus: „Weißt du was, Oma? Der Psychologe hat gesagt, ich bin hochbegabt und gehöre eigentlich schon in die zweite Klasse."

Ihre Mutter sah sie entsetzt an und wollte Lukas gleich ausfragen, doch dieser winkte ab und lief zu seinen Geschwistern, die vor dem Fernseher saßen und einen Videofilm sahen.

Sie zogen sich in die Küche zurück. „Stimmt es wirklich?", fragte ihre Mutter.

Sie nickte, „ja, wir können es auch noch nicht richtig fassen, obwohl ich es jetzt doch blöd finde, dass Lukas dieses Wort mitbekommen hat. Was ist, wenn er dies jetzt jedem erzählt?"

„Das glaube ich nicht", beruhigte sie die Oma, „er ist doch Fremden gegenüber sehr verschlossen. Und du kannst ihm ja gleich noch mal erklären, dass es nicht so gut ist, es jedem zu erzählen. Aber jetzt will ich erst mal alles genau wissen."

Sie versuchte, so gut es ging, das Gespräch mit dem Psychologen wiederzugeben.

Ihre Mutter sah sie lange an, ohne ein Wort zu sagen. „Ehrlich gesagt, hätte ich nicht erwartet, dass so etwas bei dem Test herauskommt", sagte sie schließlich. „So klug ist er mir bisher wirklich nicht vorgekommen. Nun gut er hat ein für sein Alter wirklich enormes Sprachvermögen, aber du hast dich auch immer sehr viel mit ihm beschäftigt. Das einzige was mir bisher konkret aufgefallen ist, er hat einen ungeheuren Widerspruchsgeist, will jede Entscheidung, die ich treffe, wenn er hier ist, ausdiskutieren, kann nichts als gegeben hinnehmen. Und ich frage mich eben, ob seine Auffälligkeiten in der Schule nicht daran liegen, dass du ihm zu viel durchgehen lässt, ihm zu viele Freiräume gibst, die Zügel nicht straffer anziehst. Denn wenn er doch so klug ist, müsste er die Schule doch mit links schaffen können. Meinst du nicht, es wäre besser ihm zu erklären, dass er sich anpassen müsse, dass Schule eben eine Pflicht ist und man seine Pflichten, auch wenn man sie vielleicht nicht mag, trotzdem so gut wie möglich erledigen muss?"

Sie merkte, wie sich ihr Magen schmerzhaft zusammenzog. Hatte ihre Mutter denn gar nichts von dem verstanden, was sie ihr erzählt hatte. Wenn sie schon so dachte, die Lukas liebte und ihn häufig sah, also gut kennen müsste, wie sollte sie Frau Schreiber wohl überzeugen können?

Abends vor dem Schlafengehen nahm sie ihren großen Sohn noch einmal beiseite. „Lukas", bat sie, „dass du hochbegabt bist, bleibt erst einmal unter uns, das muss nicht jeder wissen."

„Oma ist nicht jeder", protestierte er empört, „und außerdem stimmt es doch oder nicht?"

„Ja, aber ich glaube nicht, dass die meisten Leute mit diesem Wort sehr viel anfangen können, außerdem denke ich, selbst wenn man ihnen die Zusammenhänge erklärt, würden viele es doch nicht verstehen. Wichtig ist, dass wir es wissen und damit verstehen können, warum es dir in letzter Zeit so schlecht ging und wie wir dir jetzt helfen können. Und du weißt für dich, dass du weder dumm noch schlecht bist, sondern eben anders. Viele deiner Probleme mit Gleichaltrigen und in der Schule kommen durch diese Andersartigkeit. Dass deine Mitschüler vieles an dir nicht verstehen und deine Spiele nicht mitspielen wollen ist kein böser Wille, sie können dir oft nicht folgen, deine Ideen sind ihnen unverständlich, genau so wie du ihre Spiele oft langweilig findest."

„Sie haben einfach nicht genug Phantasie", ergänzte Lukas und gähnte. „War's das? Ich glaube, ich bin heute echt müde." Freiwillig ohne zu murren zog er sich um und legte sich ins Bett.

IV

Eine Woche später erschien sie mittags in der Schule, zum vereinbarten Termin mit der Klassenlehrerin. Frau Schreiber empfing sie im leeren Klassenzimmer. „Wir müssen unser Gespräch hier führen, unser Konferenzraum ist leider schon besetzt." Sie wies auf den Platz ihr gegenüber. „Aber Sie baten ja um einen dringenden Termin, was gibt es denn so Wichtiges zu besprechen?"

Sie sah die Klassenlehrerin offen an, „ich weiß nicht, ob es Ihnen in der Schule auch aufgefallen ist, aber wir stellen bei Lukas zu Hause seit einiger Zeit eine zunehmende, in den letzten Wochen sogar extreme Verschlechterung seiner schulischen Situation fest, auch ist er in letzter Zeit sehr aggressiv. Deshalb sind wir vor ein paar Tagen zu einem Psychologen gegangen, um herauszubekommen, was eigentlich mit Lukas los ist." Sie suchte nach Worten, unsicher, wie sie fortfahren sollte.

„Nein", die Lehrerin schien ehrlich überrascht. „Mir ist nichts Negatives an ihm aufgefallen. Im Gegenteil, ich sehe eher Fortschritte, es scheint mir zu gelingen ihn in die Klasse zu integrieren. Warum sind Sie mit Ihren Bedenken nicht erst zu mir gekommen?"

„Weil wir selber nicht wussten, warum er sich so verändert hatte, es hätten ja auch private Probleme vorliegen können", sie schluckte aufgeregt, bevor sie fortfahren konnte, „nun, der Psychologe hat nach einem eingehenden Gespräch mit uns allen, eine Reihe von Tests allein mit Lukas durchgeführt und dabei festgestellt, dass dieser zur Zeit schulisch total blockiert ist, was wohl auf eine schulische Unterforderung zurückzuführen ist, bei dem Test stellte sich nämlich eine Hochbegabung heraus, das heißt er ist intellektuell gesehen seinem wahren Alter um zwei bis drei Jahre voraus."

„Lukas, hochbegabt?" Frau Schreiber schüttelte ungläubig den Kopf, „haben Sie darüber etwas schriftliches?"

„Ja, den Test und das Ergebnis", entgegnete sie und schob ihr den Testbogen über den Tisch. Die Lehrerin nahm ihn und vertiefte sich in die Tabellen. Endlich hob sie den Kopf. „Nun, ich verstehe nicht sehr viel davon, bis auf den Wert da unten. Das soll wohl der Intelligenzquotient sein?"

Sie nickte nur und wartete ab.

„Hm, nun ja wenn ein Psychologe dies festgestellt hat. - Und er meint, seine Probleme, von denen er hier wirklich nichts zeigt, entsprängen schulischer Unterforderung, einem Unterricht, der für ihn nicht anspruchsvoll genug ist?" Frau Schreiber schüttelte ungläubig den Kopf. „Das kann ich aus meiner Sicht nur entschieden verneinen. Im Gegenteil, diese Klasse ist eine der leistungsstärksten, die ich je hatte, alle Schüler sind äußerst lernwillig und fordern ständig mehr. Tatsächlich habe ich zwei Kinder in der Klasse, die wesentlich weiter sind, ein Junge rechnet bereits ohne Hilfe im Hunderterbereich, ein Mädchen schreibt schon kleine Geschichten. Diese beiden brauchen und bekommen auch Zusatzaufgaben, denn sie sind immer die ersten, die mit ihren Aufgaben fertig sind. Aber Lukas", sie schüttelte wieder den Kopf, „er ist eher so langsam, dass er gerade eben in der Zeit fertig wird."

„Aber das ist eben sein Problem. Der Psychologe meint, Lukas sei im Moment so blockiert im Denken, dass sein Gehirn gar nicht mehr richtig anspringt. Tatsächlich hat er uns empfohlen, Lukas sofort eine Klasse überspringen zu lassen um ihn richtig herauszufordern, ihn anzuspornen, wieder zu denken."

Eine kleine Pause entstand. „Nein", meinte Frau Schreiber endlich, „das halte ich für völlig falsch. Gehen wir mal davon aus, dass der Psychologe wirklich recht hat. Denn ehrlich gesagt sollte man so einen Test nicht überbewerten. Ich habe kürzlich gelesen, diese Werte stimmten auch nicht hundertprozentig, tendieren zu stark nach oben, außerdem denke ich, sie sind auch deshalb nicht aussagefähig genug, weil kaum Kinder getestet werden, denn welche Eltern lassen so etwas schon machen."

Sie wollte empört auffahren. „Nein, nein", die Lehrerin hatte ihren Gesichtsausdruck gesehen, „ich sagte ja schon, ich glaube seinem Urteil, schließlich ist er der Experte und wird wissen, wovon er redet. Aber Lukas in die zweite Klasse vor zu versetzen ist aus meiner Sicht nicht empfehlenswert. Sie dürfen nicht nur die intellektuelle Seite sehen. Genau so wichtig ist das Sozialverhalten, er muss mit anderen Kindern zusammenarbeiten können, sich anpassen, spielen, diskutieren, so, dass alle ihn verstehen, sich behaupten lernen, damit ist er im Moment selbst in seiner jetzigen Klasse überfordert. Und dann seine feinmotorischen Fähigkeiten, in der zweiten schreiben sie schon lange in Schreibschrift, seit kurzem auch mit Füller. Wir haben noch nicht einmal mit den einzelnen Buchstaben der Schreibschrift angefangen, wie sollte er dort mitkommen? Mein Vorschlag wäre, dass Sie ihn mir bis zum Ende der ersten Klasse lassen. Zusatzaufgaben stellen, die ihn fordern, kann ich auch. Außerdem, wie ich Ihnen bereits am Anfang unseres Gesprächs sagte, fängt er gerade an sich in die Klassengemeinschaft zu integrieren, sich einzupassen. So weit, es jetzt in einer neuen Klasse mit neuen Mitschülern zu versuchen ist er noch nicht. Ihnen kann ich nur raten, nicht nur auf seine Leistungen, seinen Intellekt zu schauen, sondern ihn wie ein siebenjähriges Kind zu behandeln, das er nun mal ist. So wie er redet, sich ausdrückt und benimmt, hat er es natürlich schwer akzeptiert zu werden. Wie ein kleiner Erwachsener kommt er mir manchmal vor, er müsste viel mehr mit anderen Kindern zusammenkommen und nicht immer nur Erwachsene als Gesprächspartner haben."

Wie betäubt saß sie da, wusste nicht was sie antworten sollte, irgendetwas an diesem Gespräch war schrecklich schiefgelaufen. War ihre heimliche Erwartung, die Lehrerin würde froh sein, von diesem Ergebnis zu erfahren, sofort bereit Lukas zu helfen, wirklich so falsch gewesen? Sie hatte gedacht, sie würden gemeinsam überlegen, wie man ihn angemessen fordern könne, um ihm aus dieser Blockade herauszuhelfen, ihn dabei zu unterstützen sich selbst, mit seinen Besonderheiten anzunehmen und ihn trotzdem in diese oder eine zweite Klasse zu integrieren. Stattdessen schien es, als bekäme sie nur Vorwürfe zu hören, es läge hauptsächlich an ihr, dass er so geworden wäre und hätte mit seiner Hochbegabung gar nichts zu tun.

Frau Schreiber erhob sich. „Nun", sagt sie abschließend, „Sie können sich meine Vorschläge ihn hier in der Klasse zu lassen, ja noch in Ruhe überlegen und mit Ihrem Mann besprechen. Geben Sie mir dann bitte Bescheid, wie Sie sich entschieden haben."

Auch sie erhob sich, sie wechselten noch die üblichen Abschiedsfloskeln, dann war sie entlassen.

Abends konnte sie kaum abwarten, bis die Kinder im Bett lagen und sie mit Roland allein war. Dann platzte sie mit ihrer Geschichte heraus.

Roland überlegte lange, bis er schließlich antwortete. „Ich glaube, du siehst den Gesprächsverlauf etwas zu schwarz. Sicher, ich bin nicht der Meinung, dass wir Lukas wie einen kleinen Erwachsenen erziehen, aber du kannst Frau Schreiber diese Ansicht nicht verübeln. Sie kennt uns schließlich nicht privat und weiß nicht, wie viel bei uns gespielt und getobt wird, wie kindlich sich eigentlich alle drei entwickeln können. Wenn du Lukas sprechen hörst und siehst, wie er sich woanders benimmt, kann man sich auch schwer vorstellen, dass er zu Hause ganz anders ist. Das ist der eine Punkt, der andere ist, ich denke sie muss die neuen Erkenntnisse erst verarbeiten, sie hat zugegeben, dass sie nicht im Traum auf die Idee gekommen wäre, Lukas könne hochbegabt sein. Und dann muss sie es sich von dir sagen lassen. Immerhin hat sie dir angeboten, ihn ab jetzt zu fördern. Ich denke, mehr können wir für den Anfang wirklich nicht verlangen. Oder willst du ihn doch lieber überspringen lassen?"

Sie seufzte tief: „Nein, eigentlich ist mir bei diesem Gedanken sehr unwohl, ich kann mir einfach nicht vorstellen, dass er so etwas ohne Probleme schaffen kann. Außerdem habe ich ihn heute Nachmittag noch einmal gefragt, er will nicht aus der Klasse raus." Wieder seufzte sie, „ich glaube du hast recht, lass uns abwarten, was Frau Schreiber machen kann. Immerhin hat sie mir ja angeboten, ihn zum Ende des ersten Schuljahres springen zu lassen, wenn bis dahin keine spürbare Verbesserung seiner Situation zu erkennen ist."

„Na siehst du, dann lass Frau Schreiber etwas Zeit, sie als Lehrerin, die ständig mit den unterschiedlichsten Kindern umgehen muss, weiß sicher am besten, wie man Lukas schulisch helfen kann."

„Ich werde sie gleich morgen anrufen und ihr unseren Entschluss mitteilen", versprach sie.

In den nächsten Wochen konzentrierten sie sich voll auf den privaten Bereich. Zusätzlich zu einem einmal in der Woche stattfindenden Schwimmkurs, meldeten sie Lukas bei einem Schachclub an und fanden einen Klavierlehrer, bei dem dann gleich beide Jungen nacheinander Unterricht hatten. Der drei Jahre jüngere Felix hatte geweint und gebettelt auch Klavier spielen zu dürfen. So arrangierten sie auch für ihn eine Probestunde bei der Oma, die ein Klavier besaß. Beiden hatte diese Stunde viel Spaß gemacht, sie wollten unbedingt regelmäßig Unterricht bekommen. Der Klavierlehrer fand, Felix sei so musikalisch, dass er es auch mit ihm probieren wolle. So wanderten die beiden jeden Nachmittag gemeinsam zu der drei Straßen weiter wohnenden Oma, um zu üben. Roland nahm sich an den Wochenenden viel Zeit für Lukas und erklärte ihm den Computer. Gemeinsam fuhren sie los und erstanden etliche neue Strategiespiele und Wirtschaftssimulationen, mit denen Lukas sich gerne beschäftigte. Sie achtete darauf, dass weiterhin genug Zeit für phantasievolles Spielen und Toben blieb, mindestens zweimal in der Woche kamen nachmittags Kinder zu Besuch, jedoch immer noch keine Freunde aus der Schule sondern Nachbarskinder. Stillschweigend ließen sie Lukas abends noch etwas länger Zeit zum Spielen und Lesen und, da er morgens weiterhin problemlos aus dem Bett kam, verlängerten sie diese

Zeit bis auf einundzwanzig Uhr, an den Wochenenden durfte er teilweise auch noch länger aufbleiben.

Er schien die privaten Veränderungen zu genießen und wurde wieder etwas ausgeglichener. Wenn da nur nicht die Schule gewesen wäre, weiterhin gab es jeden Tag Probleme mit den Hausaufgaben. Sie gewöhnte sich an, ihn nur noch unter Aufsicht arbeiten zu lassen und ihn ständig anzutreiben. Tat sie es nicht, saß er stundenlang über den Aufgaben und nichts, weder Lockangebote noch Strafen schafften es, ihn zu schnellerem Arbeiten zu bewegen. Dabei wollte er gar nicht trödeln, war vielmehr froh, wenn er die Hefte endlich schließen konnte. Langsam verstärkte sich auch in ihr das Gefühl, er hätte wirklich keinen Einfluss darauf. Mit Sicherheit lag es auch daran, dass er, wie er erzählte und wie sie im Vergleich mit Hausaufgaben seiner Klassenkameraden sah, doch keine Extraaufgaben erhielt, sondern weiterhin genau das machen musste, was alle anderen auch machten.

Zu seinen Mitschülern hatte er immer noch keinen Kontakt, mit Ausnahme des Nachbarsjungen, der allerdings auch nur noch gemeinsam mit ihm den Schulweg ging, da Lukas keine Lust mehr hatte sich nachmittags ab und zu mit ihm zu treffen.

Oft klagte Lukas jetzt, er wäre in der Pause wieder geärgert worden, teilweise auch geschubst. Obwohl sie ihn seit einiger Zeit wiederholt ermutigten sich zu wehren, Roland häufig mit ihm balgte und er sich gegenüber Felix sehr wohl auch körperlich durchsetzte, ging er in der Schule immer noch jeder gewalttätigen Auseinandersetzung aus dem Weg, litt jedoch sehr unter den Attacken einzelner Klassenkameraden. Deshalb vereinbarte sie nach den Osterferien einen neuen Termin mit der Klassenlehrerin.

Diesmal kam Roland mit, was Frau Schreiber zu befremden schien. „Gibt es schon wieder Probleme?", fragte sie etwas spitz.

„Nein, es sind immer noch dieselben", erwiderte Roland ruhig. „Wir sehen leider trotz Ihrer Bemühungen schulisch und bei den Hausaufgaben keinerlei Besserung. Auch scheint Lukas trotz Ihrer Anstrengungen weiterhin nicht in den Klassenverband integriert zu sein. Es schien uns sinnvoll, uns noch einmal mit Ihnen zu beraten, wie wir Lukas gemeinsam helfen können."

Die Lehrerin verschränkte die Arme vor der Brust: „Wie ich Ihrer Frau schon sagte, ich persönlich sehe schulisch gar keine Probleme. Oh ja, ich habe versucht Ihrem Sohn Zusatzaufgaben zu geben, aber er will ja gar nicht. Im Gegenteil, er arbeitet an den allgemeinen Aufgaben so langsam, dass er gerade so eben fertig wird. Das einzige was mir in letzter Zeit verstärkt aufgefallen ist, er macht morgens in den ersten zwei Stunden einen sehr schläfrigen Eindruck und gähnt häufig. Vielleicht bekommt er etwas zu wenig Schlaf und ist deshalb so langsam."

Sie sahen sich verdutzt an.

„Wenn ich ihn frage, warum er so müde ist", fuhr Frau Schreiber fort, „sagt er, seine Geschwister wären so unruhig, deshalb könne er nicht einschlafen. Sie sollten dafür sorgen, dass er mehr Ruhe hat, auch bei den Hausaufgaben, er lässt sich selbst hier im Unterricht gerne ablenken."

Sie saßen dicht nebeneinander, der Lehrerin gegenüber. Als sie erregt auffahren wollte, gab Roland ihr unauffällig einen Rippenstoß. „Gut, wir werden uns darum kümmern", nickte er. „Aber sehen Sie nicht doch die Möglichkeit ihm schwerere Aufgaben zu stellen, wenigstens bei den Schularbeiten? Mir ist aufgefallen, dass er am Computer zu Hause sehr schwierige Aufgaben alleine lösen kann."

„Gut, da hat er ja schon Förderung. Aber im schulischen Bereich kann ich gar keine höheren Anforderungen stellen, er beherrscht den anstehenden Unterrichtsstoff noch nicht genügend. So wie ich es sehe, braucht er genauso die Wiederholungen und den langsamen Aufbau wie alle anderen Schüler auch. Wenn er doch so intelligent ist, müsste er mit Leichtigkeit alle Aufgaben lösen können und durchweg gute Leistungen bringen. Des weiteren habe ich natürlich in der Zwischenzeit auch Informationsmaterial über Hochbegabung gelesen. Sie wissen sicherlich, dass das ganze Thema nicht unumstritten ist. Sehr viele anerkannte Kapazitäten vertreten den Standpunkt, auch hochbegabte Kinder müssen im normalen Klassenverband zurechtkommen und wie ich gelesen habe, gelingt es den meisten auch. Die, die Schwierigkeiten haben sind eher in der Minderheit, also müssen da noch andere Faktoren mitspielen. Und bei einem Intelligenzquotienten von einhundertunddreißig fängt Hochbegabung erst an, so hoch liegt Lukas nicht darüber. Und genau wie ich Ihrer Frau auch schon in unserem ersten Gespräch sagte, sind sich auch hier die Experten einig, dass man diese Begabung nicht isoliert sehen darf, sondern die soziale Kompetenz genau so wichtig ist. Da klaffen bei Ihrem Sohn immer noch Abgründe. Deshalb hat er ja auch weiterhin Probleme mit seinen Klassenkameraden. Also muss zuerst versucht werden, ihn anzugleichen und Sie können mir glauben, dass ich dies intensiv versuche. Ich glaube, auch schon kleinere Erfolge verzeichnen zu können. Nur geschieht diese Umstellung seines Verhaltens nicht von heute auf morgen, was jahrelang versäumt wurde, kann auch ich nicht innerhalb von Wochen aufarbeiten."

Jetzt reichte es aber, sie holte tief Luft, - doch wieder gab Roland ihr unauffällig einen Rippenstoß und wandte sich mit verbindlichem Lächeln an die Lehrerin. „Sehen Sie, deshalb fand ich das Gespräch mit Ihnen so wichtig. Nur so erfahren wir mehr über Ihre Ansatzpunkte und Hilfestellungen für Lukas. Tja, ich denke, das war es dann schon, wir wollen Sie nicht länger aufhalten." Er erhob sich. „Ach, eines noch. Sollten Ihre Maßnahmen wider Erwarten keinen Erfolg haben, stehen Sie doch sicher einem Überspringen des zweiten Schuljahres weiterhin positiv gegenüber?"

Auch Frau Schreiber hatte sich erhoben. „Natürlich, wenn Sie die Vorversetzung dann noch immer wollen. Aber ich glaube nicht, dass diese Maßnahme nötig sein wird."

Sie verabschiedeten sich höflich von einander.

Auf dem Nachhauseweg machte sie ihrem Ärger Luft. „So eine arrogante, eingebildete Ziege! Wir sind natürlich an allem Schuld. Was sie nicht selbst sieht, kann einfach nicht sein. Wenn ich nur daran denke: Was jahrelang versäumt worden ist... ! Ha! Und du bist auch noch lieb und nett, schmeichelst ihr noch, statt mit der Faust auf den Tisch zu hauen."

„Es hätte doch sowieso nichts gebracht. Meinst du vielleicht, mir hätte das Gespräch Spaß gemacht?", gereizt sah Roland sie an. „Ja verstehst du denn nicht, sie kann gar nicht anders. Die ist so von sich überzeugt, von ihrer Sicht der Dinge, kein noch so gutes Argument hätte sie von ihrer vorgefassten Meinung abgebracht. Es bringt aber nichts, mit ihr im Streit auseinander zu gehen. Selbst wenn sie ihren Ärger auf uns nicht an Lukas ausgelassen hätte, vielleicht brauchen wir ja ihre Zustimmung zum Überspringen. Und das wir ihn vorversetzten lassen, ist für mich nach diesem Gespräch sonnenklar. Die Frage ist nur, jetzt noch sofort, oder erst nach den Sommerferien? Ist er im Moment nicht zu sehr blockiert, kann er überhaupt in so kurzer Zeit ein ganzes Schuljahr nachholen? Denn eines muss dir jetzt schon klar sein, wenn wir ihn zum jetzigen Zeitpunkt springen lassen wollen, müssen wir uns an den Rektor wenden. Und sollte Lukas nicht schnell genug Anschluss an die neue Klassenstufe finden, setzen sie ihn wieder zurück. Das wäre nun wirklich das letzte, was ihm passieren sollte."

Sie gab ihm einen Kuss, „genauso sehe ich die Dinge auch. Gut, dass du mitgekommen bist, ich glaube ich hätte alles verdorben."

„Nein, aber offene Feindschaft heraufbeschworen", er grinste, wurde jedoch schnell wieder ernst. „Aber was meinst du nun, warten wir bis zum Ende des Schuljahres oder nicht?"

„Doch, ich glaube, es wäre besser. Schließlich müssen wir beide erst einmal Lukas überzeugen, damit er auch überspringen will. Du weißt, wie er ist, er hat Angst vor allem Neuen nach dem Motto, was ich habe, das kenne ich, aber wer sagt mir, dass es nicht noch schlimmer wird?"

Beim Abendessen fragte Roland ganz beiläufig: „Sag mal Lukas, wir waren heute bei deiner Lehrerin um uns nach dir zu erkundigen und sie meinte, du wärest in letzter Zeit immer so müde. Du hast ihr erzählt, zu Hause wäre es so unruhig, empfindest du wirklich so?"

Lukas errötete bis an die Haarwurzeln. Er beugte sich tiefer über seinen Teller, „und was habt ihr gesagt?", nuschelte er ohne aufzublicken.

„Gar nichts natürlich, sollen wir dich etwa als Lügner hinstellen? Wir wissen schließlich alle, dass deine Geschwister normalerweise um acht Uhr schon schlafen. Nur, interessieren würde uns natürlich schon, warum du so müde bist, brauchst du vielleicht doch mehr Schlaf?"

„Nein, nein", wehrte Lukas erschrocken ab, „ich bin morgens richtig ausgeschlafen, die Müdigkeit kommt wie angeflogen, wenn ich in der Schule sitze, vielleicht müssen die nur mehr lüften, Sauerstoffmangel oder so."

Roland musste sein Lachen verbeißen. „Wie war es denn letzte Woche, als Frau Schreiber zwei Tage krank war und der Rektor mit euch diese lustigen Rechenspielchen gemacht hat?"

„Das war echt super", Lukas Augen leuchteten und er kramte gleich drei Aufgaben aus seinem Gedächtnis hervor. Dann hielt er inne, dachte über die Frage seines Vaters nach: „Ne, komisch, da war ich morgens gar nicht müde. Bei unserer Religionslehrerin Frau Burkhart muss ich eigentlich auch nie gähnen, obwohl wir bei ihr montags in der ersten Stunde Unterricht haben. Aber da sind wir auch in einem anderen Klassenraum, vielleicht liegt es doch an dem Raum. Vielleicht hat der Rektor morgens erst noch gelüftet."

Über seinen Kopf hinweg warfen sie sich bedeutungsvolle Blicke zu.

„Sag mal", fragte sie weiter, „hat Frau Schreiber dich noch nicht für dein tolles Lesen gelobt, wir haben heute ganz vergessen danach zu fragen.

Wenn selbst der Bruder von Daniel sagt, du könntest super lesen, muss wohl was dran sein, denn schließlich ist der schon in der vierten Klasse." Lukas begann unruhig auf dem Stuhl hin und her zu rutschen. „Ne, Frau Schreiber weiß gar nicht, wie ich lese. Bei uns in der Klasse wird noch nicht so gelesen, da geht es ganz anders." Als er ihre verständnislosen Blicke sah, holte er ein Pixibuch vom Schrank und demonstrierte ihnen sein Schullesen. Langsam und stockend, immer den Finger unter dem jeweiligen Wort las er eine Reihe nach der anderen.

Roland fiel das Messer aus der Hand. „Äh, danke das reicht", brachte er endlich fassungslos hervor. Dann hatte er sich beruhigt, während sie, die langsam die lustige Seite sah, immer noch verzweifelt versuchte ein Kichern zu unterdrücken. „Aber du kannst doch schon viel besser lesen", sagte Roland gerade, „warum zeigst du deiner Lehrerin das nicht?"

Lukas zuckte die Achseln: „Weil alle in der Klasse so lesen und Frau Schreiber lobt sie dann, das wäre toll. Und sie ist eh schon so oft unzufrieden mit mir."

Sie öffnete den Mund um zu antworten, aber Roland schüttelte unmerklich für Lukas den Kopf. „Meinst du denn, sie ist für dich eine gute Lehrerin?", fragte er weiter.

Zweifelnd zog Lukas die Schultern hoch, „ich weiß nicht. Ich glaube schon, dass sie eine gute Lehrerin ist, die anderen lieben sie richtig, besonders die Mädchen."

„Und du?", bohrte Roland weiter, als Lukas verstummte.

„Ich? Ja, mhm, weiß ich nicht so genau. Hab ich noch nie drüber nachgedacht. Ist auch egal, sie ist nun mal meine Lehrerin."

Roland seufzte, „vielleicht solltest du doch mal anfangen, darüber nachzudenken. Und wenn du schon mal dabei bist, kannst du auch überlegen, ob du nach den Sommerferien nicht doch in die dritte Klasse gehen möchtest. Viel hat sich seit unserem Besuch bei Herrn Mobst nicht an deinem Schulproblem geändert, hab ich recht?"

Lukas wurde das Gespräch sichtlich unangenehm. „Na gut, ich kann mal darüber nachdenken. Kann ich jetzt aufstehen? Felix und Laura rufen schon nach mir." Als sie nickten, erhob er sich schnell und verschwand aus der Küche.

Lange sahen sie sich schweigend an. „Es liegt an uns zu handeln", sagte Roland schließlich. „Lass uns versuchen, ihn zu überzeugen, die Klasse zu wechseln, so kann es nicht weitergehen."

V

Am nächsten Abend ging sie zum zweiten Mal zu dem Elterntreffen der DGhK. Nach dem Test bei Herrn Mobst hatte sie noch einmal die Dame von der Elternberatung angerufen, um ihr für die Vermittlung zu danken und von dem Ergebnis zu berichten. Daraufhin hatte die, sie hieß Frau Baum, ihr von den Elterntreffen erzählt, sie dazu eingeladen und ihr die Termine genannt. Sie seien zwar nur ein Elterngesprächskreis und könnten auch keine speziellen Lösungen anbieten, aber oft helfe es schon, sich mit anderen Betroffenen zu unterhalten. Viele von ihnen wären bereits in einer ähnlichen Lage gewesen und könnten nützliche Tipps geben, vor allem aber hätte man nicht mehr so sehr das Gefühl, völlig alleine dazustehen. Manchmal würden auch Referenten zu bestimmten Themen von Hochbegabung eingeladen, an anderen Abenden gäbe es einfach nur offene Gesprächskreise, wo man versuche, den Eltern mit zur Zeit bestehenden gravierenden Problemen zu helfen oder einfach nur Erfahrungen austausche.

Beim ersten Mal hatte sie bei verschiedenen Gesprächen zugehört, ohne jedoch selbst viel zu erzählen. Circa zwanzig Frauen, vereinzelt auch Männer hatten in kleinen Gruppen zusammengesessen und sich unterhalten. Sie staunte, von welchen massiven Schwierigkeiten einige berichteten. In fast allen Familien gab es mehrere hochbegabte Kinder, meist mit den unterschiedlichsten Problemen. Manchmal gab es auch nur mit einem Kind Schwierigkeiten, das oder die anderen kamen irgendwie zurecht. Sie erfuhr, dass das typische Jungenverhalten bei Unterforderung eher aggressiv und streitsüchtig sei, nach außen gerichtet, Mädchen sich hingegen meist zurückzogen und versuchten sich anzupassen, dabei aber oft psychische Probleme entwickelten. Es gab aber auch zufriedene und glückliche Kinder, die von den Lehrern gefördert wurden, auf Rat der Lehrer übersprangen oder teilweise am Unterricht höherer Klassen teilnehmen durften. Aber fast alle Eltern berichteten von sozialen Problemen im Umgang mit Gleichaltrigen. Viele hatten die Erfahrung gemacht, dass ihre Kinder nach dem Überspringen einer Klasse mit den neuen, älteren Mitschülern besser zurecht kamen. Die Eltern hier schienen das Überspringen als nichts besonderes anzusehen, die, deren Kinder bereits übersprungen hatten, erzählten nur Gutes. Die alten Hasen, deren Kinder bereits auf dem Gymnasium waren, warnten allerdings vor allzu großer Euphorie. Aus Erfahrung wussten sie, dass die Probleme der Unterforderung nur kurzfristig durch Vorversetzung beseitigt waren und wieder auftauchten, sobald der Rückstand aufgeholt war.

Dann wurde in einer großen Runde über die Angebote für das Kinderprogramm diskutiert und sie erfuhr, dass dieses in Eigeninitiative der Eltern entstand. Jeder, der entsprechende Kontakte hatte oder von ansprechenden Veranstaltungen wusste, brachte sich ein. So entstand ein kostengünstiges, vielfältiges Programm.

Jetzt bei ihrem zweiten Besuch wandte sie sich gezielt an Frau Baum und schilderte ihr die derzeitige Situation. Zwei weitere Frauen, die neben ihr saßen, hörten interessiert zu. An diese wandte sich die Gesprächsleiterin, als sie geendet hatte. „Was meint ihr denn?"

Frau Taß, selbst Lehrerin, war völlig entrüstet, „wenn Sie meinen Rat hören wollen, nehmen Sie Ihren Sohn so schnell wie möglich aus der Klasse. Diese Lehrerin macht ihn nur völlig kaputt. Wenn sie sagt, dass sie ihn den anderen anpassen will und Ihnen Vorwürfe macht, ihn zu einem kleinen Erwachsenen erzogen zu haben, zeigt sie doch ganz deutlich, sie akzeptiert ihn nicht so, wie er ist. Ihr Sohn wird ständig verunsichert, weil sie ihm signalisiert, er sei nur dann okay, wenn er so ist, wie alle anderen. Und so wird er niemals sein, selbst wenn er es wirklich versucht, er kann gar nicht. Ihn zu integrieren heißt für mich, ihn so annehmen, wie er ist und ihm trotzdem helfen, besser mit Gleichaltrigen zurecht zu kommen. Stimmt sie denn wenigstens einem Überspringen zu?"

„Ja, sagt sie zumindest, aber erst zum Ende des ersten Schuljahres."

„Hm", Frau Taß überlegte, „instinktiv würde ich sagen, lieber sofort raus aus dieser Klasse, aber wir dürfen nicht vergessen, dass nur die Schule und damit in erster Linie die betreffenden Lehrer entscheiden, ob ein Kind springen darf oder nicht. Weigert sich die Klassenlehrerin, haben Sie die Möglichkeit sich an den Schulleiter zu wenden, nur versucht er meist einvernehmlich mit seiner Untergebenen zu entscheiden. Natürlich lässt sich eine Vorversetzung in gewissen Fällen auch nach Einschalten des zuständigen Schulrates durchsetzen, aber unsere Erfahrungen haben gezeigt, es ist besser, wenn die Schule dem Springen wenigstens neutral gegenübersteht, ist das Verhältnis Schule - Eltern feindselig, hat das Kind meistens keine Chance, dann können sie besser gleich die Schule wechseln."

Als Frau Taß ihren verdutzten Blick sah, musste sie lachen, „ja denken Sie denn, die Eltern hätten in solchen Fällen die Entscheidungsgewalt?

Sie dürfen anregen, meinetwegen auch fordern, zu entscheiden haben Sie jedoch nichts. Andersherum kommt es allerdings auch vor, dass die Schule von sich aus ein Überspringen anbietet und die Eltern ablehnen. Da kann selbst die engagierteste Lehrerin nichts gegen tun."

„Aber unser Psychologe rät zum Überspringen, wir haben das Testergebnis, zählt das gar nicht?"

Frau Taß schüttelte den Kopf, „wenn die Lehrerin ganz anderer Meinung ist, und wie in Ihrem Fall viel schlimmere Defizite sieht, die es erst auszugleichen gilt, ist sie theoretisch im Recht. Wobei ganz ehrlich gesagt, fast alle unsere Kinder haben mit diesem Außenseitertum zu kämpfen. Unser aller Problem ist, dass die Lehrer immer nur von unseren Kindern Anpassung fordern statt den sogenannten normalen Kindern Andersartigkeit als normal zu vermitteln, sodass wenigstens eine gewisse Akzeptanz unserer Kinder erreicht würde. Und da viele hochbegabte Kinder viel besser mit Älteren zurechtkommen, muss doch eher ein besseres soziales Verhalten vorliegen. So, jetzt noch mal zurück zu dem Problem der Vorversetzung. Also, wenn der Antrag von den Eltern gestellt wird, entscheiden alle Lehrer, die in dieser Klasse unterrichten gemeinsam auf einer Klassenkonferenz über die Genehmigung. Da nun an der Grundschule oft die Klassenlehrerin die meisten Fächer unterrichtet, wird natürlich ihrem Urteil ein größeres Gewicht beigemessen. Hier, uns gegenüber sitzt Frau Schäfer, da ist der Sohn gegen den Rat der Klassenlehrerin und der Rektorin auf Probe vorversetzt worden, aber erst als die Eltern, die auch ein schriftliches Gutachten hatten, drohten das Schulamt einzuschalten. Nach drei Wochen wurde den Eltern mitgeteilt, ihr Sohn könne die erforderliche Leistung nicht bringen und er müsse zurück in die alte Klasse. Die Eltern haben dann die Schule gewechselt, wo das Kind ohne große Probleme in der höheren Klassenstufe zurechtkam, allerdings erhielt er dort auch sehr viel Verständnis und Lob. Nur, im Vorfeld kann Ihnen niemand garantieren, ob es an einer neuen Schule besser läuft. Deshalb sehen wir den Schulwechsel als letzten Ausweg, wenn gar nichts mehr klappt."

„Ich glaube auch, dass es in Lukas Fall besser ist, bis zu den Sommerferien zu warten und dann im gegenseitigen Einverständnis eine Vorversetzung zu erreichen", übernahm Frau Baum das Gespräch. „Sie als Eltern müssen versuchen in den verbleibenden Wochen Ihren Sohn privat noch mehr zu unterstützen, ihm zeigen, dass Sie ihn so lieben wie er ist, dass er völlig in Ordnung ist. Wenn er auf die Lehrerin schimpft, lassen

Sie in ruhig, er muss zur Zeit notgedrungen ihre Autorität respektieren, mögen muss er sie nicht."

Sie nickte, im Grunde hatte sie nur die Bestätigung erhalten, dass Rolands und ihr Weg der richtige war. Aber es war ihr wichtig, mit Menschen, die mehr Erfahrung auf diesem Gebiet hatten zu sprechen, auch von ihnen bestätigt zu bekommen, dass dieser Weg gangbar war und richtig, und nicht etwa Roland und sie sich in ihrer Verzweiflung verrannt hatten.

Die dritte Frau der Runde begann nun von sich zu erzählen, sie hatte zur Zeit ähnliche Probleme, allerdings waren die Fronten bereits so verhärtet, dass Frau Taß und Frau Baum zu einem Schulwechsel rieten.

Andere Eltern kamen hinzu und berichteten von ihren Sorgen und Nöten. Zum ersten Mal seit längerer Zeit fühlte sie sich verstanden und nicht so allein. Ganz viele Eltern, aus ganz unterschiedlichen Schichten, mit ganz verschiedenen Erziehungsstilen hatten ähnliche Probleme wie sie. Natürlich gab es auch welche, die überhaupt keine schlechte Seite an ihren Kindern sahen, oder zumindest nichts davon erzählten, andere lobten nur die Intelligenz der Kinder und sie fragte sich doch teilweise, ob sie den Menschen dahinter auch so wichtig nahmen. Aber im Großen und Ganzen waren hier ganz normale Eltern, die bisher überwiegend negative Erfahrungen mit Schule und/oder Umwelt im Bezug auf ihre Kinder gemacht hatten.

Allerdings gab es unter den Anwesenden auch Eltern, die keine großen Probleme kannten, deren Kinder relativ angepasst in der Schule waren und die auch keine Schwierigkeiten im häuslichen und sozialen Bereich hatten. Später, als sie schon öfter da gewesen und mehr mit der gesamten Thematik vertraut war, entdeckten aber doch einige dieser Eltern in langen Gesprächen, Äußerungen der Kinder oder durch Ähnlichkeiten mit anderen Erzählungen von Problemkindern, dass auch ihre Kinder oft nicht so glücklich und zufrieden waren, wie sie gedacht hatten. Oder Kinder, die bis ins achte, neunte Schuljahr gut und ohne Probleme durchgekommen waren, entwickelten plötzlich psychische Symptome oder wurden ohne ersichtlichen Grund zu Underachievern.

Vor allem die soziale Einsamkeit der meisten Kinder war ein großes Problem, oft fanden sie keine Gefährten mit gleichen Interessen, gemeinsames Spiel bestand meist aus ihrer Anpassung an die Anderen.

Ein Vater berichtete von seiner Tochter, die schon in die zehnte Klasse ging. Er hatte geglaubt, sie sei recht zufrieden. Sie brachte gute bis sehr gute Leistungen, hatte auch etliche Freundinnen. In den Ferien nahm sie auf eigenen Wunsch an einem zweiwöchigen Kurs mit anderen hochbegabten Jugendlichen ihres Alters teil. Völlig begeistert kam sie zurück. Endlich habe sie einmal richtig denken dürfen und die anderen hätten ihr alle folgen können. Sie wäre nicht andauernd heruntergebremst worden, im Gegenteil durch gegenseitiges Anstacheln hätten sie alle immer mehr Leistungen gezeigt. Dabei wäre es echt lustig zugegangen und sie hätten viel gelacht. Auch im Freizeitbereich hätte sie erstaunt festgestellt, dass die Mädchen und Jungen ähnliche Gedanken hatten wie sie, über die selben Probleme nachdachten, oft hätten sie bis tief in die Nacht diskutiert. Sie hätte dort viele neue Freundinnen gefunden und wäre richtig aufgeblüht, jetzt erst sahen er und sie den Unterschied zu früher.

Eine andere Mutter berichtete, ihre Tochter sei im Kindergarten einer engagierten Erzieherin aufgefallen, die ihr zu einem Test geraten hatte. Nachdem bei ihr eine Hochbegabung diagnostiziert wurde, hatte sie gleich bei der Einschulung mit der Schulleiterin gesprochen und das Versprechen erhalten, bei Auffälligkeiten oder Zeichen einer Unterforderung sofort zu reagieren. Sie sei jetzt in der dritten Klasse, hätte nie Probleme mit Klassenkameraden oder Schulaufgaben gehabt, gehöre zu den Klassenbesten, arbeite teilweise freiwillig vor, mache Zusatzaufgaben. In letzter Zeit sei sie jedoch zu Hause unerträglich, streite nur noch mit ihrer jüngeren Schwester, sei auch ihr und ihrem Mann gegenüber häufig aggressiv. Ob sie wohl in ihrer Erziehung etwas falsch mache? Sie hätte schon hin und her überlegt, woher dieser plötzliche Wandel gekommen sei, aber eigentlich sei in der Familie alles wie immer.

„Überlegen Sie mal ganz genau", forderte Frau Baum sie auf. „Traten diese Schwierigkeiten auch in den Osterferien auf?"

Die Mutter dachte angestrengt nach, „in den ersten Tagen schon, aber danach war alles wie früher, vielleicht waren wir aber auch nur alle wesentlich weniger gestresst."

„Könnten ihre Schwierigkeiten nicht doch mit ihrer schulischen Situation zusammenhängen?", fragte Frau Baum direkt.

„Nein, dort ist sie total lieb, sie hat weder Probleme mit der Klassenlehrerin noch mit den Mitschülern, obwohl sie die anerkannt Klassenbeste ist. Sie hat auch zwei Freundinnen dort, mit denen sie gerne spielt. Sie erhält zwar keine Extraaufgaben, aber sie hat einen sehr hohen Anspruch an sich selbst, macht z. B. aus kleinen Sätzen, die sie erfinden soll ein Gedicht oder verfasst freiwillig lange Aufsätze. Die Lehrerin lobt sie dann, es ist nicht so, dass ihre Mehrarbeit ignoriert würde. Klar in Mathe schimpft sie ab und zu über die leichten Aufgaben. Und ich muss schon darauf achten, dass sie nach dem Mittagessen mit den Schularbeiten anfängt, sonst würde sie erst noch eine ganze Weile herumtrödeln. Aber sie sträubt sich nie dagegen. Obwohl, wenn ich jetzt so darüber nachdenke, ist sie gerade mittags nach der Schule am zornigsten, ein falsches Wort und sie explodiert."

„Nun es ist immer schwer, aus der Ferne zu raten", sagte Frau Baum. „Es können natürlich auch andere Ursachen für das Verhalten Ihrer Tochter vorliegen, Streit mit anderen Kindern auf dem Nachhauseweg zum Beispiel. Auf alle Fälle sollten Sie nicht weiter abwarten, sondern erst einmal mit Ihrer Tochter in aller Ruhe sprechen, ihr erklären, dass Sie bemerkt haben, dass sie Probleme hat und ihr helfen wollen. Nur, denken Sie immer daran, oft stecken wirklich Schulprobleme hinter dem Verhalten unserer Kinder. Vielleicht ist Ihre Tochter jetzt an einem Punkt angekommen, wo sie nicht immer warten will, bis alle die Aufgaben verstanden haben, wo sie jemanden braucht, der ihr höhere Leistungen abverlangt und nicht nur immer sich selbst Anforderungen stellen will. Sie war ja anscheinend bis jetzt hochmotiviert, aber es geht niemand genug darauf ein. Es kann sein, dass sie deshalb nun immer unzufriedener wird, ihren Zorn und ihre Frustration aber nur zu Hause herauslässt, weil sie sich dort verstanden fühlt. Denn sie sieht ja auch, dass sie anders ist als die anderen, da die im Großen und Ganzen zufrieden sind. Statt nun zu denken, ich bin besser, verfallen unsere Kinder leider der Annahme sie seien die Dummen, die Schlechten, die, die nicht verstehen. Viele entwickeln ein absolut negatives Selbstbild. Einige, leider gar nicht so wenige, verweigern dann irgendwann die Leistung, was auch wieder verständlich ist, wir dürfen nie vergessen, sie sind Kinder, die wie alle anderen auch gerne Leistung bringen, wenn sie dafür gelobt werden, die gerne zeigen wollen was sie können. Und sie fallen in der Schule in ein tiefes Loch, wenn sie für Arbeiten gelobt werden, die sie schon vor zwei Jahren perfekt beherrschten, Leistungen also, die für sie gar keine sind, dies aber alles ist, was von ihnen gefordert wird. Irgendwann resignieren die meisten unserer Kinder oder verlagern ihre Aktivitäten und werden zu Störenfrieden. Im schlimmsten Fall landen sie als sogenannte Underachiever, das heißt Minderleister, mit mehreren Fünfen auf dem Zeugnis auf der Hauptschule oder brechen ihre Schullaufbahn irgendwann ganz ab. Gut dran sind die, die gleich gelagerte Freunde finden oder in einem Hobby so aufgehen, dass sie das Schulsystem überstehen."

Frau Baum blickte den Vater an, der am Anfang von seiner Tochter erzählt hatte. „Sie hatten bis jetzt Glück mit Ihrer Tochter. Doch auch sie scheint nicht richtig zufrieden gewesen zu sein, hat sich nur mit ihrer Situation abgefunden und das Bestmögliche für sich daraus gemacht. Denn so wie ich das sehe, können unsere Kinder in dem derzeitigen Schulsystem nicht richtig glücklich werden, dafür sind sie zu anders. Und gerade deshalb müssen wir als Eltern immer aufmerksam sein, wenn ihr Verhalten erkennen lässt, irgend etwas stimmt da nicht. Wir müssen ihnen über viele Jahre hinweg helfen in diesem System zu überleben, sich irgendwie durchzumogeln. Eine andere Möglichkeit haben wir nicht."

Sie hatte sich richtig in Rage geredet. Jetzt brach sie erschöpft ab und lächelte in die Runde, „so jetzt habe ich mich doch wieder zu einer Anklagerede hinreißen lassen. Dabei hat mein Sohn die Schule schon verlassen und studiert jetzt. Er hat überlebt, aber die Wunden sind noch nicht verheilt, weder bei ihm noch bei mir. Meinen Sie bitte nicht, ich übertreibe, die Wirklichkeit sieht leider so aus. Trotzdem wünsche ich Ihnen eine gute Heimfahrt und eine gute Nacht, bis zum nächsten Mal."

Irgendwie fand sie die letzten Worte von Frau Baum doch sehr übertrieben, mehr auf Einzelschicksale, denn auf die Masse der Hochbegabten bezogen. Wenn man doch früh genug diese Begabung erkannte, die Kinder unterstützte, sowohl seelisch als auch intellektuell, würden Schwierigkeiten bestimmt nicht von langer Dauer sein. Schule war schließlich nur ein Teil des Lebens und auch nicht der bedeutendste. Sie jedenfalls war sicher, dass ihr Sohn nie so große Probleme haben würde. Wenn er durch das Überspringen erst aus seinem Schlaf geweckt wäre und mehr Selbstbewusstsein auf Grund seiner eigenen Leistungen bekäme, würden die bestehenden Schwierigkeiten sicher verschwinden.

Sechs Wochen vor den Sommerferien passte sie die Lehrerin nach der letzten Stunde ab und brachte ihre Bitte vor. „Frau Schreiber, leider sehen mein Mann und ich, dass Lukas trotz all Ihrer Bemühungen weiterhin sehr unglücklich und unzufrieden mit sich selbst ist. Deshalb wollen wir jetzt doch einen Antrag auf Vorversetzung stellen."

„Jetzt zum neuen Schuljahr?" Frau Schreiber war sichtlich überrascht. „Ich sehe dazu überhaupt keine Notwendigkeit. Und besondere Leistungsbereitschaft oder irgend etwas, was in Richtung Mehrkönnen zu deuten wäre auch nicht. Ich kann Ihnen zum jetzigen Zeitpunkt nur dringend davon abraten."

„Aber Sie sagten uns doch selbst, dass zum Schuljahreswechsel der beste Zeitpunkt wäre und.... ." Frau Schreiber unterbrach sie: „ Das ist nicht ganz richtig, so habe ich mich damals nicht ausgedrückt. Ich sagte, dass wenn, die Betonung liegt auf dem wenn, wenn dann eine Notwendigkeit bestünde, ich es zum Schuljahreswechsel empfehlen würde. Aber davon kann zur Zeit gar keine Rede sein, ich hätte ehrlich gesagt viel zu viel Angst ihn damit zu überfordern. Ich glaube nicht, dass er den hohen Anforderungen des dritten Schuljahres gewachsen ist, die grundlegenden Fertigkeiten dazu werden nun mal in der zweiten Klasse vermittelt. Außerdem ist er im Schreiben noch viel zu langsam, er malt die Buchstaben, schreiben kann man dies noch nicht nennen. Zudem ist er gerade jetzt endlich richtig in die Klassengemeinschaft integriert und kommt mit den Mitschülern gut zurecht. Lassen Sie uns in einem halben Jahr noch einmal darüber sprechen, zur Zeit kann ich Ihren Antrag nicht unterstützen."

Mühsam unterdrückte sie die aufsteigende Wut. „Wir werden den Antrag trotzdem stellen, Frau Schreiber. Wir sehen, dass unser Sohn sich immer mehr zurückzieht, außerdem glauben wir, das Aufholen des einen Schuljahres wird für ihn eher förderlich sein. Dann kann er endlich Leistung zeigen, wieder Zutrauen zu sich selbst bekommen."

Frau Schreiber zuckte mit den Schultern, „wie Sie wollen, ich werde allerdings bei meiner Meinung bleiben. Mir liegt das Wohl Ihres Kindes am Herzen, so wie das all meiner Schüler, ich will nur sein Bestes." Sie sah auf ihre Armbanduhr. „Und jetzt müssen Sie mich leider entschuldigen, ich habe noch einen Termin. Sie hätten mich besser nicht so zwischen Tür und Angel abgefangen." Sie nickten sich zum Abschied kühl zu, dann lief die Lehrerin die Treppe hinunter.

Lukas, der still, ganz für sich allein - wo waren denn nur all die netten Klassenkameraden - auf dem Schulhof gewartet hatte, sah ihr neugierig entgegen. „Und wie ist es gelaufen?", erkundigte er sich.

„Sie kann die Entscheidung nicht allein treffen, wir sollen den Antrag bei dem Rektor stellen", schwindelte sie, ihren Ärger unterdrückend. Jetzt war das Kind endlich von sich aus bereit, einen Neuanfang zu wagen, da musste es nicht gleich wieder durch die ablehnende Haltung seiner Lehrerin entmutigt werden.

Erst zehn Tage später konnten sie sich zu einem Gespräch mit dem Schulleiter wieder in der Schule einfinden, vorher hatte es keinen freien Termin mehr gegeben. Diesmal war Roland auch mitgekommen.

Sie wurden gleich hereingebeten und der Rektor ließ sich Lukas Fall eingehend schildern. Bei der Terminabsprache hatte sie schon kurz mit ihm gesprochen und ihr Anliegen vorgetragen, ihm aber nur erzählt, dass ein Psychologe nach einem Test ihnen zu diesem Schritt geraten hatte. Nun mussten sie nicht nur erzählen, wie Lukas Situation vor diesem Test war, sondern der Schulleiter fragte auch gezielt nach den letzten Monaten und warum sie die Meinung vertraten, Frau Schreibers Fördermaßnahmen wären nicht ausreichend für Lukas gewesen.

Schließlich lehnte er sich zurück und nickte ihnen zu, „so, nun kenne ich auch Ihre Sicht der Dinge, mit Frau Schreiber hatte ich gestern schon ein langes Gespräch. Wie Sie wissen, lehnt sie Ihr Ansinnen ab, und zwar aus Sorge, dass Lukas mit einem Überspringen total überfordert wäre, nicht so sehr vom schulischen, da sieht sie schon seine Fähigkeiten, sondern im Hinblick auf soziale Integration. Er hatte bis vor kurzem auch noch Probleme in dieser Klasse, die sich Dank Frau Schreibers Bemühungen aber gelegt haben. Deshalb wäre doch zu überlegen, ob Sie ihn wirklich in eine neue Klasse geben wollen, wo er niemanden kennt und wieder völlig allein dasteht."

„Nun", Roland sah ihn offen an, „nach unserer Meinung ist Lukas auch in der jetzigen Klasse ziemlich isoliert, er hat hier keine Freunde, mit denen er sich nachmittags trifft und wie wir vor zwei Wochen auf dem Sommerfest der Klasse beobachten konnten auch keine Bezugsperson bei gemeinsamen Unternehmungen, er steht meist alleine da. Von daher, kann es aus unserer Sicht nur besser werden, besonders, wenn er zu einer Lehrerin kommt, die sich weiter um soziale Eingliederung bemüht. Außerdem ist der Psychologe, der Meinung, Lukas käme mit älteren Kindern, die eher seinem Niveau entsprechen besser zurecht."

Der Schulleiter hatte seinen Ausführungen ohne sichtbare Regung zugehört. Nach einer kurzen Pause sagte er jetzt: „Frau Schreiber und ich dachten uns schon, dass Sie Ihren Sohn trotz unserer Einwände springen lassen wollen. Daher haben wir uns folgendes überlegt: Lukas wird nach den Sommerferien sechs Wochen lang auf Probe am Unterricht der dritten Klasse teilnehmen, als Besucher sozusagen. Die aufnehmende Klassenlehrerin wird ihn in dieser Zeit ganz genau beobachten und ihre Eindrücke schriftlich protokollieren. Sollte sich nach Ablauf dieser Probezeit zeigen, dass Lukas intellektuell oder sozial überfordert ist, kann er dann ohne großen Aufwand wieder zurück in seine alte Klasse. Sind Sie damit einverstanden?"

Roland sah sie an, sie nickte, „ja, wir sind einverstanden, wir sind überzeugt, er wird es schaffen. Eine Bitte an Sie haben wir noch, wäre es möglich Lukas in die Klasse drei b aufzunehmen? Dort sind viele Kinder, die er schon aus seiner Kindergartenzeit kennt, einige wohnen auch in unserer Nachbarschaft. Wir denken, dies würde ihm die soziale Eingliederung wesentlich erleichtern."

„Das kann ich Ihnen jetzt noch nicht versprechen, wir müssen sehen in welcher Klasse noch Platz ist", bedauerte der Rektor, „wir können für Ihren Sohn da keine Ausnahme machen." Dann verabschiedete er sie, mit dem Bescheid, sich nach den sechs Wochen Probezeit, zu einem weiteren Gespräch zusammenzusetzen.

Frau Schreiber empfing sie bei der Zeugnisausgabe ausnehmend kühl. Kommentarlos überreichte sie ihr das Zeugnis. Es war eine ganz normale Beurteilung, nur am Ende stand unter Bemerkungen: Lukas wird auf Probe in die dritte Klasse aufgenommen.

„Seine neue Klasse ist die drei a", brach die Lehrerin das Schweigen. „Meine Schüler wissen nicht, dass Lukas die Klasse wechselt, ich denke, dies ist in Ihrem Sinne. Nach den Ferien werde ich den Kindern sagen, Lukas sei für kurze Zeit zu Besuch in der dritten Klasse. So ist die Rückkehr für ihn leichter, falls er den Anforderungen dort nicht gewachsen ist."

„Ich bin sicher, so weit wird es nicht kommen", sagte sie mit fester Stimme, „wir sind überzeugt, er schafft es."

Als sie sich erhob und verabschieden wollte, ging Frau Schreiber doch noch mit ihr hinaus, hinüber in die dritte Klasse und machte sie mit Frau Glaub, der neuen Klassenlehrerin bekannt.

Da sie nur zweiundzwanzig Kinder hätte, wäre sie ausgewählt worden Lukas aufzunehmen, die anderen Klassen wären mit siebenundzwanzig und achtundzwanzig Schülern wesentlich voller, sagte diese. Er möge bitte am ersten Schultag um neun Uhr hier sein, sie würde alles weitere dann direkt mit ihm regeln, die neuen Bücher austeilen, ihm mitteilen welche Unterrichtsmaterialien er noch zu besorgen hätte. Sie als Eltern sollten sich doch bitte am Anfang zurückhalten, sie würde sich schon bei ihnen melden, wenn es Probleme gäbe.

Noch heute konnte sie sich gut an das nagende Gefühl der Enttäuschung erinnern, als ihr klar wurde, dass Lukas nun in eine Klasse kam, in der er niemanden kannte und ihr die Klassenlehrerin zudem noch das Gefühl vermittelte, nicht sonderlich begeistert von diesem, ihr zugeschobenen Fall zu sein. Waren die Besorgtheit um sein seelisches Wohl, um seine soziale Integration nur vorgeschobene Gründe gewesen, ging es nur um einen Prinzipienstreit zwischen der Lehrerin und ihnen? Oder warum kam Lukas jetzt in eine Klasse, in der er nicht ein Kind kannte und wo die neuen Mitschüler, wie sie wusste aus einer ganz anderen Wohngegend kamen, sodass niemand mit ihm einen gemeinsamen Schulweg hatte?

In der Zwischenzeit hatten sie einen Grundschullehrer aus ihrem Bekanntenkreis gebeten, mit Lukas dreimal in der Woche jeweils anderthalb Stunden, die Rechtschreibung und die mathematischen Grundregeln des zweiten Schuljahres einzuüben. Es blieben insgesamt nur fünf Wochen zum Aufholen, die letzten zwei während der Schulzeit und die ersten drei Wochen in den Ferien, dann würden sie in den Urlaub fahren.
Nach der ersten Woche schüttelte ihr Freund betrübt den Kopf, „ich glaube nicht, dass wir in dieser kurzen Zeit, die wichtigsten Themen vernünftig behandeln können. Lukas ist so schrecklich langsam, von ihm kommt nichts."
Doch nach einer weiteren Woche gab er freudestrahlend Entwarnung, „euer Sohn ist wie verwandelt. Als wenn ich plötzlich ein ganz anderes Kind vor mir hätte. Er versteht alles auf Anhieb, denkt voraus, kann erweiternde Lösungsstrategien entwickeln, wir kommen jetzt unheimlich schnell voran. Es macht richtig Spaß mit ihm zu arbeiten."
Lukas selbst freute sich jedes Mal auf die Besuche, empfand die Zeit nicht als Arbeit, sondern als interessante Herausforderung, blühte richtig auf, wenn sein Lehrer ihn lobte.
Nach der letzten Stunde gab ihr Freund zu: „Am Anfang, als ihr mit eurer Bitte an mich herangetreten seid, war ich sehr skeptisch und habe mich eigentlich nur euch zu liebe darauf eingelassen. Erst sah es dann auch so aus, als würde ich recht behalten. Aber was Lukas dann zunehmend gezeigt hat, diese ungeheure Schnelligkeit des Denkens, die Fähigkeit einmal Erlerntes auf fremden Gebieten richtig anwenden zu können, die ungeheure Kapazität, die sich vor mir auftat, ich glaube, erst wenn Lehrer dies aus eigener, persönlicher Erfahrung miterleben, können sie wirklich begreifen, was es heißt, ein hochbegabtes Kind in der Klasse zu haben. Und so traurig es ist, ich glaube nicht, dass man diesen Kindern in einer normalen Klasse wirklich gerecht werden kann. Ihr Lernvermögen, wie auch ihre Art zu denken und zu lernen sind völlig verschieden von normalen Kindern. Trotzdem werde ich persönlich nach dieser Erfahrung meinen Unterrichtsstil ändern, mehr Gruppenarbeit ermöglichen, differenzierte Arbeitsblätter austeilen, vielleicht sogar un-

terschiedliche Hausaufgaben aufgeben. Schade, dass ich Lukas nicht übernehmen kann, aber ihr wollt schließlich nicht jeden Tag dreißig Kilometer zu meiner Schule fahren."

Sie lachten. „Vermutlich kommt Lukas in seiner neuen Klasse gut zurecht", meinte Roland, „wenn die Lehrerin sieht, wie schnell er den Stoff aufgeholt hat, wird sie ihre Einstellung ihm gegenüber sicher ändern, ihn nicht mehr als das Produkt ehrgeiziger Eltern ansehen, wie es uns zur Zeit erscheint. Wer weiß, vielleicht kann sie schon differenzieren und er ist deshalb auch in ihre Klasse gekommen."

VI

Der Urlaub verging wie im Flug. Lukas musste jeden Tag eine Seite schreiben um seine Schreibgeschwindigkeit zu verbessern, sonst verschwendeten sie keinen Gedanken mehr an Schule oder Lernen. Jetzt war ihr Sohn endlich wieder so wie früher, wissbegierig, glücklich, ein ganz normales Kind.

Dann kam der erste Schultag. Lukas schien überhaupt nicht aufgeregt zu sein, er wollte noch nicht einmal, dass sie ihn an seinem ersten Tag zur neuen Klasse begleitete.
„Wie war´s?", fragte sie gleich, nachdem er drei Stunden später wieder zur Tür hereinkam. „Gut, die scheinen alle ganz nett zu sein, auch Frau Glaub", erwiderte er nur kurz, warf den Tornister in die Ecke und verschwand im Kinderzimmer.
Sein erster Eindruck erwies sich als richtig. Lukas wurde wie selbstverständlich in die Klassengemeinschaft aufgenommen, die meisten Kinder wussten nicht, dass er eine Klasse übersprungen hatte und nahmen an, er wäre neu zugezogen.
In der zweiten Woche wurde Lukas zu einem Klassenkameraden eingeladen, bald entwickelte sich daraus eine feste Freundschaft. Stofflich schien er nichts mehr aufholen zu müssen, er erledigte seine Hausaufgaben in Windeseile und machte kaum Fehler. Nach vier Wochen schrieb er das erste Diktat und schaffte eine zwei als Benotung, in der Mathematikarbeit sogar die Note eins. Von der Lehrerin hörten sie nichts, fragten vereinbarungsgemäß aber auch nicht nach.
Als sich jedoch nach der sechswöchigen Probezeit immer noch niemand bei ihnen meldete, rief Roland bei dem Schulleiter an. „Ach Lukas", sagte der und schien etwas irritiert über den Anruf, „er scheint doch gut zurecht zu kommen, Frau Glaub ist ganz zufrieden mit ihm und sieht keinerlei Probleme. Liegt denn irgend etwas bei Ihnen an?"
„Nein", erwiderte Roland, nun selbst etwas durcheinander, „ich frage nur nach, weil Sie uns bei dem letzten Gespräch erklärten, wir müssten uns nach der Probezeit noch einmal zusammensetzen."
„Nun, zur Zeit sehe ich dazu keine Veranlassung, es sei denn Sie haben Gesprächsbedarf. Ihr Sohn kann jetzt ohne weiteres in der dritten Klasse bleiben."

„Ich, äh, ich wollte mich nur vergewissern wie es jetzt nach den sechs Wochen weiterläuft", stotterte Roland und verabschiedete sich schnell.

Sie sah ihn fragend an, als er ins Wohnzimmer zurück kam. „Da verstehe einer die Welt", knurrte er, „erst machen die in der Schule ein Drama ums Überspringen, dass wir uns fast als Rabeneltern vorkommen und jetzt, wo feststeht, dass wir recht behalten haben, tun sie es so ab, als sei diese Leistung nichts besonderes."

Sie lachte, vor Glück hätte sie in die Luft springen können. Bis zuletzt hatte sie doch noch damit gerechnet, dass ihnen weitere Steine in den Weg gelegt würden. „Ist doch egal, Hauptsache, er darf bleiben, er hat es geschafft. Und wenn ich sehe, wie glücklich und zufrieden Lukas wieder ist, bereue ich nur, ihn nicht doch schon im Februar vorversetzt zu haben. Aber andererseits, denk doch mal zurück, obwohl wir unser Kind so gut kennen, haben noch nicht einmal wir damit gerechnet, dass das Nachholen, so einfach und in einer so kurzen Zeit erfolgen konnte. Allein jetzt eine Ahnung von dem, was er leisten kann bekommen zu haben, ist die Sache wert gewesen. Und er hat ein gesundes Selbstbewusstsein entwickelt, auf Dauer hoffe ich."

Und tatsächlich, Lukas ging weiterhin gerne zur Schule, entwickelte neue Hobbys, sprudelte über vor Ideen.

Kurz nach den Herbstferien kam er eines abends, seine Geschwister schliefen schon, noch einmal ins Wohnzimmer und setzte sich auf die Sesselkante. „Mama und Papa, ich muss mal mit euch reden. Wisst ihr, ich habe in den letzten Tagen viel nachgedacht, ich möchte gerne in die vierte Klasse springen."

Sie sahen sich entsetzt an. „Aber wieso denn?", sie fand als erste die Sprache wieder. „Wir dachten, du bist jetzt glücklich und zufrieden, dir gefiele es in deiner neuen Klasse."

„Tut es auch noch", nickte er, „die Lehrerin ist nett, die Kinder auch, nur, es ist gar nicht mehr so interessant wie am Anfang." Er sprang auf und lief erregt hin und her. „Ihr könnt das nicht verstehen, aber Tag für Tag wird das gerade Gelernte wiederholt, alles wird langatmig und umständlich erklärt, für alles und jedes gibt es Regeln, an die man sich halten muss. Warum kann ich z. B. nicht zwei Zahlen im Kopf zusammenrechnen und nur das Ergebnis hinschreiben, sondern muss stattdessen erst die Einer, dann die Zehner, dann die Hunderter schriftlich zusammenrechnen? Oder in Deutsch, wir sollten heute eine Bildergeschichte schreiben. Erst haben wir die ganze Stunde über Aufbau und Inhalt gesprochen, dann haben wir in der nächsten Stunde eine gemeinsame Geschichte erarbeitet, jetzt sollen wir als Hausaufgabe versuchen eine ähnliche Geschichte zu schreiben. Warum dürfen wir es nicht erst einmal selbst versuchen? Ich wette, wir halten uns an dieser Geschichte noch eine ganze Woche auf, genau wie an der davor auch. Warum müssen Diktate, bevor sie als Klassenarbeit geschrieben werden, geübt werden? So etwas ist doch keine Kontrolle, ob ich richtig schreiben kann, vor allen Dingen habe ich das Gefühl, je öfter ich übe, um so mehr Flüchtigkeitsfehler schleichen sich ein, ich kann mich gar nicht mehr konzentrieren." Er schnaubte empört, „ich fühle mich nicht ernst genommen, das ist doch Kleinkinderkram. Ja, ja, ich weiß was ihr mir sagen wollt, andere Kinder brauchen das aber. Deshalb möchte ich noch einmal springen. Vielleicht sind die Anforderungen im vierten Schuljahr höher, müssen sie doch eigentlich sein, oder?"

Roland räusperte sich umständlich um Zeit zu gewinnen. „Ich kann verstehen, dass du zur Zeit enttäuscht bist, hast natürlich gedacht, es würde jetzt in schnellerem Tempo weitergehen. Doch wie du selbst gemerkt hast, es wird immer Wiederholungs- und Einübungsphasen geben, weil sie für einen großen Teil der Kinder erforderlich sind, genau wie ein kontinuierlicher Aufbau in der Mathematik. Deshalb glaube ich auch nicht, dass das erneute Überspringen der richtige Weg ist. Bald wärst du auch dort wieder unglücklich und unzufrieden, weil du immer wieder warten musst. Und so einfach durch die Klassenstufen hüpfen, wie du gerne möchtest, geht sowieso nicht, erstens ist es in diesem Schulsystem gar nicht vorgesehen und zweitens wagen wir zu bezweifeln, dass es toll ist, als immer Jüngerer mit immer älteren Kindern zu lernen, das gäbe viel zu viel Probleme und Neid. Und dann sagst du doch auch selbst, du hättest es in dieser Klasse gut getroffen, hast Freunde gefunden, bist in die Klassengemeinschaft integriert und deine Lehrerin mag dich. Du weißt, wie es in der vorherigen Klasse war, nimm dies nicht einfach als normal hin. Vielleicht wäre dir besser geholfen, wenn wir zu deiner Lehrerin gehen und ganz offen mit ihr über deine Probleme sprechen. Sie hat schließlich schon gesehen, wie schnell du lernen kannst, ich könnte mir vorstellen, dass sie die eine oder andere Möglichkeit sieht, dir zu helfen. Weißt du was, ich gebe dir gleich morgen früh ein Briefchen an sie mit, in dem ich um einen Termin bitte. Okay?"

Lukas war sichtlich enttäuscht. Fragend sah er seine Mutter an. Als auch sie nickte, gab er zögernd seine Zustimmung, verließ aber mit hängenden

Schultern das Wohnzimmer. Als sie fünf Minuten später in sein Kinderzimmer kam, tat er, als schliefe er schon.

Anfang der nächsten Woche machte sich diesmal Roland zu einem Gespräch mit der Lehrerin auf. Triumphierend kam er wenig später zurück. „Siehst du, ich hatte recht. Frau Glaub will uns helfen. Sie hat allerdings zugegeben, dass sie von Hochbegabung und wie sie im Unterricht damit umgehen könnte, keine Ahnung hat. In der Schule gibt es kein differenzierendes Unterrichtsmaterial, nur Hilfen und Fördermöglichkeiten für schwache Kinder oder welche mit Lese-, Rechtschreib-Schwäche. Sie hat mich gebeten, da wir uns auf diesem Gebiet schon besser auskennen, privat spezielle Denk- und Vertiefungsmöglichkeiten zu besorgen und ihr für den Unterricht zu geben. Außerdem lässt sie fragen, ob du ihr nicht ein gutes Buch über Hochbegabung zum Einarbeiten leihen könntest.“

Sie nickte erfreut und erleichtert. „Ich hatte solche Angst, wir würden wieder so ein Desaster, wie mit Frau Schreiber erleben. Natürlich kann ich ihr ein Buch leihen, ich gebe es Lukas gleich morgen mit.“

In den Buchhandlungen sahen sie sich allerdings vor einige Schwierigkeiten gestellt. Bücher für einübendes Lernen des normalen Unterrichtsstoffes gab es zuhauf, weitergehendes Material, was dazu noch den Anspruch erhob nichts vom folgenden Unterrichtsstoff vorwegzunehmen gar nicht oder wurde, wenn überhaupt, nur von den einzelnen Schulbuchverlagen direkt für die Schulen angeboten. Schließlich nach langem Suchen und eingehender Beratung erstanden sie doch noch vier Bücher, ein anspruchsvolles, für ältere Kinder gedachtes Kreuzworträtselbuch, ein Trainingsbuch der Intelligenz mit verschiedenen Aufgabenbereichen für Zehnjährige, eine Art Wortfindebuch zur Vergrößerung des Wortschatzes und ein Knobelbuch mit rein logischen und mathematischen Aufgaben.

Lukas gab die Bücher am nächsten Tag ab, doch dann erkrankte die Lehrerin und eine Vertretungskraft übernahm die Klasse für die nächsten zwei Wochen.

Aber auch danach änderte sich erst einmal nichts, Lukas bekam weiterhin die gleichen Aufgabenstellungen und Schularbeiten wie alle anderen. Noch wartete sie geduldig und vertröstete Lukas, der darauf brannte in den neuen Büchern, die er begeistert nach dem Kauf durchgeblättert hatte, arbeiten zu können. Solche Zusatzaufgaben, hatte er erklärt würden ihn voll zufrieden stellen, wenn er dafür von langweiligen Wiederholungen freigestellt würde.

Nachmittags wollte er von solchen Beschäftigungen noch zusätzlich allerdings nichts wissen. Weiterhin ging er gerne zum Schachclub, übte regelmäßig seine Klavierstücke und schwamm einmal in der Woche im Schwimmverein. Die restliche Freizeit gestaltete er sich lieber wie alle Kinder, er spielte viel mit seinem Bruder, seinem Freund, den Nachbarskindern oder baute stundenlang mit seinen Legosteinen. Abends zog er sich freiwillig um acht Uhr in sein Zimmer zurück um ungestört zu lesen. An den Wochenenden unternahmen sie weiterhin viel gemeinsam, hatten auch oft Besuch von Bekannten, mit deren meist älteren Kindern er sich gut verstand.

Felix bereitete ihr in dieser Zeit mehr Sorgen. Er, der bisher jeden Morgen begeistert in den Kindergarten gegangen und dort sehr beliebt war, sich häufig Freunde einlud, begann plötzlich morgens zu weinen, wollte nicht mehr von zu Hause fort. Er lud sich keine Kinder mehr ein und schloss sich statt dessen enger an Lukas an. Andererseits ärgerte er beide Geschwister neuerdings häufig und bekam wegen Kleinigkeiten regelmäßig Wutanfälle.

Als dieser Zustand über Wochen anhielt fragte sie zögernd, eingedenk ihrer Erlebnisse mit Lukas bei den Erzieherinnen des Kindergartens nach, ob ihnen irgend etwas aufgefallen war, was Felix Veränderung erklären könnte. Sie verneinten, doch erhielt sie den Rat, zuerst Ursachenforschung im häuslichen Bereich zu betreiben. Meist liege dort ein Übel vor, vielleicht wäre Felix auch nur neidisch auf seine Schwester, die den ganzen Tag bei der Mutter bleiben dürfe.

Doch nicht Felix, wollte sie ausrufen, Felix, der immer nur zu den Großen gehören und stets alles allein schaffen wollte, der froh war, wenn sein Bruder und deren Freunde ihn mitspielen ließen. Doch sie nickte nur, bat noch einmal, ihn verstärkt zu beobachten und versprach auch ihrerseits mehr auf ihn zu achten.

So kam sie jedoch nicht weiter. Meist erklärte Felix schon mittags beim Abholen, am nächsten Tag nicht in den Kindergarten gehen zu wollen, ohne jedoch bei gezielter Nachfrage plausible Gründe für seine Ablehnung vorbringen zu können oder zu wollen. Morgens hatte er oft Bauchschmerzen, die, ließ sie ihn dann zu Hause, bald verschwanden und er glücklich mit Laura zusammen spielte. So gewährte sie ihm häufiger

Auszeiten, nach zwei, drei Tagen ging er dann wieder für kurze Zeit gerne in den Kindergarten.

Nach den Weihnachtsferien brachte Lukas zwei der extra erstandenen Bücher und das ausgeliehene Buch über Hochbegabung wieder mit zurück. Anbei lag ein Zettel, auf dem sich Frau Glaub für ihre Mühe bedankte und bedauerte, wegen der Weihnachtsvorbereitungen in der Schule nicht eher mit der Durchsicht der Bücher fertig geworden zu sein.
„Na ja, dann tut sich jetzt bestimmt was", vermutete Roland zuversichtlich. Tag für Tag fragten sie Lukas, ob er schon in den neuen Büchern hätte arbeiten dürfen, jedes Mal schüttelte er den Kopf.
Langsam zog er sich wieder zurück, träumte über den Hausaufgaben, machte vermehrt Flüchtigkeitsfehler in den Klassenarbeiten. Er und Felix stritten sich fast täglich.

Endlich klärte sich wenigstens bei ihrem jüngeren Sohn auf, woran seine Schwierigkeiten lagen.
Eines Nachmittags, sie hatte ihn nur eben zu einem ehemaligen Kindergartenfreund bringen wollen, bat dessen Mutter sie kurz herein. „Haben Sie einen Moment Zeit? Ich habe da etwas jetzt schon mehrfach beobachtet, von dem ich meine, dass Sie es wissen sollten."
Als sie im Wohnzimmer Platz genommen hatten, begann diese dann zu erzählen: Oft, wenn sie ihren jüngeren Sohn Peter in den Kindergarten brächte, wäre Felix mit mehreren anderen Jungen schon draußen. Manchmal träfe sie dort noch Bekannte und unterhielte sich eine Weile. Dabei bekomme sie oft mit, was die Kinder draußen so machten. „Mir ist nun aufgefallen, dass Felix oft mitten im Spiel die Gruppe verlässt und an den Ausrufen der anderen hört es sich für mich so an, als ob es vorher Streit gegeben hätte. Gestern stand ich nun in Hörweite, ohne dass die Kinder mich jedoch sahen. Es gibt da einen Jungen, den Bodo, der eine Art Anführerrolle innehat und stets ein großes Wort führt. Gestern durfte Felix beim Fußball nicht mehr mitspielen, weil er selbst ein Tor geschossen und den Ball nicht zu Bodo, dem Spielführer gespielt hatte. Als Felix dann widerstandslos den Platz verließ und an der Rutsche alleine spielte, fing Bodo an ihm Spottworte zu zurufen, und verführte die anderen Kinder ihm dies nachzutun. Als ich heute beim Mittagessen das Gespräch auf diese Situation brachte, da mein Sohn auch dabei war, bestätigte mir Peter, dass Bodo die anderen angestiftet habe, Felix zu ärgern und er auch mitgemacht hätte. Sie würden Felix in letzter Zeit oft ärgern und

heute hätte er sogar geweint. Eigentlich fände er dies auch nicht toll, da er gerne mit Felix spiele und dieser ihm auch oft helfe. Aber Bodo wäre der anerkannte Anführer und wenn er nicht mitmache, dürfe er auch nicht mehr mitspielen. Natürlich habe ich ihm gleich ein paar passende Worte dazu gesagt, aber ob es etwas nützt wage ich zu bezweifeln. Ich glaube, er hat zu viel Angst dann wirklich aus der Gruppe ausgeschlossen zu werden."

Peters Mutter seufzte, ihr großer Sohn, der Bodo ja auch kenne, fuhr sie dann fort, habe hinzugefügt, Bodo wolle halt immer der Klügste und Stärkste sein, wenn einer was besser könne als er, würde der richtig fies und gemein. Früher, als er und die anderen Großen noch da waren, habe er auch immer bestimmen wollen, nur hätten sie ihm das nicht durchgehen lassen und Bodo hätte sich auch nicht getraut, weil sie eben größer und stärker waren. „Jetzt sind Bodo und noch zwei andere die ältesten, doch die beiden haben, laut Aussage meines älteren Sohnes, schon immer das gemacht, was Bodo wollte."

Sie schüttelte fassungslos den Kopf. „Aber Bodo ist doch auch Felix Freund, ist früher oft zum Spielen bei uns gewesen. Und warum hat Felix mir diese Geschichten nicht erzählt?"

Peters Mutter sah sie mitfühlend an. „So wie ich Peter verstanden habe, lässt Bodo Felix wohl zwischendurch immer mal wieder in der Bande, zu der übrigens fast die gesamte Jungengruppe gehört, mitspielen. Dann aus heiterem Himmel schreit er ihn plötzlich an, oder beschuldigt ihn, sich nicht an Regeln zu halten, oder er behauptet Felix sei zu blöde um mitspielen zu können. Und die anderen halten still, weil sie nicht aus der Bande rausgeschmissen werden wollen. Sie wissen ja auch wie das ist, ein oder zwei fangen an und ziehen die restlichen mit. Dabei findet Peter, dass gerade Felix oft so gute Ideen hat."

„Aber merken denn die Erzieherinnen so etwas nicht?", fragte sie, noch immer fassungslos von dem Gehörten.

„Ach die Damen bekommen doch von dem was draußen vor sich geht nichts mit", winkte Peters Mutter ab, „und selbst wenn die Jungen drinnen spielen, sind sie oft ohne Aufsicht im Nebenraum. Und Felix beschwert sich bestimmt nicht bei den Kindergärtnerinnen, wenn er Ihnen schon nichts erzählt. Außerdem herrscht dort die Meinung vor, die Kinder sollten ihre Streitigkeiten unter sich regeln, gehen sie doch zur Erzieherin hören sie oft nur, sie sollten nicht petzen."

Beim abendlichen Zubettgehen ergab sich die Gelegenheit mit Felix über sein Problem zu sprechen. Er verkündete beim Gute-Nacht-Kuss, am nächsten Tag hier bleiben zu wollen, es wäre ihm im Kindergarten zu langweilig.

Sie setzte sich neben ihn auf die Bettkante. „Was ist denn so langweilig?", wollte sie wissen.

„Ach irgendwie alles, die Jungen wollen immer nur Fußball spielen, die meisten Mädchen spielen nur mit den Puppen und lassen mich sowieso nicht mitspielen, außerdem finde ich immer nur malen und basteln, was die Frau Müller und die Frau Lehmann machen wollen, auch doof. Hier zu Hause habe ich viel mehr Möglichkeiten und Laura ist dann auch nicht so alleine."

Schnell drehte sie den Kopf zur Seite, damit er ihr Schmunzeln nicht sehen konnte. „Gibt es denn keine Jungen, die mal was anderes spielen wollen?", fragte sie dann.

„Nö, die werden doch immer überstimmt, nur Wolfgang und Klaus bleiben oft drinnen, aber die sind mir viel zu klein."

„Und wie ist das, wenn du Fußball mitspielst", hakte sie nach. „Du bist doch ein guter Spieler, ich wette, die anderen reißen sich darum, dich in ihrer Mannschaft zu haben."

„Äh, ja", druckste er herum, „aber ich mag eigentlich nicht mehr mitspielen."

„Mhm", sie überlegte. Bodo gleich als Aufwiegler hinzustellen ging nicht, sie wollte, dass Felix von sich aus ihre Vermutung zur Sprache brachte. „Erzähl doch mal alles der Reihe nach. Also, ihr geht raus und dann? Wie werden die Mannschaften denn aufgeteilt, wer ist der Kapitän, wie läuft das so bei euch?"

Eine Stunde später ließ sie sich im Wohnzimmer in einen Sessel sinken. Ihre Vermutungen hatten sich bestätigt, doch es war noch schlimmer, als sie gedacht hatte. Felix, ehemals einer der besten Freunde von Bodo, stand im Kindergarten ziemlich alleine da. Bodo hatte seit längerem zwei neue allerbeste Freunde, die eifersüchtig darüber wachten, dies auch zu bleiben. Sie erkannten Bodo als Führer uneingeschränkt an und ließen ihn alles bestimmen. Jedes Mal, wenn Bodo nun Felix ärgerte oder ausgrenzte, was immer dann geschah, wenn Felix etwas besser konnte, mehr wusste, oder bei irgendeinem sportlichen Wettstreit gewann, taten sie eifrig mit und stachelten dazu noch die anderen Kinder an, es ihnen gleich zu tun. Ab und zu spielte Peter dann doch allein mit Felix, aber so

70

etwas konnte Bodo auch wieder nicht ertragen. Es dauerte jedes Mal nicht lange und er lockte entweder Peter oder Felix mit einem besonders tollen Spielangebot und dem Versprechen, diesmal Anführer sein zu dürfen zurück. Das Schlimmste an dieser Geschichte war jedoch, dass Felix gar nicht erkannte, wie fies dieser Bodo war, sondern die Schuld bei sich suchte und eifrig bestrebt schien, beim nächsten Mal alles richtig machen zu wollen. Wenn er mehrere Tiefschläge bekommen hatte, blieb er ein paar Tage zu Hause, doch da er überzeugt war, er müsse sich nur anders verhalten, versuchte er immer wieder aufs Neue die Beziehung zu den anderen zu verbessern. Deshalb trug er auch im Kindergarten nie mehr seine heißgeliebte Uhr, obwohl er am Anfang so stolz darauf gewesen war, schon die Uhr lesen zu können. Er verheimlichte selbst vor den Erzieherinnen, dass er Klavierunterricht bekam, er erzählte nie mehr von seinem großen Hobby Meerestiere, seitdem die Jungen ihn einmal ausgelacht hatten, als er ihnen etwas erklären wollte, obwohl die Kindergärtnerinnen seine Antwort als richtig bestätigten. Andererseits wollte er von sich aus nicht nachmittags mit ihnen zum Fußballtraining, sondern ging mit einem Nachbarjungen zusammen zum Judo, was aber im Kindergarten wiederum keiner wissen sollte.

„Na, hat Felix endlich mit dir über seine Probleme gesprochen?", unterbrach Roland ihre Überlegungen. „Lass mich raten, die Kinder im Kindergarten haben gemerkt, dass Felix anders ist als sie und lassen es an ihm aus?"

„Nein, es liegt an Bodo", wehrte sie heftig ab, „Felix ist nicht anders, er wird nur ausgegrenzt, weil..."

„Weil dieser Bodo, obwohl älter, es nicht haben kann, dass Felix ihm in vielen Dingen über ist", unterbrach Roland sie. „Und ihm auf äußerst extreme Weise klarmachen will, er Bodo ist der Boss."

„Woher weißt du?", fuhr sie auf.

„Zum einen habe ich einen großen Teil eures Gespräches mitbekommen zum anderen ist mir gerade in letzter Zeit aufgefallen, wie weit Felix in vielen Dingen schon ist. Ich wollte heute Abend mit dir sowieso darüber sprechen, vor allem da Felix mich gestern gebeten hat, ihn schon in diesem Jahr in der Schule anzumelden. Er will unbedingt lernen."

„Ich glaube eher, er will dem Kindergarten entfliehen", wehrte sie ab, „und Felix ist bestimmt nicht wie Lukas, er hat nur dieses Problem mit diesem Bodo. Und das hat nichts mit besonderer Begabung zu tun."

„Sei dir da nicht zu sicher", warnte Roland. „Er empfindet Schule wirklich als das Größte, weil er dort alles lernen kann, was er will, was ihn interessiert, meint er. Und Felix ist für sein Alter wirklich sehr weit, in vielen Bereichen sogar weiter, als Lukas es zu dem Zeitpunkt war. Gut, du und ich, wir haben es bis jetzt darauf geschoben, dass er seinem großen Bruder nacheifert, halt viel durch diesen lernt und der ihn mitzieht. Aber haben wir bis zu dem Test Lukas nicht auch immer als normal empfunden?"

„Nun ja", sagte sie zögernd, „es gibt wirklich Bereiche, in denen Felix weiter ist, aber Lukas war dafür mit fünf Jahren sprachlich besser."

„Du kannst die beiden nicht vergleichen, dafür sind sie viel zu verschieden", erwiderte Roland. „Wissbegierig sind sie beide, aber Lukas ist ruhig und zurückhaltend, ein Denker, eher verträumt, während Felix impulsiv ist, dabei aber auch auf andere zugeht, viel sozialer eingestellt und", er lachte, „dazu noch sportlich, was man von Lukas nun wirklich nicht sagen kann. Ich meine, wir sollten ernsthaft überlegen, ob wir ihn nicht doch jetzt schon einschulen. Es geht auch gar nicht darum, ob auch Felix hochbegabt ist, so etwas ließe sich meiner Meinung nach nur über einen Test entscheiden, dazu sehe ich aber zur Zeit keinerlei Notwendigkeit. Es reicht, von den Fakten auszugehen, die wir sehen können, um zu entscheiden, ob er schulreif ist. Überleg mal, er kann bis fünfzig zählen, kleinere Rechenaufgaben lösen, kennt alle Buchstaben, kommt sozial gerade mit älteren Kindern gut zurecht, alles Dinge, die für eine frühe Einschulung sprechen, und, noch einmal so ein Desaster wie bei Lukas, möchte ich nie wieder erleben. Ein ganz wichtiger Punkt ist noch, er will unbedingt in die Schule, will lernen. Er ist nur vier Monate nach dem Stichtag geboren, kann also problemlos eingeschult werden."

Sie zögerte, immer noch unentschlossen, „ich weiß nicht, irgendwie hast du schon recht, aber er ist doch noch so klein."

Roland lachte, „körperlich vielleicht, doch die geistige Reife hat er. Wenn du ihn jetzt noch ein Jahr warten lässt, ist der Abstand vielleicht zu groß. Vergleich doch mal mit den anderen. Gleicht er eher Bodo, der dieses Jahr in die Schule kommt, oder Peter, der noch ein Jahr im Kindergarten bleibt und vier Monate jünger ist als Felix?"

Sie brauchte gar nicht lange nachzudenken. „Du hast mich überzeugt", erwiderte sie, „also gut, da es auch Felix Wille ist, melden wir ihn halt an. Und was machen wir bis dahin mit dem Kindergartenproblem?"

„Ich denke, wir sprechen erst noch einmal mit den Erzieherinnen, dann sehen wir klarer und können entscheiden, wie wir ihm am besten helfen. Soll ich diesmal gehen?"

„Ja, gut", sagte sie dankbar, „obwohl ich nicht glaube, dass es viel Sinn hat."

„Ich empfinde dies aber als den besseren Weg", entgegnete Roland. „Ihn abmelden oder zwischendurch immer wieder zu Hause lassen, diese Alternative haben wir schließlich immer noch. Es kann doch nicht sein, dass ein einziges Kind die gesamte Gruppe aufmischt und niemand eingreift!"

Zwei Tage später, nach seinem Gespräch im Kindergarten, musste er seine Meinung revidieren. „Wie Obelix schon sagt, die spinnen die Römer", winkte er nur kurz ab, als sie ihn beim Mittagessen fragend ansah und wies mit einem kurzen Blick auf die Kinder.

Abends erfuhr sie dann mehr. „Wir sind ja alle so fürchterlich sozial", höhnte er, nachdem sie den Kindern gute Nacht gesagt hatten und allein im Wohnzimmer saßen. „Man darf schließlich nicht nur aus seinem Blickwinkel schauen, musste ich mir sagen lassen. Der arme Bodo hat zur Zeit fürchterlich zu kämpfen, da seine Mutter wieder angefangen hat ganztags zu arbeiten und kaum noch Zeit für ihn hat. Deshalb befindet er sich momentan in einer Ausnahmesituation, sein Ego ist so angeknackst, dass er im Kindergarten nicht so sozial mit anderen Kindern umgehen kann, wie es angebracht wäre. Man müsse ihm Zeit lassen, sich mit der neuen Lage abzufinden und die Kindergärtnerinnen können ihn deshalb nicht zu hart anfassen, irgendwo muss er schließlich seinen Frust abbauen können. Na ja, genau so hat sich die Gruppenleiterin natürlich nicht ausgedrückt, aber so in etwa, zumindest hat sie es so gemeint. Denn sie gab mir den Ratschlag, Felix solle sich doch da rausziehen, wenn er mit Bodo im Moment nicht klarkommt. Außerdem, wenn er erst mal in der Schule wäre, müsse er solche Dinge auch alleine regeln können. Ich habe dann noch einmal versucht einzuwenden, dass kleine Kinder doch erst lernen müssten, sich miteinander auseinander zu setzen und dabei auf Hilfestellungen von Erwachsenen angewiesen wären, die ihnen bei der Problemlösung konkrete Wege aufzeigen sollten. Außerdem könne es doch nicht richtig sein, wenn der Stärkste oder Frechste das Sagen hätte und die lieberen, ruhigeren Kinder den Kürzeren zögen. So wäre es nun mal in der heutigen Gesellschaft, das könne sie auch nicht ändern, sagte sie nur dazu. Dann durfte ich mir noch einen endlosen Monolog anhören über moderne Kindererziehung. In der heutigen Zeit ginge man weg von ständiger Aufsicht und engen Grenzen, sondern ermögliche Kindern das Erlernen sozialer Gegebenheiten durch eigene Erfahrungen. Natürlich ständen sie, die Erzieher ihnen dabei als Ansprechpartner zur Seite und würden weiterhin darauf achten Streitigkeiten nicht eskalieren zu lassen. Außerdem gerade in den heutigen altersgemischten Gruppen gäbe es so viele soziale Situationen, wo die Kinder voneinander lernen könnten, so etwa, dass die Großen den Kleinen helfen, die Kleinen viele Fertigkeiten von den Großen beigebracht bekämen, etc, etc, etc. Heutzutage gäbe es nun mal viele Einzelkinder, die den Umgang mit Gleichaltrigen nur noch im Kindergarten vorgelebt bekämen." Er seufzte. „Also, wie schon gesagt, entweder Felix zieht sich raus, oder er muss eben lernen, irgendwie mit Bodo klarzukommen. Ich denke, wir besprechen jetzt mit Felix, ob er weiterhin in den Kindergarten gehen will oder lieber zu Hause bleibt, wobei wir ihm aber ganz eindeutig klarmachen sollten, dass er erstens nur diese zwei Wahlmöglichkeiten hat und sich, wenn er hier bleiben will, morgens alleine beschäftigen muss."

Sie nickte zustimmend, „von deinem heutigen Gespräch mit der Erzieherin erzählen wir ihm aber nichts. Wir setzen da an, dass er sich beschwert hat, im Kindergarten wäre es so langweilig. Er soll sich frei entscheiden, was er möchte, muss dann aber auch dazu stehen, das sehe ich genauso wie du."

Gemeinsam gingen sie zu Felix ins Kinderzimmer und besprachen ihr Angebot mit ihm. Er strahlte auf, hüpfte freudig durch das Zimmer und versicherte unentwegt, er würde sich zu Hause bestimmt nicht langweilen. Er beharrte hartnäckig darauf, keinen Abschied, wie eigentlich üblich, feiern zu wollen und auch nicht mehr für einen Tag dorthin zu gehen.

So reichte Roland gleich am nächsten Tag die Kündigung ein und holte Felix restliche Sachen allein ab.

Felix wurde von Tag zu Tag ausgeglichener, seine Wutanfälle, seine Ärgereien gegenüber seinen Geschwistern ließen nach, seine vorher oft stark wechselnden Stimmungslagen wurden wesentlich gemäßigter. Tag für Tag wusste er sich über Stunden zu beschäftigen, spielte aber auch viel mit Laura, sodass für sie, als Mutter, der Morgen wesentlich angenehmer verlief.

VII

Jetzt wurde allerdings plötzlich deutlich, wie sehr Lukas in der letzten Zeit wieder in längst überwunden geglaubte Verhaltensweisen nach und nach zurückgefallen war, wieder so allmählich, dass sie es nicht gemerkt hatten.

Als dann vor den Osterferien nicht nur das alte Hausaufgabenproblem in aller Härte zurückgekommen war, sondern auch seine Zensuren von eins bis zwei auf drei bis vier bei den Klassenarbeiten abfielen, ließ sie sich einen neuen Termin bei seiner Klassenlehrerin geben. Bis auf fünf Blätter der Kreuzworträtsel und drei Übungsbögen mit schwierigeren Textaufgaben hatte er immer noch keine richtige Differenzierung bekommen, oder wusste sie nur nichts davon?

Drei Tage nach den Ferien setzten sie sich, diesmal wieder gemeinsam, mit Frau Glaub zusammen. Diese ließ sich erst ihre Sorgen und Beobachtungen über Lukas schildern.

„Ich sehe Ihren Sohn ganz anders", erklärte sie dann. „Seine Schulleistungen sind im Großen und Ganzen gar nicht so schlecht. In Deutsch hat er die Rechtschreibung und Grammatik im wesentlichen begriffen und kann dies auch umsetzen. Seine Fehler im Diktat sind fast ausschließlich Flüchtigkeitsfehler. Seine sprachlichen Fähigkeiten sind enorm, seine Aufsätze haben jetzt schon ein Niveau, das über dem der vierten Klasse liegt. In der Mathematik ist er in der Lage neue Rechenwege schnell zu erkennen und richtig anzuwenden. In Sachkunde gehört er eindeutig zu den Besten. Was ihm meiner Meinung nach fehlt, ist die nötige Konzentration und der Wille, auch für ihn einfache und langweilige Dinge in allen Bereichen korrekt zu erledigen. Und die Form seiner Arbeiten ist katastrophal. Er hält sich weder an eine vernünftige Heftführung, noch an sauberes Arbeiten oder kontinuierliches Verfolgen ausgewiesener Rechenwege. Hier sehe ich einen dringend notwendigen Ansatzpunkt meiner Arbeit mit ihm. Dazu kommt seine Weigerung Zusatzaufgaben nach dem Erledigen der normalen Aufgaben überhaupt zu akzeptieren. Bevor ich ihm also Sonderaufgaben statt der normalen Hausaufgaben zugestehen kann, muss er sich zuerst in diesen Bereichen ändern."

„Ich verstehe, was Sie meinen", erwiderte Roland, „die Frage ist nur, wie kommen wir dahin, dieses zu erreichen. Auch wir sehen, an Hand seiner Hefte, dass ihm in Bezug auf Sauberkeit und Ordnung vieles noch fehlt. Andererseits haben wir den Eindruck, dass er mit seinen oft sehr unkonventionellen Methoden und seiner fehlenden Raumaufteilung zur Zeit noch richtige Ergebnisse vorweisen kann. Wäre es nicht sinnvoll, ihn nur einmal versuchsweise durch höhere Anforderungen dahin zu bringen, dass auch er erkennt, sauberes und ordentliches Arbeiten ist nötig, um die Aufgabe lösen zu können?"

„Nein, das sehe ich nicht so", erklärte seine Lehrerin energisch. „Jedes Kind muss lernen, dass von Anfang an ordentliches, strukturiertes Arbeiten erforderlich ist. Irgendwann wird auch Lukas gewisse methodische Hilfen brauchen, auf die er zurückgreifen kann. Dann müssen diese aber schon blind sitzen, andersherum funktioniert so etwas nicht. Er wäre völlig überfordert, wenn ich ihm schwierige Aufgaben geben würde und käme alleine damit nicht zurecht. Und wie Sie wissen, habe ich noch zweiundzwanzig andere Schüler in der Klasse, denen ich helfen muss, das normale Klassenziel zu erreichen. Einzelunterricht kann ich ihm nun wirklich nicht geben, erachte ich auch nicht als sinnvoll. Natürlich sehe ich, dass er wesentlich schneller lernen könnte. Aber was soll ihm das helfen? Er würde sich nur immer weiter vom normalen Klassendurchschnitt entfernen, könnte am Ende des dritten Schuljahres schon einiges von dem Unterrichtsstoff der vierten Klasse beherrschen. Und was soll ich mit ihm dann im zweiten Halbjahr des vierten Schuljahres machen?"

„Wir verstehen Ihre Sichtweise", erwiderte Roland, „nur sehen wir bei Lukas zur Zeit die Gefahr, dass, wenn wir nicht versuchen ihm zu helfen, er bald wieder abschaltet und blockiert. Er verweigert sich noch nicht einmal bewusst, arbeitet auch nicht extra langsam oder nur so unordentlich um Sie oder uns zu ärgern, nein, all diese Verhaltensweisen kennen wir schon aus dem ersten Schuljahr. Wenn er gezwungen wird, sein Lerntempo ständig nach unten anzupassen, die vielen Wiederholungsphasen mitmachen muss, kann er irgendwann einfach keine Leistung mehr bringen. Uns ist zum Beispiel aufgefallen, dass er, als er gerade neu in die Klasse gekommen war, sehr ordentlich geschrieben und in der Mathematik die Form eingehalten hat. Erst nach und nach mit dem allgemeinen Leistungsabfall ließ auch seine Ordnung wieder zu wünschen übrig."

„Nun ja", die Lehrerin wurde angesichts seiner Hartnäckigkeit langsam ungeduldig. „Trotzdem muss auch Ihr Sohn lernen, langweilige Aufgaben korrekt und ordentlich zu erledigen. Später im Beruf kann er auch nicht nur dort Leistung zeigen, wo ihm die Arbeit Spaß macht. Immer und überall stoßen wir nun mal auf für uns nicht anspruchsvolle Aufgaben, und müssen sie trotzdem akkurat erledigen, ein ganzes Leben lang."

„Vielleicht", mischte sie sich ein, „ließe sich ja ein gemeinsamer Mittelweg finden. Wie Sie selbst sagten, ist Lukas in einigen Bereichen weiter als seine Mitschüler. Uns ist aufgefallen, dass er bei neuem Stoff keine langen Einübungsphasen braucht. Wäre es nicht möglich, bei Aufgabenstellungen, die er schon beherrscht, ihm stattdessen die differenzierten Arbeitsblätter zu geben? Ich bin sicher, er würde dann wesentlich motivierter arbeiten. Gleichzeitig stellen Sie ihm Ihre Bedingungen, was sauberes und ordentliches Arbeiten betrifft. Diese Lösung würde doch für beide Seiten befriedigend sein."

„Nun gut einigen wir uns also auf einen Kompromiss", Frau Glaub seufzte leicht auf. „Sagen Sie bitte Ihrem Sohn, solange er sauber und ordentlich arbeitet bekommt er, wenn möglich zwischendurch Sonderaufgaben. Aber ganz kann ich ihn natürlich nicht von den nötigen Wiederholungen und Vertiefungen befreien. Auch wenn Sie dies anscheinend nicht glauben, in meinen langen Jahren als Lehrerin habe ich erkannt, dass alle Kinder nur durch stetes Wiederholen vernünftig lernen. Denken Sie jetzt bitte nicht, ich wolle Ihrem Sohn nicht helfen. Ich habe nur in vielen Dingen ganz andere Ansichten als Sie, wie diese Hilfe aussehen sollte. Und hier im Unterricht ist mir noch kein einziges Mal aufgefallen, dass Lukas verzweifelt wäre oder sich sehr langweilt. Er ist nur ziemlich unaufmerksam und hängt oft seinen Gedanken nach, aber das ist auch bei einigen anderen Kindern so. Insgesamt macht er eigentlich einen ganz zufriedenen Eindruck."

„Ich bin froh, dass Sie uns trotzdem so viel Ihrer Zeit gewidmet haben und wir gemeinsam einen guten Weg gefunden haben", antwortete Roland und lächelte sie entwaffnend an. Sie erhoben sich und verabschiedeten sich freundlich.

Die Wochen bis zu den Sommerferien zogen sich endlos hin. Trotz des Gespräches mit Frau Glaub hatte sich wenig geändert. Lukas erhielt ab und an ein Extrablatt, aber dies war eher die Ausnahme. Weiterhin musste er einfache Satzstellungen als schriftliche Hausaufgaben einüben, während er in seinen Aufsätzen komplizierte, verschachtelte Satzkonstruktionen verwendete, trotz nachweislicher Rechenfähigkeit im Kopf alle einzelnen Stufen schriftlich ausführen.

Wieder saß er vor seinen Hausaufgaben, als ob sie sich wie ein riesiger Berg vor ihm auftürmten und konnte sich nicht überwinden anzufangen. Sie entwickelte immer neue Tricks um ihm zu helfen. Rechenaufgaben ließ sie ihn im Kopf lösen und half ihm dann beim sauberen und ordentlichen Aufschreiben. Galt es Sätze abzuschreiben und zum Beispiel zu ergänzen, diktierte sie sie ihm. Sollte er Diktate üben, nahm sie anspruchsvolle Texte aus dem Lesebuch, da er, übten sie die vorgegebenen Texte, sich von Mal zu Mal mehr verschlechterte, regelrecht verübte und immer mehr Fehler machte.

Doch diese Hilfen waren bis auf das Klavier- und Schachspielen die einzigen richtigen Anforderungen, die er hatte und reichten bei weitem nicht aus. Sie versuchte, ihn zu weiteren anspruchsvollen Freizeitaktivitäten zu überreden, doch er zog sich immer mehr zurück, war lustlos und desinteressiert.

Dazu litt er immer noch unter Ärgereien seiner ehemaligen Klassenkameraden. Einige hatten es bis heute nicht verwunden, dass ausgerechnet dieser Sonderling nun in eine höhere Klassenstufe ging. Ein Junge, der zum Teil denselben Weg wie Lukas hatte, ärgerte ihn mit seinen Freunden jedes Mal, wenn der alleine auf dem Heimweg war, erst nur verbal, dann nach einiger Zeit, wohl weil Lukas sich nie äußerte, auch mit Schubsen, Treten, Schlagen, wobei er tatkräftig von seinen Freunden unterstützt wurde.

Sie sprach schließlich mit den Lehrerinnen beider Klassen, doch die Jungen behaupteten frech, Lukas wäre derjenige, der anfinge. Und da es keine Zeugen gab, die sie beobachtet hatten, warnte die Schulleitung zwar, konnte aber nicht eingreifen. Danach passierte es nicht mehr so oft, hörte aber auch nicht ganz auf. Jedes Mal, wenn die Jungen sicher waren unbeobachtet zu sein, schubsten sie wieder oder traten von hinten gegen seinen Tornister, nur noch kleinere Ärgereien, aber ausreichend um Lukas zu verunsichern.

So begann sie jeden Morgen gemeinsam mit ihm mit dem Fahrrad zur Schule zu fahren und ihn auch wieder abzuholen. Manchmal ging er auch nach der Schule mit zu seinem Freund, wenn er jemanden dabei hatte, trauten diese Jungen sich nicht an ihn heran.

Doch auch seine nachmittäglichen Verabredungen ließen immer mehr nach. „Die wollen nie so spielen, wie ich möchte, meist machen wir nur die langweiligen Sachen, die sie wollen. Dazu habe ich langsam keine Lust mehr. Da kann ich besser alleine spielen", erklärte er ihr. Ab und zu beteiligte er sich noch an den sportlichen Aktivitäten der Kinder aus der Nachbarschaft, aber meist saß er allein in seinem Zimmer und baute mit seinen Legosteinen.

Felix dagegen war fast ständig draußen, fuhr mit den älteren Nachbarsjungen Fahrrad oder Inlineskater, spielte Fußball und Verstecken. Zu seinen ehemaligen Kameraden aus dem Kindergarten hatte er keinen Kontakt mehr, schien sie auch nicht zu vermissen. Er war jetzt für die Schule angemeldet und freute sich sehr darauf. Allerdings hatten sie darauf geachtet, ihn nicht mit den Kindern aus dem Kindergarten gemeinsam in eine Klasse einzuschulen.

In den Sommerferien fuhren sie vier Wochen zu Verwandten nach England. Alle drei Kinder fanden schnell Spielkameraden und lernten im Handumdrehen sich zu verständigen. Lukas fand zu seinem alten Selbst zurück und blühte auf. Roland und sie genossen den Frieden und die Erholung. Auch die zwei restlichen Ferienwochen zu Hause verliefen in friedlicher Harmonie. Lukas und Felix tüftelten gemeinsam immer neue Spiele aus, bei denen dann auch Laura mittun durfte, oder sie verbrachten alle drei ihre freie Zeit draußen zusammen mit den Nachbarskindern. Mit der Schulzeit begann ein neuer Alltag. Lukas und Felix verließen nun morgens gemeinsam das Haus, für Laura hatten sie einen Kindergartenplatz gefunden, allerdings diesmal in einem anderen, kirchlichen Kindergarten, von dem sie schon viel Positives gehört hatten. Sie fand dort auch schnell Anschluss an ältere Kinder und ging sehr gerne dorthin. Es wurde sehr viel gemeinsam mit den Kindern unternommen und, auch sehr wichtig für die sehr zurückhaltende Laura, es wurden stets klare Regeln gesetzt und auf deren Einhaltung geachtet.

Felix Klasse dagegen war chaotisch, die junge Lehrerin bekam die Kinder nur schwer unter Kontrolle. Felix beschwerte sich oft, dass es so laut und unruhig wäre und viele Klassenkameraden sich nicht an aufgestellte Regeln halten könnten. Andererseits gestaltete diese Lehrerin, Frau Spiller, ihren Unterricht durch sehr viel Freiarbeit offener. Kinder, die die Arbeitsanleitung verstanden hatten, durften selbständig arbeiten und so schnell vorangehen, wie sie wollten. Dies kam Felix sehr entgegen, er lernte leicht und mit offensichtlicher Freude. Durch seine umgängliche Art kam er mit Jungen und Mädchen gleichermaßen gut zurecht und war bei allen beliebt. Aber er hielt sich weiterhin stark zurück, erzählte auch hier im wöchentlichen Erzählkreis nie von seinen Hobbys oder Unternehmungen, zeigte von sich aus wenig auf und hielt sich mit seinen Leistungen im Klassenrahmen. Trotzdem ging er gerne zur Schule. Nur mit den Pausen hatte er am Anfang sehr zu kämpfen. Ständig kam es zu Ärgereien und Prügeleien, entweder unter den Erstklässlern selbst, oft aber auch von älteren Schülern ausgehend. Schließlich rettete sich Felix in den Pausen zu Lukas und seinen Klassenkameraden, die meist Fangen oder Verstecken spielten, und durfte mitmachen.

Anfangs lud sich Felix mehrmals Kinder aus seiner Klasse nachmittags zum Spielen ein, doch irgendwie entstand aus keiner dieser Begegnungen eine richtige Freundschaft, meist war Felix abends enttäuscht und genervt, weil die anderen nicht so intensiv spielen wollten, nicht dieselben Interessen hatten, wie er. Er versuchte auf sie einzugehen, doch sie fanden nie richtig zusammen, oft kam dann bei Felix Langeweile auf.

Und er vermied es, dieses Kind in nächster Zeit noch einmal einzuladen. Schließlich spielte er wieder fast nur noch mit den älteren Nachbarskindern und mit Lukas. Trotzdem war er weiterhin sehr beliebt in seiner Klasse und wurde oft eingeladen, lehnte aber von sich aus meist ab; er wäre schon verabredet, hätte einen Arzttermin, sie bekämen Besuch, waren seine häufigsten Ausreden.

Beim ersten Elternsprechtag lobte seine Klassenlehrerin einerseits seine schnelle Auffassungsgabe, mahnte aber auch, ihn nicht so ehrgeizig werden zu lassen.

Sie war total verblüfft. „Ich verstehe nicht ganz, wie meinen Sie das denn?"

Frau Spiller blickte sie streng an: „Ich sehe bei Felix oft, dass er sehr hohe Ansprüche an sich selbst stellt. Einerseits will er immer alles hundertprozentig machen, andererseits verzweifelt er, wenn er dies nicht schafft, selbst wenn ich mit dem Ergebnis voll und ganz zufrieden bin. So etwas ist nicht normal und kommt bestimmt nicht von dem Kind aus, vielmehr erlernen Kinder solch ein Verhalten durch das Elternhaus."

Sie schüttelte lachend den Kopf: „Da kann ich Sie beruhigen Frau Spiller, wir sind bestimmt keine ehrgeizigen Eltern. Eher versuchen auch wir ihn von diesem hohen Anspruchsdenken abzubringen, in dem wir ihn loben, selbst wenn er mit sich unzufrieden ist. Felix war eigentlich immer schon so, hat sich von klein auf an seinem großen Bruder orientiert, wollte immer schon alles genauso gut können."

Doch sie merkte schnell, die Lehrerin konnte ihr nicht glauben. Da sonst alles bestens war, verabschiedete sie sich hastig.

Roland zuckte nur die Schultern, als sie ihm abends von dem Gespräch erzählte. „Was hast du denn erwartet? Wir sind bestimmt schon in der ganzen Schule als ehrgeizige Eltern verschrien. Das eine Kind hat eine Klasse übersprungen, das andere wurde vorzeitig eingeschult, und jetzt kommst du und behauptest sein übergroßer Anspruch an sich selbst wäre nicht anerzogen."

Echte Sorgen bereitete weiterhin Lukas. Immer noch benötigte er regelmäßige Unterstützung bei den Hausaufgaben, um einigermaßen schnell fertig zu werden. Er war sehr unzufrieden mit sich und beklagte sich oft über Langeweile. Wiederholt bat er, ihn doch noch einmal springen zu lassen, noch fast ein ganzes Schuljahr würde er nicht durchhalten.
Am nächsten Elternabend der DGhK besprach sie sich noch einmal mit Frau Taß und Frau Baum. Doch genau wie sie und Roland hielten diese ein erneutes Springen zum jetzigen Zeitpunkt nicht für empfehlenswert. Zum einen, jetzt in eine neue, fünfte Klasse zu kommen, in der die Kinder sich schon zusammengerauft hätten, wäre für Lukas äußerst schwer. Zweitens dürfe man nicht vergessen, dass ein erneutes Springen im Laufe der Gymnasialzeit wahrscheinlich sowieso noch einmal auf sie zukommen würde, das wäre bei vielen hochbegabten Kindern so. Jetzt wäre er ungefähr altersgemäß in seiner Klasse, nach einem nochmaligen Überspringen ein bis zwei Jahre jünger als die Klassenkameraden. Wenn er aber jetzt in die fünfte Klasse käme, hätte er noch acht Schuljahre vor sich, die seinem Lerntempo auch nicht entsprächen. Ihn danach noch einmal springen lassen und ihn dann mit drei Jahre älteren Schülern zusammen lernen zu lassen, ob so etwas gut ginge? Und ganz wichtig, eigentlich wäre sowieso nur eine zweimalige Vorversetzung in der Schullaufbahn vorgesehen, einmal auf der Grundschule und einmal auf der weiterführenden Schule, sonst bräuchte man eine Ausnahmegenehmigung und ob die bei einem Underachiever, der in der Schule nie viel Leistung zeige, gegeben würde?
So meldete sie Lukas nachmittags noch für einen Computerkursus für hochbegabte Kinder an und Roland nahm mit Lukas und Felix oft an Wochenendveranstaltungen der DGhK teil, um ihm neue Anregungen zu geben. Die Hausaufgaben erledigten sie weiterhin größtenteils gemeinsam.

Nach den Herbstferien erkrankte Lukas an einer Lungenentzündung. Die drei Wochen Zwangsferien genoss er in vollen Zügen, vor allem, da Roland ihm zwei neue, anspruchsvolle Computerprogramme für die Zeit der Rekonvaleszenz geschenkt hatte. Die nächsten vier Wochen in der Schule war er wie ausgewechselt, schrieb ohne Übung eine eins im Diktat und eine eins in der Mathematikarbeit. Doch dann schlief er bald wieder ein und sie retteten sich bis zu den Weihnachtsferien gerade noch so dahin.

Anfang Januar beschlossen sie noch ein Gespräch mit Lukas Klassenlehrerin zu führen. Es musste sich endlich etwas ändern. Ausgerechnet am Morgen des betreffenden Tages erhielt Roland einen unaufschiebbaren Termin und so ging sie bangen Herzens allein zur Schule.

Doch sie kam gar nicht dazu ihre Sorgen auszusprechen, denn Frau Glaub übernahm sofort nach der Begrüßung das Wort. „Gut, dass Sie um ein Gespräch baten, so geht das wirklich nicht weiter", begann sie erregt. „Ich hätte mich sonst selbst an Sie gewandt. Lukas wird von Tag zu Tag fauler und eingebildeter. Während des Unterrichts schaut er oft gelangweilt aus dem Fenster, rufe ich ihn auf, weiß er meist gar nicht, worüber wir gesprochen haben. Andererseits benimmt er sich sehr angeberisch: Versuche ich zum Beispiel eine schwierige Aufgabenstellung gemeinsam mit der Klasse zu erarbeiten, schnipst er entweder unentwegt mit dem Finger, um seine Lösungswege zu erklären oder er schaltet ab und malt Männchen in sein Heft. Er bringt kein Verständnis auf, wenn ich etwas mehrmals erklären muss. Rufe ich ihn dann doch mal auf, und er ist gerade geistig anwesend, klingt seine Antwort sehr überheblich, so ungefähr, als wenn dies alles Kleinkinderkram wäre. Und diese Einstellung übernimmt er natürlich von Ihnen. Ich kann Ihnen nur sagen, solange Sie ihm Schule und unser Lernen hier so vermitteln, kann ich ihm nicht helfen. Und glauben Sie bloß nicht, auf dem Gymnasium würde er mit dieser Einstellung zurechtkommen, geschweige denn Lehrer finden, die ihn extra fördern. Er wird sich nun mal sein Leben lang anpassen müssen, immer wieder Dinge tun müssen, die ihn langweilen. Je eher er dies akzeptiert, um so besser."

Sie schwieg betroffen. Dann versuchte sie zu erklären: „Aber wenn nicht wenigstens wir als Eltern ihn so anerkennen, wie er ist, wenn nicht wir zumindest versuchen ihn immer wieder aufzurichten, indem wir ihm zustimmen, ja, für dich ist vieles langweilig, vieles Lappalie, was du Tag für Tag in der Schule erlebst, ihn von seinen Selbstzweifeln er wäre nicht in Ordnung, er wäre falsch, so wie er ist, befreien, ihm signalisieren du bist toll, so wie du bist, bist genau so viel wert wie alle anderen - wer denn sonst?"

Die Lehrerin wurde freundlicher: „Ich kann Sie ja verstehen. Ich weiß auch, dass Lukas es sehr schwer hat und eigentlich auch ganz anderen Unterricht bräuchte. Nur, Sie müssen sich damit abfinden, dass für hochbegabte Kinder in unserem Schulsystem nichts getan wird. Auch auf dem Gymnasium wird alles so weiterlaufen wie auf der Grundschule. So hoch ist der Anspruch dort auch nicht, zumindest nicht hoch genug für Lukas. Und wenn er nicht untergehen will, sollte er sich beizeiten damit abfinden. Er muss eben versuchen, in seiner Freizeit für ihn anspruchsvolle Dinge zu tun, die ihn ausfüllen. Mit der Art, die er zur Zeit an den Tag legt, macht er sich bestimmt keine Freunde, weder bei Lehrern noch bei Mitschülern. Er hat sich eine sehr überhebliche Sprechweise angewöhnt, die allen signalisiert, ich weiß mehr als du. Macht er mal einen Fehler, versucht er sich herauszuwinden, ertappt er mich bei einer falschen Antwort, kritisiert er mich sofort aufs Schärfste. Kommt er im Unterricht zu Wort, greift er gleich das gesamte Thema, was ich in der Stunde erarbeiten wollte, vorweg." Sie seufzte: „Sie können sich sicherlich vorstellen, dass ich manchmal richtige Hassgefühle bekomme, zumindest, das gebe ich ganz offen zu, bin ich ihm zur Zeit nicht gerade wohlgesonnen. Er hat von sich aus auch kein Verhältnis zu mir, manchmal habe ich das Gefühl außerhalb des Unterrichts nicht für ihn zu existieren."

Sie nickte kummervoll, „ich weiß, er wirkt zur Zeit auf Außenstehende nicht gerade liebenswert und", sie musste lachen, „als süß und niedlich kann man ihn nun auch nicht bezeichnen. Aber jetzt im Ernst, ich danke Ihnen für Ihre Offenheit. Aber wie ich schon sagte, wir als Eltern müssen ihm irgendwie helfen, seinen Weg zu finden, damit er nicht völlig aufgibt. Wir können ihm nun mal nicht vermitteln, nur wenn er sich richtig anpasst, ist er okay. Und er kann von sich aus nicht sein wie die anderen, auch wenn er sich noch so bemüht. Es ist schon traurig, dass für die Schule nur der Durchschnitt zählt."

„So wie Sie es ausdrücken ist es nicht ganz richtig", widersprach die Lehrerin, „aber ich verstehe, was Sie meinen. Für Kinder wie Lukas, müsste wirklich etwas getan werden. Nur, solange es eben keine andere Möglichkeit als die normale Schule für ihn gibt, empfehle ich Ihnen dringend ihn mit Ihrer Unterstützung dazu zu bringen, sich anzupassen, zu seinem eigenen Besten."

Sie verabschiedeten sich relativ freundlich voneinander.

VIII

So beschlossen Roland und sie, sich noch einmal an einen renommierten Psychologen für Hochbegabung zu wenden. Nachdem Lukas, sie und auch die Klassenlehrerin jeweils einen Fragebogen ausgefüllt und zurückgeschickt hatten, erhielten sie Ende Januar einen Gesprächstermin. Ausführlich ließ sich der Psychologe ihre Probleme und die Maßnahmen, die sie bis jetzt jeweils ergriffen hatten schildern, während Lukas solange im Nebenzimmer an einem Computer Aufgaben löste.

„Ich glaube eigentlich nicht, dass Lukas sich bewusst nicht anpassen will. Wir wissen nicht, wie wir weiter vorgehen sollen, liegt es vielleicht doch an uns, behandeln, erziehen wir unseren Sohn falsch?", schloss sie.

„Ich will mich jetzt noch nicht zu Ihren Fragen äußern, vielmehr möchte ich jetzt erst mit Lukas sprechen, dann unterhalten wir uns weiter", erwiderte der Psychologe.

Diesmal mussten sie fast eine Stunde im Nebenraum warten, bis sie wieder hereingerufen wurden. Nachdem Lukas wieder vor dem Computer saß, ergriff der Psychologe das Wort. „Ihr Sohn blockiert mit Sicherheit nicht bewusst, es ist schon so, wie Sie vermutet haben, er kann nicht anders, wenn er nicht gefordert wird. Die unschönen Verhaltensweisen, die er sich angewöhnt hat und die seine Lehrerin so aufbringen sind nur Schutzfunktionen, sonst wäre er mittlerweile schon ganz unten, depressiv und selbstmordgefährdet. Ich denke, es ist besser, mit seinem jetzigen Verhalten zu leben, als umgekehrt. Wir besprechen gleich noch, welche Möglichkeiten ich sehe, ihm da wieder heraus zu helfen. Jetzt möchte ich erst die Fragebögen mit Ihnen durchgehen. Bei der Durchsicht fällt relativ schnell eine große Diskrepanz auf, zwischen dem Urteil seiner Lehrerin und dem, wie er sich und auch Sie ihn darstellen, obwohl sich Frau Glaub sichtlich um Objektivität bemüht hat. Dies lässt sich darauf zurückführen, dass Lukas sich in der Schule in einem, ihn nicht fordernden sondern ihn langweilenden Umfeld aufhält, er jedoch zu Hause sich so intensiv einbringen kann, seine Hobbys so extrem verfolgen kann, wie er möchte, sich so geben kann, wie er ist und so auch akzeptiert wird. Ihr Sohn ist, wie ich anhand des IQ -Testbogens sehe relativ gleichmäßig begabt, das heißt, er ist schulisch gesehen in allen Fächern unterfordert. Kinder, die nur eine einseitige Hochbegabung haben, sind da besser dran. Sie müssen sich zumindest in den anderen Fächern anstrengen. Es gibt auch Kinder, die trotz Unterforderung in der Schule noch Leistung bringen können. Ihr Sohn gehört nicht dazu, was nicht heißen soll, dass dies an Ihnen oder ihm liegt. Warum manche Kinder es schaffen und andere nicht, ist noch nicht ausreichend erforscht. Wir müssen also leider einfach als gegeben hinnehmen, dass Lukas sich nicht anpassen kann. Vielleicht ist er zur Zeit immer noch extrem unterfordert, es wäre besser gewesen seinem Wunsch nach nochmaligem Überspringen stattzugeben."

„Ja, dieser Gedanke ist uns auch schon gekommen", bestätigte sie kummervoll, „doch wir hatten zuviel Angst, dass dann der Altersunterschied irgendwann zu groß wäre, besonders in der Pubertät."

„Ich kann Sie verstehen, Sie haben weiter voraus gedacht. Besser ist jedoch, nur die direkt anstehenden Probleme zu erkennen und die beste Lösungsmöglichkeit dafür zu wählen. Sie können jetzt noch gar nicht entscheiden, ob er später wirklich Probleme bekommt, vielleicht wäre er so akzeptiert in der Klasse, dass der Altersunterschied gar nicht problematisch geworden wäre, oder vielleicht kommt Ihr Sohn auch eher in die Pubertät als andere Gleichaltrige. Das sind alles Dinge, die zur Zeit nicht absehbar sind. Deshalb ist es besser, immer aus dem Moment heraus zu entscheiden. Entstehen später irgendwelche Probleme, reicht es, dann gezielt zu reagieren. Nur, auch ich sehe es nicht als sinnvoll an, ihn jetzt noch in die fünfte Klasse vor zu versetzen, es sind nur noch fünfeinhalb Monate bis zu den Sommerferien. Besser ist zu versuchen, die Zeit im vierten Schuljahr sinnvoll zu gestalten. Wichtig wäre für Lukas, dass er mit seinen Fähigkeiten endlich einmal anerkannt und so ausreichend gefordert wird, dass er gezwungenermaßen Lern- und Arbeitstechniken entwickelt, was er bis jetzt noch nicht nötig hatte. Stolz sein auf mit Anstrengung verbundener Leistung schafft Selbstbewusstsein und ermöglicht ihm, seinen Platz in der Klassengemeinschaft und dann auch später in der Gesellschaft zu finden. Schüler, die niemals richtig lernen mussten, haben als Erwachsene später in der Berufsausbildung oder im Studium immense Schwierigkeiten durchzuhalten, geben oft bei den kleinsten Schwierigkeiten auf, empfinden sich als Versager, wenn sie nicht alles auf Anhieb können."

Er machte eine kleine Pause, ließ das Gesagte wirken. „So, wenden wir uns jetzt mal Lukas Schulsituation zu. Wäre es nicht möglich, ihn ab und zu aus der Klassengemeinschaft heraus zu ziehen und ihn zum Beispiel mit Hilfe einer Referendarin verschiedene Projekte ausarbeiten zu lassen, welche er jeweils nach Beendigung im Unterricht vorstellt? Damit wären gleich mehrere Probleme gelöst. Er würde abwechselnd in verschiedenen Bereichen bis an die Grenzen seiner Leistungsfähigkeit gefordert, er würde Anerkennung durch die Mitschüler und die Lehrerin erfahren und Schule würde sich endlich einmal als sinnvolle Bereicherung für ihn darstellen, als positiv nach all den negativen Erfahrungen. Sprechen Sie doch bitte mit der Lehrerin darüber, sie kann mich auch gerne anrufen, falls sie noch Fragen hat. Wenn Sie in der Schule keine Unterstützung finden, müssen Sie versuchen privat einen Bereich zu finden, der ihn so interessiert, dass Sie ihn da extrem fordern können. Ich weiß, wie schwierig das ist, ich habe im Gespräch mit ihm schon versucht seine Interessen auszuloten, er scheint sich für vieles zu interessieren, doch für nichts eine richtige Passion entwickelt zu haben. Ich habe schon viele hochbegabte Kinder hier gehabt, die, als sie die Möglichkeit hatten in einem Bereich auf hohem Niveau zu arbeiten, ihr Potential voll ausleben zu können, aufblühten und kaum noch Problem hatten, sowohl vom Sozialverhalten als auch in schulischen Dingen. Denn oft reicht es wirklich, sich in einem Bereich bis an seine Leistungsgrenzen zu bewegen um den langweiligen Rest besser ertragen zu können. Obwohl ehrlich gesagt, vom wissenschaftlichen Standpunkt ist eine zu frühe Spezialisierung auf ein Fachgebiet eigentlich nicht unbedingt empfehlenswert, es droht die Gefahr der zu eingleisigen Entwicklung. Nein, besser wäre es, über die Schule etwas zu erreichen."

Am nächsten Tag rief Roland bei Frau Glaub an. Sie lachte, als sie von dem angedachten Projekt hörte. „Ich habe leider keine Referendarin zur Verfügung. Und selbst wenn ich eine zugeteilt bekäme, dürfte sie sich bestimmt nicht nur einem Kind widmen. So etwas ist an normalen Schulen nicht durchführbar. Außerdem, was soll dies auch auf Dauer bringen, Sie werden auf keiner weiterführenden Schule solche Projekte finden. Und wenn Ihr Psychologe trotzdem noch mit mir sprechen will, soll er mich doch bitte anrufen."
Tatsächlich rief der Psychologe auf Rolands Bitte hin dann noch bei ihr an. Doch als er sich wieder bei ihnen meldete, hatte er keine guten Nachrichten: „Ich empfehle Ihnen, den Weg außerhalb der Schule zu gehen. Ihre Lehrerin gehört, wie leider die meisten Pädagogen, immer noch zu denen, die nicht erkennen können oder wollen, dass Kinder mit besonderen Fähigkeiten genauso der Förderung bedürfen wie lernbehinderte Schüler. Sie ist viel mehr der Meinung, dass Kinder wie Lukas so früh wie möglich, eventuell eben auch sehr energisch auf den Weg der Anpassung geführt werden müssen, und dann sehr wohl in der Lage sind,

gleichbleibend gute Leistung zu bringen, wenn sie denn nur wollen." Er lachte, „so traurig es klingt, sie empfahl mir eher, Sie, die Eltern dahingehend zu beraten, in dieser Weise auf ihr Kind einzuwirken. Ihrer Meinung nach wäre allen damit wesentlich mehr geholfen. Ich denke, bei der Lehrerin erreichen Sie nichts. Sehen Sie zu, dass Lukas die letzten Monate noch einigermaßen unbeschadet übersteht. Geben Sie ihm weiter viel emotionale Unterstützung. Haben Sie denn ein ansprechendes Gymnasium gefunden? Gut wäre eines mit einer speziellen Ausprägung, naturwissenschaftlich oder sprachlich."

„Nein, wir haben zwar zehn Gymnasien in unserer Stadt, aber keines mit einer speziellen Prägung. Wir haben alle Schulleiter angerufen und ganz vorsichtig nach besonderer Förderung für befähigte Schüler gefragt, leider konnte uns keiner entsprechende Möglichkeiten an seiner Schule nennen. Aber ein Gymnasium erzählte beim Informationsabend, dass Schulleitung und Lehrer sehr viel Wert auf soziales Miteinander legen. Deshalb haben wir Lukas dort angemeldet. Wenn er schon schulisch nicht ausreichend gefördert werden kann, hoffen wir, so wenigstens keine Probleme im sozialen Bereich zu haben. Wir werden jetzt doch gezielt nach außerschulischen Zusatzangeboten suchen."

„Dann wünsche ich Ihnen und Lukas alles Gute", verabschiedete sich der Psychologe.

So lief schulisch alles weiter wie bisher. Lukas verlor immer mehr die Lust, überhaupt etwas sinnvolles zu tun, selbst im Freizeitbereich. Er ging zwar noch relativ gerne zum Schach und besuchte regelmäßig seinen Computerkursus, brachte in beiden Bereichen auch gute Leistungen, entwickelte aber leider keine besondere Passion dafür. Sie versuchten ihn zu überreden einen Sprachkurs in Italienisch zu beginnen oder einer Schreibwerkstatt beizutreten, doch er lehnte beides ab, konnte allerdings selbst nichts benennen, was ihn zur Zeit sehr interessieren würde, außer Computerspiele und Lesen.

„Das Problem ist", sagte Roland entnervt, „Lukas ist eben einfach nur hochbegabt. Er hat nun mal leider kein Faible für ein besonderes Spezialgebiet, kein spezielles Hobby, in das er sich so richtig verbeißen kann, wo es ihn von selbst immer weiter vorwärts treibt. Er ist zwar in der Lage wesentlich schneller zu denken, braucht auch dringend intellektuelle Förderung, aber sollte die nicht eigentlich im schulischen Bereich ansetzen? Es macht doch keinen Sinn, ihn morgens fünf Stunden im Unterricht schlafen zu lassen und ihm dafür die Nachmittage mit Förderprogrammen voll zu stopfen, die er gar nicht will. Er ist schließlich auch ein Kind und möchte in seiner Freizeit genauso spielen wie alle anderen Kinder."

Als Lukas dann kurz darauf Durchfall bekam, ließ sie ihn kurz entschlossen die ganze Woche zu Hause. „Aber was soll ich denn Frau Glaub sagen? Ich kann sie doch nicht anlügen!" Lukas einerseits freudig überrascht, war trotzdem entsetzt. „Ich kann doch nicht einfach sagen, ich hätte eine ganze Woche Durchfall gehabt."

„Brauchst du auch nicht, ich gebe dir ja eine Entschuldigung mit. Sieh es so, du quälst dich im Moment wirklich in der Schule, auch wenn du nicht unbedingt körperlich krank bist", sie seufzte, „weißt du Lukas, Frau Glaub versteht es leider nicht, wenn wir ihr dies erklären, du wirst auch keinen Erholungsurlaub zu Hause machen, sondern jeden Tag vier Stunden lernen, nur halt nicht das, was in der Schule bearbeitet wird, das kannst du dann nächste Woche nachholen."

Die Vorstellung harter Arbeit schreckte ihn nicht ab, im Gegenteil eifrig durchstöberte er die Materialien, die sie herausgesucht hatte. Alles entsprach nicht unbedingt seinem Geschmack, teilweise stöhnte er sogar entsetzt, doch sie setzte sich durch und er arbeitete jeden Tag von acht Uhr bis zwölf Uhr an den, ihm zugedachten Aufgaben.

An den ersten zwei Tagen war er noch relativ lustlos, musste immer wieder neu motiviert werden, wollte bei den kleinsten Schwierigkeiten sofort aufgeben. Dann wurde er täglich interessierter und konzentrierter, entwickelte Ehrgeiz und Freude. Am Ende der Woche war sie selbst wieder einmal überrascht wie schnell er vorwärts gehen konnte. Selbst sie als Mutter vergaß, wenn man so lange nur ein demotiviertes Kind gesehen hatte, wie stark seine Fähigkeiten waren.

Sonntagabend, Lukas lag schon im Bett, zog er sie noch einmal auf seine Bettkante. „Warum muss ich eigentlich in die Schule gehen? Dein Unterricht ist viel besser. Und das bisschen, was wir dort lernen, kannst du mir auch beibringen."

Sie schüttelte den Kopf: „Nein, das darf ich gar nicht. Wir haben hier in Deutschland die allgemeine Schulpflicht, das heißt jedes Kind muss ab dem sechsten Lebensjahr in die Schule gehen, und dann verpflichtend bis zu seinem Abschluss dort lernen."

„Aber warum, wenn die Eltern es doch genau so gut unterrichten können?"

„Weil eben die meisten Eltern dazu gar nicht in der Lage sind und viele auch gar keine Zeit haben, weil auch die Mutter berufstätig ist. Sieh mal, früher gab es keine öffentlichen Schulen, da haben nur die höhergestellten Leute ihre Kinder privat unterrichten lassen, denn das kostete Geld. Dann gab es eine Grundschule für alle, die Grundbildung vermittelte, weitere Bildung kostete wieder Geld. Und die Kinder armer Leute mussten halt früh mit Geld verdienen. Der Sinn der Schulpflicht ist eigentlich sehr gut, nämlich dass alle Kinder unabhängig vom Einkommen der Eltern Anspruch auf die gleiche Bildung haben und auch kostenlos bekommen."

„Aber warum kann ich dann nicht in eine Schule gehen, wo alle Kinder so sind wie ich?", fragte Lukas hartnäckig weiter.

Sie seufzte: „Die gibt es leider nicht, normalerweise sollt auch ihr in den bestehenden Schulformen ausreichend gefördert werden."

„Aber wenn die Lehrer das nicht tun?"

Sie zuckte mit den Achseln, „müssen wir immer wieder aufs Neue versuchen, dies zu erreichen. Nur, bei Frau Glaub kommen wir nicht weiter, das Beste wäre gewesen, wenn du doch noch einmal übersprungen hättest, dass sehe ich mittlerweile ein. Hast du aber leider nicht. Wenn du noch länger an dieser Schule bleiben müsstest, hätten wir dich wahrscheinlich in eine andere Klasse versetzen lassen oder du wärest eben doch noch gesprungen. Doch weder das eine noch das andere lohnt sich für die verbleibenden Monate noch. Daher müssen wir sehen, wie wir die kurze Zeit zufriedenstellend hinter uns bringen." Sie grinste ihn an, „vielleicht, wirst du bis zu den Sommerferien noch ein- oder zweimal krank, mal sehen, wie es läuft."

Lukas ließ sich auf sein Kopfkissen zurück sinken. „Abgemacht, ich versuche auszuhalten, solange es geht, und wenn ich nicht mehr kann, hilfst du mir?"

Sie nickte, „zusammen schaffen wir es schon."

Im Wohnzimmer ließ sie sich in den Sessel fallen und sah Roland an: „Langsam verstehe ich die Eltern der DGhK, bis jetzt habe ich gedacht, die sehen die Situation zu extrem. Irgendwie hatte ich bisher zum Teil sogar die Einstellung wie Frau Glaub: Jedes Kind, das ausreichend intelligent ist, müsste doch eigentlich in der Lage sein, Schule halbwegs zu schaffen, auch wenn es nicht unbedingt Spaß macht. Und, wenn die Kinder sich nur ein klitzekleines Bisschen bemühen, schaffen sie es auch. Jetzt muss ich mir von meinem eigenen Sohn zeigen lassen, dass es wirklich Kinder gibt, bei denen dies nicht funktioniert." Sie seufzte, „gut ich habe es jetzt verstanden, aber wie bringe ich das allen anderen Leuten, die mit Lukas umgehen, vor allem den Lehrern bei? Es ist, als wenn man vor Wände läuft. Einerseits erklären einem die Psychologen, sogar dieses Buch vom Bildungsministerium, dass wir als Eltern die Verantwortung tragen, das hohe Potential unserer Kinder zu fördern, damit diese später ein nützliches Mitglied der Gesellschaft werden. Andererseits gibt eben diese Gesellschaft dem Kind keinerlei Möglichkeiten sich adäquat zu entwickeln, gerade in den Schulen und im Kindergarten gilt der Grundsatz der Anpassung. In vielen Büchern zu dem Thema Hochbegabung kannst du nachlesen, dass hochbegabte Kinder Hilfen und Anregungen brauchen, wie alle anderen Kinder auch, aber wer hilft uns? Im Buch des Ministeriums ´Hochbegabte Kinder finden und fördern´ stehen zwar unheimlich tolle Ideen und Beispiele, wie Schule sein soll, doch von einer Umsetzung habe ich bis jetzt noch nichts bemerkt.“

„Nun, nun“, versuchte Roland sie zu besänftigen. „Vielleicht haben wir nur mit Lukas wirklich ausnehmend schlechte Erfahrungen gemacht. Wir kennen bis jetzt nur seine Schule und seinen Kindergarten. Vielleicht wird es auf dem Gymnasium doch besser. Lauras Kindergarten ist doch auch super, viel besser als der, der Jungen. Wie ein Kind klarkommt ist doch oft auch Lehrer abhängig, du wirst sehen ein, zwei Lehrer, die Lukas Potential erkennen, ihm helfen und ihn fördern, reichen vielleicht schon aus alles zu ändern. Das ganz große Problem ist eben, dass das Thema Hochbegabung mit all seinen Auswirkungen in Deutschland noch viel zu wenig bekannt ist. Sei mal ehrlich, hattest du, bevor du durch Lukas damit zu tun bekamst, eine Ahnung, was dies eigentlich bedeutet und welche Probleme sich daraus entwickeln können?“
Sie schüttelte den Kopf, „nein, das habe ich dir doch gerade schon versucht zu erklären. Davon gehört hatte ich durch zwei Fernsehsendungen und Erzählungen meiner Arbeitskollegin, die so ein Kind im Bekanntenkreis hatte. Aber irgendwie hatte ich natürlich auch, bevor ich selbst betroffen war, immer das Gefühl, dies sind kleine Genies, bei denen alles von selbst läuft. Tatsächlich habe ich diese Kinder heimlich bedauert, weil für mich damals klar war, wer so ist wie ein kleiner Erwachsener hat bestimmt keine schöne Kindheit, kann wahrscheinlich gar nicht richtig spielen. Ganz schön blöd, nicht? Und jetzt ärgere ich mich über Leute, die genauso denken.“
Roland lachte. „Da warst du ja noch schlimmer, als Frau Glaub heute ist. Aber was nun Lehrer und Schule betrifft, glaub mir, unsere Erfahrungen sind noch relativ harmlos. Bei den Wochenendaktionen der DGhK an denen ich mit den Jungen teilnehme, bin ich schon mit vielen verschie-

denen Eltern ins Gespräch gekommen. So wie es ganz viele Kinder gibt, die gar keine oder kaum Probleme in der Schule haben, gibt es viele, die noch viel schlechter dran sind als wir. Da gibt es Kinder, die nur noch fünfen und sechsen schreiben, die sitzen geblieben sind oder sogar schon das Gymnasium verlassen mussten. Viel schlimmer finde ich jedoch die Persönlichkeitsveränderungen, von denen einige Eltern erzählen, oder die man teilweise sogar selbst an den betroffenen Kindern sehen kann. Wenn du die Kinder siehst, mit krummem Rücken, hängenden Schultern, eingezogenem Kopf, grauenvoll. Andere haben regelrechte Ticks entwickelt, wieder andere sind so voller Aggressionen, dass sie bei Kleinigkeiten regelrecht ausflippen. Es ist schon ein Trauerspiel. Wenn ich die so mit Lukas vergleiche, haben wir noch ein total normales Kind."

Sie sah betreten zu Boden. „Vielleicht sehe ich wirklich zu schwarz", murmelte sie, „die paar Monate hier kriegen wir schon noch rum. Und wer weiß, vielleicht ändert sich auf dem Gymnasium wirklich doch einiges zum Guten. Ich kann mir eigentlich auch nicht vorstellen, dass die Lehrer dort, die nur die besseren Schüler bekommen, nicht wissen, wie man fordert und fördert."

Bis zu den Sommerferien erhielt Lukas nun jedes Mal, wenn er ganz abzuschalten drohte einen ′Arbeitsurlaub′, mal für drei Tage, mal für eine ganze Woche, aber immer nur in größeren Abständen von vier bis fünf Wochen und nur, wenn sie sah, dass er wirklich am Ende war. Die Lehrerin ahnte entweder wirklich nichts oder tolerierte diese Auszeiten stillschweigend, vor allem da Lukas dadurch wieder wesentlich ausgeglichener wurde und sich auch seine schulischen Leistungen deutlich verbesserten, sodass er als zweitbester Schüler die vierte Klasse abschloss.

Wirklich verblüfft war sie jedoch, als sie Felix Zeugnis der ersten Klasse abholte. Seine Klassenlehrerin hatte ihr extra den letzten Termin gegeben, da sie sich noch mit ihr unterhalten wollte. Völlig ahnungslos war sie erschienen, wusste nicht worum es sich handeln konnte. Felix machte überhaupt keine Schwierigkeiten, maulte zwar über die langweilige Schule, erledigte aber stets flink seine Hausaufgaben. Er rechnete bereits sicher im Zahlenraum bis Hundert, las relativ flüssig, nur beim Schreiben tat er sich etwas schwer, seine Buchstaben krumm und schief, tanzten ständig aus der Reihe und das Radiergummi war sein ständiger Begleiter. „Sie wissen sicher, warum ich gerne ausführlich mit Ihnen sprechen wollte?", fragte Frau Spiller gleich nach der Begrüßung.

„Ehrlich gesagt nein", sagte sie offen.

„Nein? Nun ich dachte, Ihnen wäre auch schon aufgefallen, dass Felix in letzter Zeit sehr demotiviert ist. Nicht das seine Leistungen schlecht wären, er gehört eher zu den Besten in seiner Klasse. Ich habe nur in den letzten Wochen zunehmend gemerkt, dass er ohne jegliche Begeisterung bei der Sache ist. Er erledigt seine Aufgaben ohne Freude, wenn ich ihn lobe, weil er etwas wirklich super gemacht hat, berührt ihn das überhaupt nicht, so, als hätte er überhaupt keine bedeutende Leistung erbracht. Großteils bringt er auch nicht mehr als die anderen Schüler, aber manchmal blitzt so ein Funke auf, es ist schwierig das zu erklären. Am besten gebe ich ihnen ein Beispiel: Wir beginnen in der Mathematik mit der Minusrechnung über den zwanziger Zahlenraum hinaus. Ich erkläre gerade den ersten Schritt, bemerke, dass Felix etwas aufschreibt, statt aufzupassen, gehe hin und will ihn tadeln, da sehe ich, dass er schon das richtige Ergebnis hingeschrieben hat, ohne Zwischenschritte, einfach so im Kopf ausgerechnet. Merkt er dann aber, dass er zu schnell war, besser als die anderen, nimmt er sich sofort zurück und rechnet wie seine Mitschüler, selbst wenn ich erkläre, jeder der es könne, dürfe Zwischenschritte auslassen. Er zieht erst dann nach, wenn einige gute Schüler aus der Klasse auch so weit sind, jedoch nie als erster. In Sachkunde besitzt er ein enormes Wissen, ist aber nicht bereit sich mitzuteilen. Felix erweckt bei mir langsam den Eindruck, er könne wesentlich mehr, als er zeigt, will aber bloß nicht auffallen, keiner, selbst ich nicht, darf es wissen. Andererseits vermisse ich bei ihm jegliche Anstrengungsbereitschaft, kann er etwas nicht auf Anhieb, gibt er sofort auf. Vor einer Woche habe ich Knobelaufgaben mitgebracht, ich dachte, so etwas müsse ihn doch reizen. Er hat nicht eine gelöst, was andere wiederum sehr wohl schafften. Ich weiß wirklich oft nicht, wo ich bei ihm dran bin. Na ja, natürlich weiß ich auch von seinem Bruder hier an der Schule, der schon eine Klasse übersprungen hat und hochbegabt ist. Ich bin mir bei Felix nicht sicher, aber der Verdacht liegt schon nahe, finden Sie nicht?"

Sie zögerte, nickte dann aber. „Den Verdacht haben wir auch", stimmte sie zu, „das war mit ein Grund ihn vorzeitig einzuschulen. Aber da wir mit ihm bisher keine Probleme hatten, hielten wir einen Test nicht für notwendig."

„Ich fände es schon gut, wenn Sie sich dazu entschließen könnten. Ich wäre einfach sicherer, wie ich mit ihm umgehen soll, hätte deutlichere Anhaltspunkte, wo seine Stärken und Schwächen liegen", erwiderte Frau Spiller.

„Gut, dann werden wir auch ihn testen lassen", sagte sie und erhob sich. „Und dann setzen wir uns noch einmal zusammen und besprechen unser weiteres Vorgehen", schlug Frau Spiller vor, „denn egal was bei dem Test herauskommt, irgendwie unterstützen müssen wir Felix auf jeden Fall."

IX

Roland war sofort einverstanden auch Felix testen zu lassen, Felix selbst
aber nicht. „Ich will nicht anders sein", erklärte er trotzig. „Dann erfahren das die anderen Kinder und wollen nicht mehr mit mir spielen."
Es bedurfte langer Gespräche und sehr viel Überredungskunst mit dem
hoch und heiligen Versprechen, niemand außer seiner Klassenlehrerin
würde von dem Ergebnis erfahren, bis er sich endlich dazu bereit erklärte.
Sie ließen sich bei Herrn Mobst einen Termin für den letzten Tag der
Sommerferien geben.

Der Psychologe erinnerte sich noch gut an sie. Vor dem eigentlichen
Test alberte er eine Weile mit Felix herum und bekam schnell Kontakt zu
ihm.
Wieder wanderten Roland und sie dann anderthalb Stunden durch den
Ort, diesmal jedoch wesentlich gelassener. Egal was bei diesem Test
herauskam, es würde ihnen zumindest Sicherheit bei weiteren Entscheidungen geben.
„Volltreffer", empfing sie Herr Mobst bei ihrer Rückkehr gleich an der
Tür. „Erinnern Sie sich noch? Ich habe Ihnen damals schon gesagt, dass
meistens auch die anderen Kinder in der Familie betroffen sind."
„Ihr Sohn erreicht sehr hohe Spitzenwerte, hat allerdings auch zwei Bereiche, in denen er relativ schwach abschneidet, immer noch innerhalb
der Norm, aber doch für ihn ein Handicap, weil im Gegensatz zu den
anderen Bereichen so eine große Diskrepanz entsteht. Dazu ist bei ihm
Anstrengungsbereitschaft selbst in Bereichen, die ihm eigentlich liegen,
ausgesprochen schwach entwickelt. Es wird auf Sie und die Lehrerin
eine gehörige Portion an Arbeit zu kommen."
Sie hatten mittlerweile in der vertrauten Sitzecke Platz genommen. „Also, nun im einzelnen", fuhr der Psychologe fort. „Ihr Sohn hat eine überragende Denkgeschwindigkeit, gerät da sogar in den Bereich der
Höchstbegabung. Sein Alltagswissen ist allerdings nicht so groß, wie
seine Fähigkeiten dies vermuten lassen."
„Er interessiert sich ja auch für nichts als Spielen und Computer, ach ja
und Fernsehen. Mit Müh und Not bekomme ich ihn dazu, bei den Veranstaltungen der DGhK mitzumachen", erklärte Roland. „Und zwingen
sich Bildung anzueignen, kann ich ihn nicht. Außerdem haben wir bis

jetzt eher die Meinung vertreten, jeder darf das machen, was ihn interessiert, muss nicht an jeder Unternehmung teilnehmen, kann sich mit den Dingen beschäftigen, wozu er Lust hat. Und dann denken wir eigentlich auch, spielen ist für Kinder immer noch das Wichtigste."

„Ja, Sie haben schon recht", nickte Herr Mobst, „wenn aber Eltern Ihren Kindern zeigen, dass Bildung für sie wie selbstverständlich dazugehört, übernehmen diese die Einstellung. Und sich anstrengen um ein Ziel zu erreichen, muss Felix unbedingt lernen. Sie sollten auch unbedingt mit ihm Schreiben trainieren, da er so schnell denkt, wird er, wenn diese Schwierigkeiten nicht schon vorhanden sind, enorme Probleme beim Schreiben bekommen, er wird Buchstaben vergessen oder verdrehen. Auch beim Lesen könnte sich dies für ihn zu einem Handicap entwickeln, da er wie gesagt, nicht bereit ist zu üben und sich anzustrengen. Er müsste schnelles Erfassen von Wörtern durch Leseübungen trainieren, er hat jetzt schon für sich das Gefühl, es ginge viel zu langsam voran, seine Augen versuchen ständig, nur über die Wörter drüber zu huschen. Das kann dazu führen, dass er später nicht gerne selbst liest und beim Vorlesen Endungen verdreht oder Wörter nicht korrekt abliest. Und gerade für diese Kinder ist frühes, eigenständiges Lesen und Verstehen können so wichtig. So können sie Themenbereiche, die sie interessieren für sich weiterverfolgen, sich darin vertiefen. Übrigens würde ich gerne mit seiner Klassenlehrerin selbst sprechen, Felix hat auf Grund seiner schlechten Kindergartenerfahrung fürchterliche Angst davor anders zu sein. Und doch muss er lernen zu seiner Andersartigkeit zu stehen, sie nicht als Behinderung sondern als Geschenk, als Möglichkeit des fast ungehinderten Wissenserwerbs zu sehen. Am besten versuchen Sie, es ihm am Beispiel eines Spitzensportlers zu erklären, der befähigt ist herausragende Leistungen zu bringen und mit Recht stolz darauf sein kann. Dass aber auch dieser nur durch ständiges Üben und Trainieren diesen Status erreicht hat, Talent alleine reicht nicht, erst wenn beides zusammenkommt erreicht man wirkliche Spitzenleistungen. Und auf diese Leistungen, die man durch Anstrengung erringt, sollte man stolz sein, nicht jedoch auf ein vorhandenes Talent, das einfach so da ist, ohne dass man dafür etwas getan hat. Ich weiß, wie schwierig dies für Sie wird, Felix ist nämlich der Meinung, er käme als normal begabtes Kind viel besser klar. Aber, wenn er nicht bereit ist größere Anforderungen als normal für sich zu akzeptieren, wird er sehr wahrscheinlich irgendwann Probleme mit seiner Psyche bekommen, und zwar dann, wenn die Diskrepanz zwischen dem, was er tut und dem, was er machen könnte zu groß wird. Dies muss nicht schon heute oder morgen passieren, es kann auch sein, dass er noch Jahre relativ zufrieden mitläuft und dann plötzlich, scheinbar ohne ersichtlichen Grund der Einbruch kommt. Entweder bekommt er dann noch den richtigen Ansatz und entwickelt sich seinem Potential entsprechend, was dann aber wesentlich schwieriger ist, oder er wird einer dieser unzufriedenen, unglücklichen Erwachsenen, der in einem Beruf ausharren muss, der weit unter seinen Möglichkeiten liegt, mit Vorgesetzten, die ihm intellektuell unterlegen sind."

Herr Mobst lehnte sich zurück und musterte sie schweigend. Eine Pause entstand.

„Tolle Aussichten", sagte sie endlich. „Dazu kommt, dass ich letzte Woche in einem Buch über Hochbegabung gelesen habe, depressive Verstimmungen seien bei hochbegabten Kindern wahrscheinlicher als bei den normalen Gleichaltrigen und sie sind als Jugendliche auch Selbstmord gefährdeter."

Herr Mobst sah sie mitfühlend an. „Es ist alles sehr schwer zu verkraften, das kann ich mir vorstellen, vor allem, wenn man wie Sie Kinder hat, die schon Probleme haben. Sie müssen sich immer vor Augen halten, Ihre Kinder entsprechen nicht der Norm. Sie können nicht so tun, als sei Ihr Kind in erster Linie Kind und erst in zweiter Linie hochbegabt, das eine ist untrennbar mit dem anderen verbunden, vierundzwanzig Stunden am Tag. Sie und Ihre Kinder müssen lernen diese Andersartigkeit zu akzeptieren und nicht im Vergleich mit irgendeiner Norm, die auf die Normalen zutrifft zu sehen. Wenn Sie dies in Ihrer Familie und vielleicht auch noch bei ein, zwei Lehrern erreichen können, haben Sie schon viel gewonnen. Und was meine ´Schwarzmalerei´ vorhin betrifft, Sie wissen ja, wie ich bin, ich zeige Ihnen lieber jetzt alle Möglichkeiten, auch die Schlimmsten, damit Sie wissen, was alles passieren könnte. Einen positiven Punkt zum Abschluss kann ich Ihnen aber jetzt doch nennen. Felix ist zur Zeit nicht so blockiert, wie Ihr anderer Sohn damals war, das ist doch auch schon was, oder?"

Sie mussten nun doch lachen.

Die Rückfahrt verlief schweigend, still verfluchte sie das gesamte Thema Hochbegabung.

„Weißt du schon, dass Laura lesen kann?", empfing sie ihre Mutter ganz aufgeregt. „Sie hat mir heute zwei ihrer Bilderbücher mit Text Wort für Wort vorgelesen!"

„Nein, kann sie nicht", wiegelte sie unwirsch ab, „sie kann sie nur auswendig, das ist alles."

„Ja findest du das für ihr Alter nicht sehr erstaunlich, so viel Text?"

„Nein, ich habe sie ihr ja schon x-mal vorgelesen, selbst ich kann sie dir auswendig aufsagen."

„Ja, wenn du meinst", murmelte die Oma, unsicher geworden.

In Wirklichkeit meinte sie gar nichts, sie hatte nur einfach keine Lust, nun auch noch erstaunliche Dinge bei Laura zur Kenntnis nehmen zu müssen.

Nachdem der Psychologe zwei Tage später auch mit Frau Spiller gesprochen hatte, meldete diese sich noch am selben Abend bei ihnen. Sie bekannte zwar, obwohl sie mittlerweile auch einige Bücher zu dem Thema Hochbegabung gelesen hatte, selbst jetzt noch dieser Situation etwas hilflos gegenüberzustehen und nicht zu wissen, wie die optimale Förderung auf Dauer auszusehen habe und auch im Klassenverband umzusetzen sei, doch waren ihr für den Anfang ein paar brauchbare Ideen gekommen, die sie jetzt so schnell wie möglich umsetzen wollte. Dafür brauche sie aber ihre Hilfe, erklärte sie. „Ich dachte mir, wir ändern als erstes seine Hausaufgaben ab, da Felix bestimmt eher bereit ist, zu Hause, wo keiner seiner Mitschüler etwas davon mitbekommt, Leistung zu bringen. Wir fangen in Mathematik ganz leicht für ihn an, indem er zuerst Zwischenschritte weglassen soll. So hat er weniger zu schreiben, vielleicht spornt ihn das an. Danach könnte ich mir vorstellen, dass er zwar die gleichen Rechenoperationen wie seine Klassenkameraden, aber mit viel größeren Zahlen durchführt. Im Schreiben würde ich ihn gerne noch eine Weile das Pflichtprogramm absolvieren lassen. Gut wäre es, wenn Sie reine Abschreibeaufgaben als Diktate umsetzen könnten. Wäre Ihnen das möglich?"

Sie versprach ihr Bestes zu versuchen und mit Frau Spiller häufig in Kontakt zu bleiben.

Anfänglich war Felix auch sehr willig, froh im Prinzip weniger tun zu müssen, da er das Weglassen der Zwischenschritte nicht als mehr an Kopfarbeit ansah und Frau Spiller ihm versprochen hatte, seine Hausaufgaben so zu kontrollieren, dass seine Schulkameraden den Unterschied zwischen seinen und ihren Aufgaben nicht merken würden. Auch das langweilige Abschreiben abwandeln zu können, war für ihn eine sehr willkommene Abwechslung, obwohl ihn dann seine vielen Fehler in länger andauernde Frustrationen, die nicht selten in Wutanfällen gipfelten, stürzten.

Als er dann jedoch größere Zahlen verwenden sollte, weigerte er sich schlichtweg. Das könne er nicht, behauptete er, weil sie so große Zahlen im Unterricht noch gar nicht durchgenommen hätten. Durch nichts war er zu bewegen, es wenigstens einmal zu versuchen, noch nicht einmal mit einfachen Hunderterzahlen, was er, wie sowohl Frau Spiller als auch sie wussten, schon lange beherrschte. Erst als die Lehrerin ihn mit zwei anderen guten Rechenkünstlern zusammensetzte und er die Übungen mit ihnen gemeinsam machen konnte, gab er nach.

Aber bald wurde deutlich, dass Felix immer noch wesentlich schneller vorgehen konnte, als diese beiden. Doch er weigerte sich selbst bei den Hausaufgaben, mehr Differenzierung anzunehmen. Zum Teil auch, weil er merkte, dass auch er sich nun Dinge erarbeiten musste, er nicht mehr alles mit links erledigen konnte. Ständig gab es nun Wutanfälle und Tränen. „Ich kann das nicht, das ist viel zu schwer!", schrie er, ohne überhaupt versucht zu haben, die Aufgaben zu lösen.

Eines Tages wurde es ihr zu viel. „Gut, dann eben nicht", erwiderte sie ruhig, als Felix wieder einen Trotzanfall bekam, „dann mach eben nur noch das, was die anderen machen. Aber dann in allen Fächern und allein."

Abends rief sie Frau Spiller an und beriet sich mit ihr. „Meinen Sie wirklich, Sie haben richtig reagiert?", fragte diese entsetzt.

„Ich weiß es nicht, aber was hätte ich denn sonst tun können?", erwiderte sie. „Tatsache ist, er will sich aus welchen Gründen auch immer nicht helfen lassen, er hat keinerlei Anstrengungsbereitschaft, entwickelt keinen Ehrgeiz. Der Wille zu lernen und die Akzeptanz sich Dinge zu erarbeiten, muss aber von ihm ausgehen, sonst werden wir nie etwas erreichen. Ich habe oft mit ihm geredet, ihn zu überzeugen versucht, dass er seinen Weg gehen muss, ihm versucht zu helfen, sich so anzunehmen wie er ist, bisher ohne Erfolg. Ich weiß, dass meine Absicht, ihn dies auf diesem Wege erkennen zu lassen ein Risiko ist, aber ich sehe zur Zeit keinen anderen Ausweg. Ich kann nicht ein Leben lang sein Antriebsmotor sein."

Sie verabredeten, ihn genau zu beobachten und abzuwarten.

Lukas schien am Gymnasium gut zurecht zu kommen. Direkt nach dem Mittagessen zog er sich freiwillig in sein Kinderzimmer zurück und erledigte seine Schulaufgaben. In der ersten Englischarbeit hatte er gleich eine eins geschrieben, in Deutsch und Mathematik eine zwei. „Ach, das war doch einfach", erklärte er in wegwerfendem Ton, als sie ihn lobte. Wenn ihn jemand fragte, wie die neue Schule denn sei, erklärte er meist nur, ganz nett, auf die Frage nach seinen Mitschülern, na ja, geht so. Gut gefallen hatte ihm, dass in der ersten Woche alle gemeinsam Klassenregeln erarbeitet hatten und die Lehrer sich viel Zeit nahmen, die Kinder kennen zu lernen. Für den Schulbereich galt, keine Prügeleien, jeder, den man bei körperlichen Auseinandersetzungen beobachte, würde bestraft. Seltsam erschien ihr nur, dass er sehr wenig Schularbeiten aufhatte und im Handumdrehen fertig war. „Sie wollen so den Kindern bestimmt nur bei der Eingewöhnung in den neuen Alltag helfen, denn an täglich fünf bis sechs Stunden Schule muss man sich wirklich erst gewöhnen", mutmaßte Roland. „Sei doch froh, dass es im Moment so gut läuft und Lukas alles selbständig regelt."

Von seiner Hochbegabung hatten sie nichts verlauten lassen, entweder einzelne Lehrer merkten es selbst und förderten ihn von sich aus oder er musste wie bisher irgendwie so mit durchlaufen. Erzwingen ließ sich Förderung nun mal nicht, wie sie schon hatten lernen müssen.

Doch der Friede war nur von kurzer Dauer. Die ärgern mich immer, hörte sie schon bald bei jedem Mittagessen. „Wie denn?", fragte sie möglichst ruhig und beiläufig klingend.

„Ach mit allem möglichen, hänseln mich wegen meiner Klamotten und so."

„Was ist denn mit deiner Kleidung?", fragte sie verständnislos.

Lukas zuckte die Schultern, „weil ich keine In-Sachen trage, keine Markenjeans zum Beispiel und mich mit einem normalen Tornister zufrieden gebe und so`n Quatsch. Seit drei Tagen sagen sie jetzt immer Schwuli zu mir, wegen meiner Klettverschlussschuhe. Angeblich sähe man daran, dass ich schwul sei. In den Fünf-Minuten-Pausen nehmen sie mir meine Hefte und Stifte weg und schmeißen sie durch die Klasse. Wenn dann der Lehrer kommt, geben sie sie mir wieder und tun, so als wäre nichts gewesen."

„Hm, und in den großen Pausen?"

„Stehe ich lieber alleine rum, die Spiele sind mir zu kindisch, Mädchen ärgern und sich prügeln, mehr machen die doch nicht. Am Anfang habe ich ein-, zweimal mitgespielt aber die hauen immer so fest zu und schubsen so hart, dass man gleich hinfällt, das finde ich nicht gut."

„Ich dachte, Raufereien sind verboten?", fragte sie perplex.

„Ach, die Aufsicht guckt doch sowieso nicht hin", winkte Lukas ab.
„Und in deiner Klasse, sind denn da nur Kinder, die dich ärgern?"
„Nein, eigentlich nicht." Lukas dachte nach. „Es sind immer dieselben drei, vier Kinder, einige andere machen dann mit, wieder andere achten gar nicht darauf, halten sich für sich oder gucken nicht hin."
Sie überlegte lange, bis sie antwortete: „Meinst du, es wäre dir möglich die Hänseleien und Ärgereien einfach zu ignorieren? Damit nimmst du den meisten Kindern am ehesten den Wind aus den Segeln. Wenn du dich nicht ärgern lässt, verlieren sie schnell die Lust."
„Mhm", kam es zweifelnd von Lukas.
„Vielleicht bringt es auch was, wenn du versuchst eine Gruppe von netteren Jungen zu finden, denen du dich anschließt", schlug sie vor. „Weißt du, wenn du nämlich mit anderen zusammen bist, lassen dich gerade die Rowdys meist in Ruhe."
„Na ja, ich kann es ja mal versuchen."

Tatsächlich fand er bald darauf Anschluss an zwei Klassenkameraden, wurde ein paar Mal zu ihnen eingeladen und sie kamen auch einzeln und zusammen zu ihm. Doch so intensiv wie Lukas und Felix zusammen spielten, gelang es mit den Schulfreunden nie. Ihr kam es eher so vor, als ob nach gemeinsamem Kramen in allen Kisten sich schließlich jeder für sich beschäftigte. Zuletzt saßen sie meist nur noch vor dem Computer, doch da Lukas bei fast allen Spielen besser war, wurden die vorhandenen Programme nur kurz ausprobiert und dann weitergesucht.
Nach einigen Wochen kamen sie nicht mehr und auch Lukas wurde nicht mehr eingeladen. In der Schule verbrachten sie zwar noch die Pausen miteinander, fragte Lukas sie jedoch nach einem nachmittäglichen Treffen, schoben sie anderweitige Verpflichtungen vor. Trotzdem ließen die Ärgereien etwas nach, seitdem er nicht mehr so viel alleine war.

Nach den Sommerferien hatte Lukas gebeten seine Schachclub-Mitgliedschaft zu kündigen, seitdem er einen neuen Trainer hatte, ging er nicht mehr gerne zu den Treffen. Auch an dem Computerkursus wollte er nicht weiter teilnehmen. So hatte er jetzt nur noch regelmäßig Klavierunterricht und einmal in der Woche das Schwimmtraining. In seiner Freizeit las er sehr viel, hauptsächlich Jugendliteratur und Fantasybücher aller Art. Oft zog er sich auch mit Felix zurück und sie spielten gemeinsam mit Lego oder Phantasiespiele mit Robotern und Actionfiguren.

Beide zogen sich gegenseitig als Spielpartner vor und spielten lieber nur zu zweit als andere Kinder mitspielen zu lassen. Felix ging jedoch auch oft nach draußen, spielte dort mit den Nachbarskindern Fußball, Fangen und Verstecken, oder sie fuhren gemeinsam Fahrrad. Ab und zu kam auch Lukas kurz mit hinaus. Doch gab es auch hier häufiger Probleme. Lukas liebte es Regeln abzuändern und immer neue kompliziertere Regeln zu erfinden, fand damit aber nur wenig Anklang. Spielte er die Spiele der Nachbarskinder mit, ärgerte es ihn, wenn jemand schummelte oder ihn eines der Kinder etwas rauer anging. Dann kam er sofort wieder herein oder wartete, wenn niemand da war, auf der Treppe vor dem Haus, bis sie vom Einkaufen zurück war. Meist radelte er dann in den nächsten Tagen lieber allein in der Gegend herum oder ging mit Laura in den Garten. Er schien die Kontakte nicht zu vermissen, klagte auch nie über Langeweile, wusste sich immer gut zu beschäftigen.

Der erste Elternsprechtag des Gymnasiums, Anfang November, brachte einige Überraschungen.

Der Mathematiklehrer beschwerte sich, dass er Lukas nicht dazu bringen könne Nebenrechnungen hinzuschreiben. Ihr Sohn hätte zwar die Ergebnisse der Hausaufgaben, würde jedoch stets nur die Aufgabe und das Endergebnis in sein Heft schreiben. So könne er nicht kontrollieren, ob Lukas alles wirklich selbst errechnet habe. Im Unterricht würde er ihn zwingen, wie die anderen alles ins Heft zu schreiben, dann wäre er aber sehr langsam und ließe sich auch gern durch die insgesamt sehr unruhige Klasse ablenken.

Die Deutschlehrerin, gleichzeitig auch Klassenlehrerin meinte, Lukas sei zwar etwas still, er solle sich öfter melden, aber seine schriftlichen Arbeiten wären zufriedenstellend. Allerdings wären die Hausaufgaben äußerst knapp gehalten, sie hätte das Gefühl, er täte nur das Nötigste. Außerdem täte er sich sehr schwer sich zu integrieren, sie wisse, dass sie einige sehr schwierige Kinder in der Klasse hätte, aber er müsse eben lernen, sich nicht ärgern zu lassen, Hänseleien zu ignorieren. Sie würde zwar auch noch an der allgemeinen Disziplin arbeiten, aber diese wäre insgesamt nicht anders, als bei einer neu zusammengesetzten Gruppe üblich.

Die Englischlehrerin dagegen war von Lukas begeistert. Ob er wohl vorarbeite, er hätte einen viel größeren Vokabelschatz als die anderen Schüler und könne sich schon sehr schön ausdrücken. Nur die Hausaufgaben, die würde er des Öfteren vergessen.

Als sie nach Hause kam, saß Lukas vor dem Computer. Er schien sich überhaupt nicht für die Beurteilungen der Lehrer zu interessieren, winkte nur unwillig ab, als sie ihn ansprach.

Erst abends beim Essen, als Roland nachfragte, was denn die einzelnen Lehrer berichtet hätten, wollte auch er Näheres wissen. Sie begann mit dem Lob der Englischlehrerin. Lukas zuckte nur mit den Schultern, „ja, meint sie das? Ich finde ihren Unterricht ziemlich langweilig, Wiederholungen, Wiederholungen, Wiederholungen. Woher ich schon so viele Vokabeln kann?" Er grinste spitzbübisch, „wenn wir mal wieder alles noch mal machen, blättere ich schon vor und lese die nächsten Geschichten, dann ist es nicht so langweilig. Und die Wörter, die ich nicht kenne, schaue ich mir hinten im Vokabeltrainer an.- Hausaufgaben? Äh.., ich vergesse sie oft aufzuschreiben, meine Lehrerin sagt aber, es wäre nicht so schlimm."

Dann fragte sie vorsichtig nach seinem Verhältnis zum Mathematiklehrer. „Ich weiß nie, was er eigentlich will", sagte Lukas kopfschüttelnd. „Er erklärt uns vorher, er stelle uns jetzt eine schwere Aufgabe, und dann ist sie total einfach. Er will, dass wir uns in seinem Unterricht anstrengen, aber rechne ich die meisten Zwischenschritte im Kopf, sagt er, er könne so nicht nachprüfen, ob ich nicht irgendwo abgeschrieben habe. Wieso, habe ich ihn gefragt, sie können mich ja mündlich prüfen. Doch dann winkt er nur ab und hält uns allen einen Vortrag, dass jeder in der Mathematik irgendwann auf Nebenrechnungen angewiesen ist und wir alle dies deshalb beizeiten lernen sollten." Er seufzte: „Ich hasse es, wenn ich so viel schreiben muss, außerdem verrechne ich mich dann viel häufiger und alles dauert viel länger."

Roland klopfte ihm aufmunternd auf die Schulter: „Du schaffst es schon. Dein Mathelehrer meint es wirklich nur gut. Der Vorteil ist, brauchst du die Zwischenrechnungen irgendwann, fällt es dir dann nicht schwer, diese Wege zu benutzen, weil sie schon selbstverständlich geworden sind. Versuch es mal aus dieser Sicht zu sehen. Und außerdem ist dein Lehrer sozusagen dein Chef und hat das Sagen, du kannst zwar Einwände machen, aber wenn er anders entscheidet, musst du seinen Weg gehen."

„Deine Klassenlehrerin war übrigens ganz zufrieden mit dir", fuhr sie fort. „Frau Matz meint nur, du könntest eigentlich mehr, als du zeigst und sie würde sich freuen, wenn du mehr mitmachen würdest."

„Äh", sichtlich genervt versuchte er sich eine Ausrede einfallen zu lassen. Doch dann tat er es nur mit einer abfälligen Handbewegung ab.

„Was wir bis jetzt gemacht haben interessiert mich alles nicht sonderlich, langweiliger Kram. Und wenn sie mich in einer Stunde schon mal aufgerufen hat, brauche ich mich gar nicht mehr zu melden, sie versucht nämlich immer möglichst alle dran zu nehmen."

„Gut, wie du meinst", gab sie nach. „Ach da fällt mir noch ein, deine Klassenlehrerin erwähnte, dass sie einige schwierige Kinder in der Klasse hätte, die andere, auch dich, häufig hänseln. Sie weiß, dass du dich sehr darüber ärgerst, meint aber, besser wäre es, dies nicht zu zeigen, weil du sie mit deinen Reaktionen immer noch mehr anstachelst. Sie hat auch von anderen Seiten schon Beschwerden über deren unmögliches Betragen erhalten und will jetzt härter durchgreifen."

„Soll sie auch", erwiderte Lukas heftig. „Die ist sowieso viel zu lieb. Bis jetzt ermahnt sie allerhöchstens, ungefähr so: Du weißt doch, dass du das oder das nicht tun darfst. Also halte dich bitte das nächste Mal daran, usw, usw, immer wieder aufs Neue. Die, die gemeint sind, lachen doch insgeheim darüber. Überhaupt Regeln, warum haben wir eigentlich so viel Zeit damit verbracht welche aufzustellen, wenn sich doch kaum einer daran hält und von den Lehrern nicht auf deren Einhaltung geachtet wird? Du solltest mal sehen, was in den Fünf-Minuten-Pausen los ist, teilweise noch, wenn der Lehrer schon im Klassenraum ist."

„Ja, sagen die denn nichts?", wunderte sie sich.

„Ne, die sind alle viel zu freundlich, selbst wenn im Unterricht dauernd getuschelt wird, heißt es höchstens, jetzt lasst doch bitte eure Privatgespräche oder ihr seid selbst schuld, wenn ihr jetzt etwas nicht versteht oder mitbekommt und dann eine schlechte Arbeit schreibt", er schnaubte, „dabei wurde die letzte Mathearbeit dreimal verschoben, weil die meisten den Stoff immer noch nicht verstanden hatten."

Sie wusste keine Antwort darauf. „Warte ab", meinte sie schließlich, „es bessert sich bestimmt, wenn ihr erst länger zusammen seid. Deine Klassenlehrerin meinte, ihr Kinder müsstet euch erst noch zusammenraufen, eine richtige Klassengemeinschaft werden, diese Anfangsschwierigkeiten wären normal."

„Na hoffentlich", murmelte Lukas.

Als er die Küche verlassen hatte, sahen sie sich an. „Sollen wir eingreifen?", fragte sie zögernd. Roland schüttelte den Kopf: „Er muss versuchen allein durchzukommen. Wir können nicht immer alles für ihn regeln. Er muss es jetzt lernen, sonst wird er sein Leben lang Schwierigkeiten haben.

X

Am Ende der Woche kam Felix mittags von der Schule nach Hause und warf wutschnaubend sein Matheheft auf den Tisch. „Ich mache diese Scheiße nicht mehr", tobte er, „immer dasselbe, Tag für Tag nur langweiligen Kram, ich habe keine Lust mehr darauf!"

„Du wolltest es doch so", erinnerte sie ihn, „es liegt nur an dir, du kannst gerne andere Sachen machen." „Nein", brummte er, „will ich nicht."

Er setzte sich an den Tisch und begann widerwillig mit seiner Arbeit. Schreiben, radieren, schreiben, radieren, schreiben, dann flog der Bleistift gegen die Wand. „Ich kann noch nicht einmal das hier", brach es aus ihm heraus. „Ich kann gar nichts!"

„Doch du kannst", sagte sie mit fester Stimme und setzte sich neben ihn. „Sogar mehr, viel mehr, als du denkst. Aber deinem Gehirn gefällt es nicht, wenn es sich nicht anstrengen darf, sondern immer dasselbe langweilige Zeug machen soll, dann arbeitet es lieber gar nicht und schläft ein. Dein Gehirn will und braucht starke Anforderungen, weil es sehr schnell denken kann."

„Und wenn ich ihm das nicht gebe, will es nicht mehr", ergänzte Felix. „Aber es ist so anstrengend, was Frau Spiller und du mir gebt." Er kaute auf seinem Bleistift herum und überlegte. „Na gut, ich versuch´s, schlimmer als dieser Kram hier, kann es auch nicht sein."

Aber so einfach, wie er und auch sie sich dies vorgestellt hatten, war es nicht. Entsetzt musste sie feststellen, dass Felix teilweise einfachste Grundfertigkeiten fehlten. Bei Plusaufgaben hatte er sich angewöhnt im Kopf hoch zu zählen, was bei großen Zahlenbereichen natürlich nicht mehr funktionierte. Noch schwieriger war es für ihn bei Minusaufgaben, denn auch da hatte er bisher einfach Zahl für Zahl abgezogen.

Geduldig versuchte sie ihm immer wieder die verschiedenen, möglichen Rechenwege aufzuzeigen. Doch es war, als hätte er ein Brett vor dem Kopf, er schien nichts davon umsetzten zu können. Ihr gemeinsames Arbeiten endete jedes Mal mit Zorn- und Wutanfällen von Felix, oder er verfiel in Depression und Selbstanklage, „ich bin eben doch zu dumm."

Eines Morgens kam ihr die hoffentlich rettende Idee. Mittags legte sie ihm schweigend ein Blatt mit Plus- und Minusaufgaben hin und wandte sich zur Tür.

„So große Zahlen?", rief Felix sofort empört, „das schaffe ich nie!"

„Versuch halt mal, wie weit du kommst", erwiderte sie ruhig, „ich habe noch ein wichtiges Telefongespräch zu führen." Sie verließ endgültig das Zimmer und begann ein langes Telefonat mit ihrer Freundin, die sie gleich zu Beginn flüsternd eingeweiht hatte. Sie redeten hauptsächlich über Belanglosigkeiten, während sie mit einem Ohr gespannt zur Wohnzimmertür lauschte.

Erst war es für kurze Zeit ganz still, dann begann Felix zu murmeln, erst leise, dann immer lauter, erst weinerlich, dann immer ärgerlicher, schließlich zornig. Die Tür ging auf und er steckte den Kopf durch den Spalt. „Du musst mir helfen", begann er. Sie schüttelte nur stumm den Kopf, deutete auf den Telefonhörer in ihrer Hand und tat so, als lausche sie intensiv ihrem Gesprächspartner. Wumm, knallte die Tür wieder zu. Stille, danach wieder Gejammer, ein Stuhl fiel um und er stampfte voll Zorn mit den Füßen auf den Boden. Dann folgte einer seiner Wutanfälle, eine halbe Stunde schrie und tobte er herum, fing endlich an zu weinen, dann trat Stille ein.

Jetzt doch beunruhigt sah sie vorsichtig durch das Schlüsselloch, Felix saß wieder am Tisch und schrieb. Nach einer weiteren halben Stunde erschien er und warf ihr das Heft auf das Telefonschränkchen. „Fertig, kann ich jetzt spielen gehen?", fragte er mürrisch. Als sie nickte, zog er sich seinen Anorak an und verschwand nach draußen. Sie verabschiedete sich von ihrer Freundin und griff neugierig nach seinem Heft. Dort standen alle Ergebnisse, mehrmals radiert, ein paar Mal durchgestrichen. Sie kontrollierte rasch die Rechnungen, bis auf eine Aufgabe alles richtig!

Das war der Durchbruch. Von nun an verlangte Felix jeden Tag nach differenzierten Aufgaben. Es kam zwar am Anfang oft noch zu kleinen Rückfällen, wo er tobte oder jammerte, aber nach und nach waren die Fortschritte auch für ihn erkennbar. Sein Vertrauen in seine Fähigkeiten wuchs wieder und er wagte sich an schwierigere Aufgaben, gab nicht mehr sofort auf, wenn er die Lösung nicht auf Anhieb wusste.

Frau Spiller, die staunend erkannte, wie schnell Felix jetzt lernen konnte und wollte, gab ihm nun auch im sprachlichen Bereich differenzierte Hausaufgaben. Nur in der Schule benahm er sich weiterhin angepasst und wies jeden Versuch seiner Lehrerin ihm auch hier Extra-Arbeitsblätter zu geben von sich.

„Ich finde sein Verhalten sehr schade", teilte Frau Spiller ihr bei einem ihrer häufigen Telefongespräche mit, „auch für die anderen Kinder wäre es vorteilhaft, wenn Felix seine Fähigkeiten zeigen würde. Überhaupt fällt mir in letzter Zeit oft auf, wie sehr der Unterricht für den Durchschnitt ausgerichtet ist, ich glaube auch noch andere meiner Schüler leiden unter diesen Verhältnissen, könnten eigentlich mehr, oder würden bei einer anderen Art des Lernens mehr Spaß haben, von sich aus freudiger bei der Sache sein.“

Sie gab Frau Spiller die Telefonnummer von einer Dame der DGhK, die sich um die Lehrerberatung für hochbegabte Kinder kümmerte, vielleicht wusste diese auch hier Rat.

Nach den Weihnachtsferien berief Frau Spiller einen Elternabend ein. Von jetzt an würde sie mit differenzierten Arbeitsblättern arbeiten und auch mehr Gruppen- und Freiarbeit anbieten, teilte sie mit. Eine Welle der Empörung griff um sich, die meisten Eltern wiesen dieses Ansinnen erregt zurück.

Schließlich, als die aufgeregten Gemüter sich gar nicht beruhigen wollten, die hitzigen Diskussionen des für und wieder gar kein Ende nahmen, wobei immer noch ein Großteil ablehnender Eltern einer Handvoll Befürworter gegenüber stand, hob Frau Spiller ihre Stimme und bat um Ruhe. Sie hätte dieses Projekt bereits bei dem Rektor absegnen lassen, würde es auf jeden Fall durchziehen. Sie habe sich im Vorfeld bei Lehrern erkundigt, die diese Arbeitsweise bereits praktizierten. Es wäre eindeutig erkennbar, dass alle Kinder davon profitieren würden. Die guten Schüler bräuchten nicht mehr zu warten, bis alle den Stoff verstanden hätten, die schwachen Schüler erhielten wesentlich längere und konzentriertere Übungsphasen, sie hätte im Endeffekt mehr Zeit, diese zu fördern und ihnen zu helfen. Alle Kinder lernten selbständiger zu arbeiten und sich besser einzuschätzen. Sie war sicher, dass die gegenseitige Akzeptanz und Toleranz steigen würde, wenn jeder mehr mit sich und seiner Arbeit beschäftigt wäre, sein eigenes Lerntempo vorlegen könne und in Projektarbeiten mit unterschiedlichen Kindern zusammenarbeite. Bei allen Versuchen an anderen Schulen hätte sich gezeigt, dass das allgemeine Klassenniveau nach einiger Zeit höher läge als in den Vergleichsklassen, die die alte Methode beibehalten hatten, selbst schwache Schüler erzielten bessere Leistungen als im normalen Unterricht. Für sie bedeute diese Arbeitsweise zwar viel Mehrarbeit, aber zum Wohle der Kinder fühle sie sich dazu verpflichtet.

Nach diesen Worten herrschte Schweigen, keiner der Anwesenden wagte jetzt noch zu widersprechen.

Bald zeichnete sich nicht nur bei Felix ein Umschwung ab. Jetzt, da die Schüler unterschiedliche Wahlmöglichkeiten hatten, fühlten sich unter vorsichtiger Anleitung der Lehrerin mehr und mehr Kinder angesprochen auch schwere Aufgaben zu versuchen und eigenständig zu arbeiten. Die ganze Klassensituation entspannte sich sichtlich, der Konkurrenzdruck, das Schielen auf die Leistungen des Nachbarn ließ sichtbar nach. Und Felix merkte, dass, obwohl er erst langsam, dann jedoch immer mehr Leistung zeigte, dies von den anderen Kindern akzeptiert wurde und er genau so anerkannt blieb wie vorher.

Bei Lukas hatten inzwischen die Leistungen wieder erst ganz allmählich, fast unmerklich, dann nach den Weihnachtsferien jedoch geradezu rapide abgenommen, doch erhielt er auf Grund der teilweise sehr guten Anfangsleistungen ein insgesamt noch befriedigendes Halbjahreszeugnis. Sein Verhältnis zu seinen Klassenkameraden hatte sich eher noch verschlechtert. Er wurde weiterhin von einigen Jungen aus einer größeren Gruppe geärgert, zu den anderen Mitschülern hatte er so gut wie keinen Kontakt.
Zusätzlich begannen ihn jetzt mehrere miteinander befreundete Mädchen zu ärgern. Angefangen hatte es damit, dass er plötzlich mit drei verschiedenen Liebesbriefen auf einmal nach Hause kam. Doch waren diese so sarkastisch verfasst, dass selbst Felix, als Lukas sie stolz am Mittagstisch vorlas, erkannte, dass nicht ein einziger ernst gemeint war. Er empfahl seinem Bruder, den betreffenden Mädchen kurze Mitteilungen zu schreiben, 'sie sollten ihn doch bitte nicht verarschen'. Nach langem Zögern stimmte Lukas endlich zu, doch heimlich hoffte er wohl immer noch, wenigstens die eine, die er sehr nett fand, würde es ernst meinen.
Nach seinen Rückantworten rührten sie sich eine Woche lang nicht, doch dann setzten sie ihre 'Attacken' noch gezielter fort. Er erhielt Liebesbriefe in den Tornister gesteckt, zwei kamen sogar per Post, oft erreichten sie in dieser Zeit auch anonyme Anrufe oder kichernde Mädchenstimmen verlangten nach Lukas und erzählten ihm, wenn er ans Telefon kam, irgendwelchen Unsinn. Eines Tages fand er eine schriftliche Einladung ins Kino in seiner Jackentasche, er möge zu einem bestimmten Termin vor dem Kinoeingang warten. Zum Glück erfuhr er noch rechtzeitig von zwei Mitschülern, dass dies auch wieder nur ein 'Spaß' sein sollte.
Im Unterricht kicherten die Mädchen jedes Mal, wenn er aufgerufen wurde, in den Pausen bedrängten sie ihn, er solle sich für eine von ihnen entscheiden, je mehr er sich zurückzog, um so mehr verfolgten sie ihn.

Selbst nachdem er sie wiederholt gebeten hatte, ihn in Ruhe zu lassen und zu Hause sofort auflegte, wenn er sie am Telefon erkannte, ließen sie nicht locker.

Doch leider erzählte Lukas ihr das alles erst viel später, wahrscheinlich, weil er eines der Mädchen aus der Gruppe sehr nett fand und lange Zeit hoffte, sie würde ihn doch ernst nehmen und nur ihre Freundinnen wären so unmöglich.

Wie schlimm es in der Schule wirklich stand erfuhr sie erst, als die Hänseleien eskalierten.

Eines Tages kam Lukas strahlend aus der Schule. „Stell dir mal vor!", rief er gleich beim Eintreten, „jetzt haben sie mich doch endlich akzeptiert! Ich bin heute fast einstimmig zum Klassensprecher gewählt worden. Frau Matz, unsere Klassenlehrerin meinte, da wir uns nun alle viel besser kennen gelernt haben, wäre es an der Zeit einen neuen Klassensprecher zu wählen, wir könnten viel besser entscheiden, wem wir vertrauen, wer sich am besten für die Klasse einsetzen wird. Tja", er grinste glücklich, „anscheinend haben sie meine Qualitäten doch erkannt. Zumindest halten sie mich für fähig, ihre Interessen am besten zu vertreten." Sie freute sich mit ihm.

Doch schon zwei Tage später kam er völlig am Boden zerstört nach Hause. „Ich glaube, die mögen mich doch nicht. Eigentlich wird es immer schlimmer mit den Ärgereien und jetzt habe ich noch das Gefühl, als wenn sich alle dauernd über mich lustig machen, sie nehmen mich als Klassensprecher überhaupt nicht ernst."

„Sollen Papa und ich nicht doch mal mit deiner Klassenlehrerin sprechen", fragte sie besorgt. Er schüttelte den Kopf, „das bringt sowieso nichts. Ich versuche lieber in der nächsten Klassensprechstunde selbst das Thema anzubringen. So kann ich nicht mehr weitermachen."

Doch in der darauf folgenden Woche war Frau Matz auf einer Konferenz und in der zweiten Woche wurde diese Stunde für einen zweistündigen Aufsatz mit hinzugezogen.

Lukas ging es immer schlechter. Morgens, wenn sie ihn weckte, klagte er jetzt oft über Kopfschmerzen, quälte sich nur mühsam aus dem Bett. Nachmittags verbrachte er die meiste Zeit allein in seinem Zimmer, spielte er mit Felix gab es ständig Streit. Auch von ihr und Roland zog er sich immer mehr zurück. Für die Schule tat er nur das Nötigste, brauchte sich jedoch auch nichts wirklich zu erarbeiten, es schien ihm alles zuzufliegen.

„Wenn du jetzt nicht mit Frau Matz sprichst, lassen wir uns doch einen Termin geben", sagte sie energisch, als er am Tag der zweiten Sprechstunde wieder unverrichteter Dinge zurückkam. Also ging Lukas am nächsten und übernächsten Tag wieder zu seiner Klassenlehrerin und bat um ein Klassengespräch außer der Reihe, doch sie vertröstete ihn wieder. „Ich schaff es allein", wehrte er unwillig ab, als sie nach dem Telefonhörer griff um die Lehrerin anzurufen. Jetzt erst vertraute er ihr die Geschichte mit den Mädchen in vollem Umfang an. „Das werde ich Frau Matz auch morgen erzählen, ich lasse mich nicht mehr abwimmeln."

Am Donnerstag ging er gleich zu Beginn der Stunde nach vorne ans Lehrerpult und erklärte Frau Matz, wenn sie jetzt nicht über sein Problem sprechen könnten, würde er morgen nicht mehr in die Schule kommen. So könne er nicht einen einzigen Tag weitermachen. Außerdem wolle er sein Klassensprecheramt mit sofortiger Wirkung niederlegen, seine Mitschüler hätten ihn wohl nur zum Spaß gewählt.

Nun doch aufmerksam geworden, besorgt über die Klassensituation, die ihr in ihrer ganzen Tragweite wohl entgangen war, stellte sie die Stunde sofort zur Verfügung.

Lukas Verdacht bestätigte sich. Es wäre doch nur als eine Mordsgaudi gedacht gewesen, brach schließlich eines der Kinder das minutenlange Schweigen, das auf Frau Matz Schilderung von Lukas Verzweiflung und seiner Bitte um Aufklärung entstanden war. Damit war der Bann gebrochen. Man hätte ihn halt so schön ärgern können, sagte ein anderer, außerdem hätte er immer so geschwollen geredet, von seinen seltsamen Hobbys erzählt, was eh keinen interessierte, ergänzte der nächste. Meistens hätte er gar nicht gemerkt, wenn sie sich über ihn lustig gemacht hätten, und er hätte sich ja auch nie gewehrt, sagte ein Mädchen achselzuckend. Außerdem wäre er in der letzten Zeit gleich immer hochgegangen, wenn einer etwas zu ihm gesagt hätte, selbst bei ganz harmlosen Sachen, brachte ein Junge noch zu ihrer Verteidigung hervor.

Frau Matz war nun doch erschüttert. Behutsam, auf Lukas Anwesenheit Rücksicht nehmend, versuchte sie seinen Mitschülern begreiflich zu machen, wie gemein ihr Verhalten gewesen wäre. Einige waren am Ende der Stunde auch sehr betroffen, denn alle hatten ihre Frage, ob Lukas denn jemals angefangen hätte sie zu ärgern, verneint. Andere grinsten und kicherten immer noch, sodass die Lehrerin schließlich ankündigte, weitere Angriffe, auch verbale sofort schärfstens zu bestrafen und dann auch die Eltern vom Verhalten ihrer Kinder zu informieren.

Außerdem gab sie Lukas einen Zettel mit Terminvorschlägen mit, sie wollte dringend ein Gespräch mit seinen Eltern führen, am besten sofort am nächsten Tag.

„Ich verstehe nicht, wie die Situation so eskalieren konnte", sagte Frau Matz sichtlich betroffen zu ihnen. „Mir ist zwar auch während des Unterrichts aufgefallen, dass Lukas oft geärgert wurde und er hat sich auch mehrmals bei mir beschwert. Aber meist ging es dabei nur um Kleinigkeiten, dass es so schlimm ist, habe ich wirklich nicht gewusst, sonst hätte ich längst eingegriffen. Warum haben Sie mich denn nicht informiert?"

„Weil auch wir erst seit kurzem wissen, ungefähr seit dem Zeitpunkt, als Lukas versucht hat mit Ihnen zu sprechen, was er Tag für Tag durchmacht", entgegnete sie. „Er wollte jedoch lieber selbst mit Ihnen sprechen, wollte, dass die ganze Sache vor der Klasse zur Sprache gebracht wird. Er hatte wohl in uns Erwachsene kein großes Vertrauen mehr, dass wir die Sache für ihn alleine regeln können. Ich habe ihm wohl auch zu oft nur gesagt, er müsse die Ärgereien einfach überhören, versuchen Prügeleien aus dem Weg zu gehen, sich halt insgesamt mehr anpassen. Außerdem dachten wir, sein verändertes Verhalten zu Hause hinge auch zum Teil mit seiner schulischen Situation zusammen, er langweilt sich zur Zeit so ziemlich in allen Fächern und sieht kein Vorwärtskommen."

Auch Frau Matz war schon aufgefallen, dass Lukas in vielen Dingen wirklich anders war, als seine Mitschüler. „Wahrscheinlich reizt seine Art die Kinder auch, ihn ständig zu ärgern. Das soll keine Entschuldigung der Vorkommnisse sein, aber es ist leider so, dass wenn jemand anders ist als andere, er sehr schnell ausgegrenzt wird, und Lukas ist wirklich ein Einzelfall in der Klasse. Er spricht anders, verwendet für sein Alter viele Fremdwörter, hat ein unheimlich großes Allgemeinwissen, völlig andere Interessen und zeigt dies auch deutlich, versucht von sich aus nie sich anzupassen, sich so zu geben wie die anderen."

„Trotzdem ist es für ein Kind, das von sich aus nie jemanden ärgert, das jeder Prügelei aus dem Weg geht, das jeden so hinnimmt, wie er ist, das stets offen und ehrlich auf andere zu geht, schwer zu begreifen, dass es so angefeindet wird", bemerkte Roland.

Frau Matz nickte mit mitfühlendem Blick, „ja, Lukas leidet wirklich unter dem Verhalten seiner Mitschüler. Und ich kann eigentlich auch nur bestätigen, was Sie gerade sagten. Von sich aus, fängt er nie einen Streit an, ist auch im Unterricht immer sehr hilfsbereit. Nur, er hebt sich mit seiner Art tatsächlich so sehr von den anderen Kindern ab, jeder merkt sofort, dass er irgendwie anders ist."

Sie klärten die Lehrerin über Lukas Hochbegabung auf. „Ja warum haben Sie mir nicht schon zu Beginn des fünften Schuljahres davon erzählt!", rief sie, „wenn ich das doch nur eher gewusst hätte!"

Nun, meinte Roland, sie hätten dazu keine Veranlassung gesehen. In der alten Schule wäre die Hochbegabung bekannt gewesen, doch hätte man ihnen dort klargemacht, dass schulisch keinerlei Fördermöglichkeiten beständen. Sozial sei Lukas in seiner alten Klasse gut integriert gewesen, sie hätten deshalb nie für möglich gehalten, dass so etwas wie hier geschehen, passieren könne. Lukas hätte zwar immer schon einige Kinder gehabt, mit denen er gar nicht auskommen konnte, aber der Großteil seiner Mitschüler wäre ihm gegenüber zumindest neutral gewesen.

Jetzt war Frau Matz doch etwas verlegen: „Nein, normal, ist das, was sich in dieser Klasse abgespielt hat nun wirklich nicht und ist, soweit ich weiß, auch noch nie hier an der Schule vorgekommen. Sie können sicher sein, dass ich von nun an genau aufpasse, besonders auf das Verhalten der auffälligeren Kinder und nicht zögere hart durchzugreifen. Auch Lukas habe ich im Beisein seiner Mitschüler aufgefordert mir auch kleinere Attacken gleich zu melden. Aber wir können natürlich nicht erwarten, dass ab morgen automatisch ein ganz normales Klima herrschen wird. Dafür ist schon zu viel passiert, das Vertrauen muss sich erst ganz langsam wieder aufbauen. Gut wäre es, wenn Ihr Sohn Kontakt zu einigen ruhigeren Jungen hier in der Klasse aufnehmen würde. Laden Sie doch einfach mal welche nachmittags ein, dann hat Lukas bestimmt bald Freunde in der Klasse, das würde ihm sehr helfen."

Sie erzählte der Lehrerin von Lukas Erfahrungen mit den zwei Jungen aus seiner Klasse. „Jetzt ist er von sich aus bestimmt nicht mehr bereit jemanden einzuladen. Und wen denn auch? Wir können nicht verlangen, dass er sich Kinder, die ihn nicht interessieren einlädt, tun wir es trotzdem, wird er von sich aus nicht auf diese zugehen. Gegen seinen Willen können wir nichts machen", schloss sie.

„Versuchen Sie es bitte trotzdem", bat Frau Matz. „Es würde Ihrem Sohn wirklich helfen. Außerdem sollten Sie ihm erklären, dass es gut wäre, sich auch von sich aus um Integration zu bemühen, sich etwas anzupassen, Interesse an den Aktivitäten seiner Klassenkameraden zu zeigen und nicht nur stur seine Sicht zu haben. So schlimm sind die Kinder in dieser Klasse eigentlich auch wieder nicht, halt eine ganz normale Klassengemeinschaft mit vielen unterschiedlichen Charakteren. Die gezielten Aktionen gegen Lukas kamen bestimmt anfangs nur von drei, vier Kindern und haben sich dann leider hochgeschaukelt. Zum Teil auch dadurch, dass ich diese Situation nicht früher erkannt und eher eingegriffen habe. Nun ja, der Schaden ist da, wir können jetzt nur noch die Scherben auflesen und versuchen so zu kitten, dass auch Lukas bald in die Klassengemeinschaft aufgenommen wird."

Roland fragte noch nach gezielter schulischer Förderung, doch wie sie schon erwartet hatten, schüttelte die Lehrerin bedauernd den Kopf. „Leider, bei der knappen Besetzung sind wir froh einigermaßen den normalen Unterrichtsbetrieb aufrecht erhalten zu können. Wir haben noch nicht einmal in der Oberstufe zusätzliche Arbeitsgemeinschaften, um wenigstens die übliche Wahlbreite im Kurssystem zu ermöglichen. Unsere Schüler können zwischen einer Sport- und einer Musik-AG wählen, die engagierte Lehrer in ihrer Freizeit anbieten. Und bei der heutigen Klassensituation ist es uns leider nicht möglich zu differenzieren, dafür liegt der Intellekt der normalen Schüler schon viel zu weit auseinander. Gerade im fünften und sechsten Schuljahr müssen wir unser Möglichstes tun, Lücken aufzuarbeiten, auf ein gemeinsames Klassenniveau anzugleichen, da sind wir völlig überfordert ein einzelnes Kind mit besonderen Bedürfnissen aufzufangen. Sie müssten vielleicht versuchen, durch Freizeitangebote Anreize zu schaffen."

Zum Schluss versicherte Frau Matz nochmals, alles in ihrer Macht stehende zu tun, damit Lukas in die Klasse integriert würde und verstärkt auf Ausgrenzung zu achten. Wenn Schwierigkeiten aufträten, würde sie sich sofort bei ihnen melden und bat auch sie, sich mit ihr in Verbindung zu setzen, wenn sie Probleme sähen.

Ganz, ganz langsam besserte sich die Schulsituation, die morgendlichen Kopfschmerzen verschwanden nach und nach. Einige Kinder, so erzählte Lukas, kamen jetzt und wollten in der Pause mit ihm spielen, doch er blieb skeptisch, konnte nicht so recht an die plötzliche Freundlichkeit glauben, zu tief saßen die Eindrücke der Vergangenheit.

Andere ärgerten ihn weiterhin. Er beschwerte sich jedoch jedes Mal sofort bei Frau Matz, die schließlich nach mehreren Drohungen einigen Kindern Briefe an die Eltern mitgab. Daraufhin nahm die offene Konfrontation deutlich ab, entlud sich jetzt jedoch über eine, für Lukas deutlich spürbare, feindselige Grundeinstellung und einiger hinterhältiger Attacken. Sein Turnbeutel war plötzlich verschwunden und tauchte tags darauf im Mülleimer wieder auf, im Kunstunterricht wurde sein Bild aus

Versehen mit Farbe bekleckert, zweimal kam er mit etlichen Flecken auf der Rückseite seines Sweatshirts nach Hause. Ging er die Treppe hinunter wurde er im Gedränge geschubst, doch immer so, dass nie der Verursacher zu entdecken war. Beine wurden plötzlich vorgestreckt, stolperte er darüber, entschuldigte sich das betreffende Kind sofort, doch in so übertrieben süßlichem Ton, was teilweise auch von Mitschülern erlebt und bestätigt wurde, dass Lukas klar war, es war extra geschehen.

Diese Vorfälle passierten nicht jeden Tag, aber Lukas litt sehr darunter. Dadurch, dass er oft mehrere normal verlaufende Schultage hatte, an denen nichts passierte, keimte immer wieder Hoffnung in ihm auf, es könne doch langsam besser werden. Jeder neue Vorfall, und war er noch so banal, drückte seine Stimmung sofort wieder auf tiefstes Niveau.

Sie fühlten sich vollkommen hilflos, sollten sie ihn doch vielleicht in die Parallelklasse versetzen lassen? Oder einen Schulwechsel anstreben? Doch damit war noch nicht die Frage seiner schulischen Entwicklung geklärt, seine Leistungen lagen zwar mit einigen Ausrutschern nach unten noch im Mittelmaß, doch hatte er seine Lernfreude mittlerweile ganz verloren und nichts, was Schule betraf, interessierte ihn noch. Er vollbrachte die noch bestehenden Leistungen ohne jede Anstrengung, ohne sich irgend etwas erarbeiten zu müssen. Immer noch benötigte er keinerlei Lern- und Arbeitsstrategien.

XI

In den Osterferien nahm Lukas an einem Philosophiekurs für hochbegabte Kinder teil und fand neben diesem Ansporn endlich einen ihm ähnlichen Freund. Leider wohnte dieser vierzig Kilometer entfernt, doch sie
versuchten den Kindern wenigstens ein wöchentliches Treffen zu ermöglichen, meistens am Wochenende. Dann zumindest war Lukas wie früher, er durfte spielen, denken, reden wie er konnte und wollte.
Die Diplompsychologin, die den Philosophiekurs leitete sagte hinterher
den Eltern, sie wäre selbst sehr überrascht gewesen, denn diese Kinder
hätten teilweise auf Hochschulniveau arbeiten können.
Sie nahm Roland und sie hinterher noch kurz beiseite. „Ich muss Ihnen
unbedingt sagen, was mir an Lukas aufgefallen ist. Wissen Sie eigentlich, wie sehr Ihr Sohn zur Zeit leidet? In den ersten Stunden war er so
blockiert, dass ich schon dachte, er wäre in diesem Kurs falsch. Doch
dann, stündlich mehr, arbeitete er mit, öffnete sich nach und nach und
gehörte zuletzt zu einem der Besten. Seine gedanklichen Fähigkeiten
sind selbst für mich erstaunlich, er gehört sicher nicht in die fünfte Jahrgangsstufe. Ich rate Ihnen ganz dringend, lassen Sie ihn nicht weiter in
dieser Klasse. Er braucht ganz schnell mehr Anregung, ein höheres Arbeitstempo, sonst schaltet er irgendwann ganz ab. Und ob er dann nochmals den Willen aufbringt neu zu starten ist fraglich, sein Selbstbewusstsein ist jetzt schon fast völlig zerstört."
Selbst Roland und ihr war aufgefallen, dass sich nicht nur sein Wesen
verändert hatte. Lukas war nicht nur wesentlich feindseliger und streit-
süchtiger als früher, dabei aber übertrieben empfindsam gegenüber Kritik, sondern auch seine ganze Körperhaltung hatte sich verändert. Mit
hängenden Schultern und gekrümmtem Rücken ging er morgens los, stur
geradeaus blickend, sich in seine Anorakkapuze verkriechend, nichts um
sich herum bewusst wahrnehmend.
Doch als sie mit Lukas über ein erneutes Springen sprechen wollten,
lehnte er dies kategorisch ab.

Zwei Wochen nach den Osterferien fand dann der nächste Elternsprechtag statt. Ihr erster Termin führte sie zu Frau Matz, die sich in der Zwischenzeit nicht bei ihnen gemeldet hatte und jetzt erfreut erklärte, ihrer
Meinung nach hätte sich die Klassensituation sehr gebessert. Selbst die
zwei, drei Unbelehrbaren, mit denen man leider leben müsse, hätte sie

gut unter Kontrolle. Nur Lukas Leistungsbereitschaft hätte sehr nachgelassen, von sich aus würde er sich überhaupt nicht mehr melden und wenn sie ihn aufriefe, würde er sich auf die kürzest mögliche Antwort beschränken. Zudem hätte sie das Gefühl, er wäre oft gedanklich abwesend, würde sich für nichts, was den Unterricht beträfe interessieren. Da er schriftlich jedoch weiterhin zwischen zwei und drei stände, hätte dies keinen großen Einfluss auf die Zeugnisnote, aber schade fände sie es doch.

Ähnliches berichtete auch die Englischlehrerin. Obwohl Lukas vom schriftlichen Ausdruck weiterhin zu den Besten gehörte, bemängelte sie ebenfalls seine nicht vorhandene mündliche Mitarbeit, zudem würden sich in letzter Zeit die Flüchtigkeitsfehler in seinen Arbeiten häufen. Lukas habe hervorragende sprachliche Fähigkeiten, ihm mangele es aber wohl an der nötigen Begeisterung.

Das nächste Gespräch mit dem Mathematiklehrer brachte deutlichere Hinweise. Ihr Sohn wäre ihm ein Rätsel erklärte dieser. Einerseits habe er festgestellt, dass Lukas in seinem Fach zum Teil überragende Kenntnisse und Fähigkeiten habe, andererseits sei er nicht in der Lage bei den normalen Arbeiten ein vernünftiges, angemessenes Tempo vorzulegen, im Gegenteil er würde immer langsamer und flüchtiger. Noch wichtiger wäre ein ganz anderer Punkt. Ob es sein könnte, dass Lukas ein Außenseiter in der Klasse wäre? Ihm sei aufgefallen, dass es oft spitze Bemerkungen oder spöttisches Gelächter von etlichen Klassenkameraden geben würde, wenn er Lukas aufrufe, von sich aus, würde er sich schon gar nicht mehr melden. Er schien auch keinen Kontakt zu den neben ihm sitzenden Kindern zu haben, meist würden diese sich über seinen Kopf hinweg unterhalten. Bei Gemeinschaftsarbeiten würde Lukas entweder immer allein dastehen und er müsse ihm einen Partner zuweisen, oder, wie er bei Gruppenarbeiten beobachtet hatte, seine Mitschüler ließen ihn die ganze Arbeit machen und unterhielten sich in der Zwischenzeit flüsternd miteinander, um dann noch zu meckern, wenn Lukas ein Fehler unterlaufen war. Diese für ihren Sohn sicher schreckliche Klassensituation wäre auch mit ein Grund, warum er nicht darauf eingegangen sei, wenn Lukas wie früher oft geschehen, weiterführende Fragen gestellt hätte oder ihn sogar gestoppt habe, wenn er bei seinen Antworten zu weit über das gesteckte Ziel hinaus geschossen sei. So hatte er gehofft, ihn nicht noch mehr in eine Sonderrolle zu drängen. Zum anderen hätte er allerdings auch gar keine Zeit, da das allgemeine Klassenniveau sehr niedrig sei.

„Sie müssen das ganz realistisch sehen", sagte er ihr deutlich, „wir Lehrer haben nur begrenzten Einfluss auf die Schüler. Sicher, während des Unterrichts versuche ich eine ruhige Arbeitsatmosphäre zu schaffen und ermahne die Kinder, die dauernd dazwischenreden und dulde auch keine Hänseleien, wenn ein Schüler mal etwas nicht weiß. Nur, wesentlich mehr als sagen lass das, kann ich auch nicht. Wenn ich meine Schulstunde abgeleistet habe, verlasse ich die Klasse und bis der nächste Lehrer kommt, ist jeder Schüler auf sich gestellt, auf das, was dann passiert, haben wir Lehrer keinen Einfluss. Jedes Kind muss vor und nach dem Unterricht und in den Pausen, selbst auf dem Schulhof alleine zurechtkommen, da haben es Außenseiter leider sehr schwer. Mir kommt es allerdings so vor, als ob sich Lukas Lage in der letzten Zeit eher noch verschlechtert hat. Er nimmt sich mehr und mehr zurück, meldet sich überhaupt nicht mehr und selbst, wenn ich ihn aufrufe, erklärt er oft, er wisse das Ergebnis nicht, obwohl ich an seinen schriftlichen Arbeiten sehe, dass er den Unterrichtsstoff im Prinzip beherrscht. Nur, den Punkt habe ich am Anfang schon angesprochen, sein Arbeitstempo wird immer langsamer und es schleichen sich in seine Arbeiten immer mehr einfache Fehler ein, vor allem in den Nebenrechnungen. Deshalb hat er jetzt in der vorgestern geschriebenen Klassenarbeit nur ein gerade noch ausreichend bekommen, er hat nur vier von sechs Aufgaben in der vorgeschriebenen Zeit gelöst, dazu noch mit etlichen Rechenfehlern. Ich kann mir gar nicht vorstellen, woran das liegt, es sind doch nur Wiederholungen von Rechenaufgaben, die wir lange geübt haben. Er war der erste, der alles verstanden hatte und anfänglich auch sehr schnell mit den einzelnen Aufgaben fertig. Ich weiß wirklich nicht, wie man ihm helfen könnte. Vor allen Dingen sehe ich keinerlei Möglichkeiten, solange er nicht vernünftig in die Klassengemeinschaft integriert ist. Dies scheint mir persönlich immer noch der wichtigste Punkt zu sein. Nur, wie wir das erreichen können?" Er zuckte bedauernd die Schultern. „Ich habe leider keine Ahnung. Am besten sprechen Sie mit Lukas Klassenlehrerin darüber, sie müsste Ihnen helfen können."

Am Wochenende warteten sie, bis sie mit Lukas abends allein im Wohnzimmer waren, dann brachte Roland behutsam das Gespräch auf die Schul- und Klassensituation. Zu Beginn antwortete Lukas nur ausweichend, erst als sie ihn mit der Aussage seines Mathematiklehrers konfrontierten und ihm eindringlich versicherten, eine gemeinsame Lösung ihres weiteren Vorgehens mit ihm erarbeiten zu wollen, gab er zu: „So toll ist es immer noch nicht. Klar etwas besser als damals, als ich nicht mehr in die Schule gehen wollte, ist es jetzt schon. Sagen wir mal so, war damals auf einer Skala von eins für sehr gut bis zehn für ganz mies, der Zeiger auf der zehn angekommen, steht er jetzt ungefähr bei acht. Aber die anderen akzeptieren mich immer noch nicht richtig. Wenn sie mich wenigstens in Ruhe lassen würden, ich denke, damit könnte ich irgendwie leben, aber sie geben dauernd blöde Kommentare ab. Wenn ich im Unterricht mal was richtiges sage, zischeln einige, toll Lukas, super Lukas, Lukas unser Klassengenie, aber es klingt so höhnisch, dass jeder merkt, eigentlich machen sie sich über mich lustig. Gebe ich eine falsche Antwort kommen so Sprüche wie, was, du weißt das nicht, das musst du aber doch wissen, bei deiner Intelligenz und es klingt auch wieder total hämisch. Und wenn mich einer mal in der Pause anspricht, weiß ich nie, wo ich bei dem dran bin, irgendwie habe ich immer das Gefühl, insgeheim machen sie sich über mich lustig, müssen sich ein Lachen verbeißen. Denn sie sind meist zu dritt oder viert und sie reden nicht normal mit mir, gehen sie dann weg, kichern sie und boxen sich in die Rippen. Das ist doch nicht normal, oder? Na ja, wenigstens die Mädchen lassen mich jetzt in Ruhe. Die tun so, als wäre ich Luft für sie, beachten mich überhaupt nicht, reagieren nicht, wenn ich sie grüße. Ach was soll's, drängle ich mich nächstens einfach auch an ihnen vorbei, ohne sie zu beachten, wenn sie im Weg stehen."

„Hast du denn gar keine Schulkameraden, mit denen du dich manchmal unterhalten kannst?", fragte sie ungläubig.

„Doch schon, erinnert ihr euch noch an die beiden, die schon mal hier waren? Die kommen ab und zu in der Pause und reden mit mir. Aber die interessieren sich eh nur für Fußball, Autos und die neuesten Computerspiele, die ich überhaupt nicht kenne. Also steh ich meistens nur stumm daneben und langweile mich. Was ich so mache, will sowieso keiner wissen."

„Und wie sieht es mit dem Schulstoff aus, kommst du gut mit oder hapert es in einigen Fächern? Hast du Lieblingsfächer oder Lieblingslehrer?", lenkte sie das Gespräch in andere Bahnen.

Lukas lachte. „Lücken kann man gar nicht bekommen, es wird doch alles x-mal wiederholt, bis es auch der letzte Doofmann kapiert hat, dabei haben wir das meiste schon im dritten und vierten Schuljahr durchgenommen."

„Gut, aber wenn ich mir so deine letzten Arbeiten ansehe, kann ich mir nur schwer vorstellen, dass du alles kannst", übernahm jetzt Roland.

„Ach Papa, weiß ich ja auch. Dabei bemühe ich mich wirklich, nur ich kann mich einfach nicht konzentrieren, ich habe das Gefühl, je mehr wir üben, um so leerer wird mein Kopf. Im Unterricht schweifen meine Gedanken in letzter Zeit dauernd ab, ich will das gar nicht, aber irgendwann erwische ich mich dann doch selbst, dass ich wieder vor mich hin träume."

„Und dann?"

„Äh, das passiert meist erst, wenn es zum Ende der Stunde läutet." Er seufzte, „es ist alles so furchtbar langatmig und langweilig. Dabei will ich mich so gerne anstrengen, schon euch zu liebe, aber ich kann es einfach nicht. Irgendwie sehe ich in allem keinen Sinn mehr, ich bin eben ein Versager, ich glaube, ihr wäret ohne mich besser dran."

„Das ist Unsinn", sagte sie energisch und warf ihrem Mann einen hilfesuchenden Blick zu.

„Pass auf, mein Sohn", fuhr Roland Lukas an. „Deine Mutter hat Recht, es ist verdammter Quatsch, solche Schlüsse aus den Geschehnissen zu ziehen. Ja, die Schule wird dir nicht gerecht, ja du hast diesmal Pech gehabt mit dieser Klassengemeinschaft, ja, du hast versucht dich anzupassen, aber es klappte nicht!", erschöpft hielt er inne.

Lukas sah ihn mit weit aufgerissenen Augen an, so einen Ausbruch hatte er nicht erwartet.

„Aber jetzt die Flinte ins Korn zu werfen und zu rufen: Oh ich habe versagt, ich bin ja so schlecht, ist nicht der richtige Weg", fuhr Roland ruhiger geworden fort, „und stimmt zudem auch nicht. Nicht du bist schlecht und dumm, es war rückblickend gesehen ein Fehler, es überhaupt so lange in dieser Klasse zu versuchen. Wir müssen jetzt zu diesem Fehler stehen und versuchen den bestmöglichen Ausweg für dich zu finden. Doch wir können dir nur auf diesem Lösungsweg helfen, dich beraten, entscheiden musst du. Du kannst sicher sein, egal wie du dich entscheidest, wir werden alles in unserer Macht stehende tun, deinen, für dich akzeptablen Weg durchzusetzen. Nur wie gesagt, du musst selbst entscheiden, ob die Situation, in der du dich jetzt befindest so schlimm ist, dass sie für dich nicht mehr tragbar ist. Dann musst du aber auch handeln. Es ist schließlich keine Niederlage, kein Weglaufen, sondern ein notwendiger Schritt in einer für dich unerträglichen Situation. Bleibst du, kapitulierst du, ist es wirklich eine Niederlage. Ergreifst du die Initiative, suchst für dich einen Ausweg, ist es ein Sieg."

Lukas schien von den Worten seines Vaters beeindruckt, erst jetzt fühlte er sich als gleichwertiger Gesprächspartner angenommen. „Auf jeden

Fall will ich aus dieser Klasse raus", erklärte er nach kurzem Nachdenken mit fester Stimme.

„Bleibt die Frage möchtest du noch einmal springen, was unserer Meinung nach ohne weiteres möglich wäre, möchtest du lieber in eine Parallelklasse oder vielleicht sogar auf eine andere Schule? Du hast die Wahl, alle diese Möglichkeiten stehen dir offen."

Diesmal überlegte Lukas länger. „Ich weiß nicht", sagte er schließlich zögernd, „was ist, wenn es dann noch schlimmer kommt?"

„Ich glaube, die Chancen stehen ganz gut, dass es diesmal besser wird, noch schlechter geht meiner Ansicht nach schon gar nicht mehr", meinte Roland.

Er klopfte Lukas aufmunternd auf die Schulter, „überschlaf unser Gespräch noch einmal. Du musst dich ja nicht jetzt sofort entscheiden. Morgen, übermorgen, selbst Ende der Woche ist noch früh genug. Und denk dran, egal, wie du dich entscheidest, wir halten zu dir und helfen dir."

Lukas nickte nur stumm, aber sie sahen ihm an, dass er doch froh war, nicht jetzt sofort eine Entscheidung treffen zu müssen.

Schon am Mittwoch der folgenden Woche teilte er ihnen mit, er sei nun fest entschlossen diese Klasse zu verlassen und würde dazu noch gerne ein Schuljahr überspringen, um der Langeweile zu entgehen und höhere Anforderungen zu erfahren. Er wolle aber an diesem Gymnasium bleiben, weil es das einzige in der Nähe war, außerdem seien die Kinder bestimmt überall gleich, der Unterricht und die Lehrer ebenso.

Insgeheim atmeten sie beide auf, erschien ihnen dieser Weg doch ebenfalls als der beste. Roland setzte sich am Abend noch an den Computer und tippte einen Brief an Lukas Klassenlehrerin, mit der Bitte seinen Antrag auf Vorversetzung weiterzuleiten.

Bereits am nächsten Tag erhielten sie einen Vorschlag zu einem Gesprächstermin in der nächsten Woche, sie sagten zu.

Ernst schüttelte ihnen die Klassenlehrerin Frau Matz vor dem Rektorzimmer die Hand. Auch sie sähe diese Entscheidung als beste Möglichkeit und würde sie bei ihrem Antrag unterstützen.

Der Rektor, Herr Brühler, ließ sich abwechselnd von ihnen und Frau Matz die Gesamtsituation erklären, studierte ausführlich Lukas Halbjahreszeugnis und das, von ihnen mitgebrachte, psychologische Testergebnis.

„Sind Sie völlig sicher, dass Sie Ihren Sohn mit einem erneuten Springen nicht intellektuell überfordern? So besonders sind seine Zensuren nun wirklich nicht. Müsste er nicht, wenn er so begabt ist in allen Fächern eins stehen? Ich meine, wenn er doch alles so schnell begreifen kann, müsste er doch auch in der Lage sein, sein Wissen umzusetzen und mit Abstand mehr Leistung bringen, als seine Klassenkameraden. Natürlich sind an dieser Schule schon Kinder gesprungen, aber dabei handelte es sich stets um Schüler, die in allen Fächern gute bis sehr gute Zensuren aufwiesen, deren Leistungs- und Wissensstand erkennbar weiter war als bei den Klassenkameraden. Verstehen Sie mich bitte nicht falsch, ich zweifle das Gutachten des Psychologen nicht an, sondern sage Ihnen nur ganz ehrlich meine Bedenken. Außerdem ist dieser Test im ersten Schuljahr gemacht worden vor drei Jahren also, meines Erachtens sollte jetzt erst ein neuer Test erfolgen, ob immer noch eine Hochbegabung vorliegt. Vielleicht hatte Ihr Sohn nur einen eher allgemeinen Wissensvorsprung, weil er ein sogenannter Frühstarter war und dieser Unterschied ist mittlerweile von den anderen Kindern aufgeholt worden. Wir können doch nun wirklich nicht, da sonst keine Merkmale erkennbar auf Hochbegabung hindeuten, von einem so alten Testergebnis ausgehen. Ich will Ihnen auch ganz ehrlich gestehen, dass wir so einen Fall, wie den Ihres Sohnes, bis jetzt noch nicht an dieser Schule hatten, für uns ist dies alles Neuland."

„Ich kann Ihre Bedenken verstehen", nickte Roland, „vor allem da das Thema Hochbegabung erst jetzt ganz langsam bekannt und anerkannt wird, obwohl es zwei bis drei Prozent der Kinder eines jeden Jahrgangs betrifft. Nun, dieses Testergebnis, das wir hier vorliegen haben, ermittelt das Potential, das bei Lukas vorhanden ist, dies verschwindet nicht automatisch, wenn er älter ist. Wenn sie auf einem neuen Test bestehen, werden wir diesen selbstverständlich durchführen lassen. Nur, die Kosten betragen circa fünfhundert Mark, die Frage stellt sich dann, wer dafür aufkommt? Es wäre wahrscheinlich günstiger für alle Beteiligten, wenn Sie mit der Psychologin sprechen, die in den Osterferien einen Kurs für hochbegabte Kinder in Philosophie durchgeführt hat, an dem Lukas teilnahm und sich von ihr ihre Eindrücke schildern lassen, da sie uns damals schon darauf ansprach, dass unser Sohn in der Schule zur Zeit wohl sehr unterfordert wäre und etliche Lernblockaden entwickelt habe. Unser Sohn gehört zu den sogenannten Underachievern, das heißt Minderleistern, die, wenn sie nicht ausreichend gefordert und gefördert werden, immer mehr blockieren und schließlich ganz abschalten. Wir haben uns selbst erst lange mit diesem Problem beschäftigen müssen und sind von einem Psychologen ausführlich über dieses Phänomen und wie es entsteht informiert worden, bis wir verstanden haben, dass es so etwas gibt, und zwar gar nicht so selten. Übrigens kann man dies mittlerweile auch in vielen Büchern zum Thema Hochbegabung nachlesen. Ich will es Ihnen einmal kurz erklären: Das Gehirn dieser Kinder fordert ihren Fähigkeiten entsprechend Hochleistung, schaltet dann bei längerer Unterforderung mehr und mehr ab. Die Schüler werden unaufmerksam, Flüchtigkeitsfehler häufen sich, sie können sich nicht mehr konzentrieren, selbst wenn sie noch wollen, je mehr sie schon bekannten Stoff üben sollen, ohne Neues zu lernen, desto weniger können sie. Bei unserem Sohn fiel in der Grundschule auf, dass er in geübten Diktaten viele Flüchtigkeitsfehler machte, in unbekannten jedoch meist nur ein bis zwei Fehler hatte. Mittlerweile wissen wir, dass es unter den Hochbegabten viele solcher Kinder gibt, sie nehmen schnell auf, können Erlerntes auch bei schwierigen Aufgaben umsetzen, blühen bei hohem Tempo regelrecht auf, sind jedoch nicht in der Lage ein normales Arbeitstempo auf Dauer zu ertragen, versagen dann. Dass ihr Selbstwertgefühl dabei auf der Strecke bleibt, brauchen wir wohl nicht extra auszuführen. Kommt dazu noch so eine Art Mobbing wie in Lukas jetziger Klasse, verlieren die Kinder die Lust an Schule und Lernen völlig."

„Tja, diese Fakten kenne ich leider alle nicht sehr gut, aber Sie greifen da noch einen ganz wichtigen Aspekt auf. Wenn Ihr Sohn schon jetzt sozial nicht zurechtkommt, habe ich beträchtliche Bedenken, wie er sich mit älteren Schülern zurechtfinden wird", erwiderte Herr Brühler.

„Nun", sagte Roland und warf ihr einen warnenden Blick zu, ´reg dich bloß nicht auf´. „Hochbegabte Kinder sind ihren Altersgenossen intellektuell um zwei bis drei Jahre voraus, so haben sie erfahrungsgemäß weniger Probleme mit Älteren als mit Gleichaltrigen, vor allem da sie meist auch nicht altersgemäße Hobbys haben. Zudem ist Lukas im Endeffekt dann nur ein Jahr jünger, als seine neuen Mitschüler, da er erst mit sieben Jahren eingeschult wurde und das erste Überspringen ihn eigentlich nur dem Alter seiner Klassenkameraden angeglichen hat. Was nun den sozialen Umgang in der jetzigen Klasse angeht, würde ich vorschlagen, dass sich Frau Matz zur Situation äußert, da sie das Geschehen direkt vor Ort erlebt. Was meinen Sie", wandte er sich nun direkt an die Lehrerin, „glauben Sie, dass hauptsächlich Lukas Schuld an den bestehenden Problemen hat?"

„Nein, im Gegenteil", sie seufzte, „ich muss leider zugeben, dass trotz all meiner Bemühungen und Versuche Lukas zu integrieren, die Klasse sehr intolerant gegenüber so einem Außenseiter ist. Ich weiß, dass Lukas, obwohl er sich anfänglich sehr um Akzeptanz bemüht hat, immer noch abgelehnt, ja auch gehänselt wird. Trotzdem habe ich teilweise auch Bedenken gegen eine Vorversetzung, da er es auch in einer höheren Klasse sehr schwer haben wird. Er ist wirklich so total anders als normale Kinder, nicht nur von seinen Interessen, nein von seiner ganzen Art zu denken, zu sprechen, sich zu geben, wenn dann noch eventuell Neid aufkommt, gerade von den älteren Schülern, die schon einmal sitzen geblieben sind oder nur schwer lernen, ich weiß nicht, ob diese Situation günstig für ihn ist."

„Nun gut, aber ich denke, es gibt durchaus auch etwas homogenere Klassen", warf Roland ein. „Wenn der aufnehmende Klassenlehrer noch dazu bereit ist, Lukas nicht als Sonderfall hinzustellen, sondern ihm hilft, sich zu integrieren, wie die Grundschule dies schon erfolgreich geschafft hat, als Lukas dort in die dritte Klasse gesprungen ist, muss es nicht schief gehen. Und wie Sie", er wandte sich an den Rektor, „Herr Brühler ja schon am Vorstellungsabend für die neuen Eltern sehr ausführlich erklärten, ist Ihnen und Ihren Kollegen gerade das soziale Miteinander sehr wichtig, übrigens mit ein Grund warum wir uns für Ihre Schule entschieden haben."

Herr Brühler wand sich sichtlich. „Ja, ja, aber stellen Sie sich unsere Arbeit nicht so leicht vor. Wir tun wirklich unser Möglichstes, aber trotzdem ist unser Einfluss leider nicht so groß, wie Sie vielleicht denken. Wir haben hier so viele soziale Brennpunkte, in die wir unsere Kräfte hineinstecken müssen. Und sie werden leider nicht weniger, nehmen eher noch zu. Ich weiß nicht, wäre es für Ihren Sohn nicht eher besser, wenn Sie ihn gleich an einer Hochbegabtenschule anmelden? Es gibt doch sicher spezielle Einrichtungen. Ich wüsste zwar jetzt aus dem Stegreif keine, aber wir können uns gerne bei dem zuständigen Schuldezernenten für Sie erkundigen. Denn selbst wenn wir in unserer Lehrerkonferenz entscheiden, Ihren Sohn wirklich springen zu lassen, können wir leider nichts weiter für ihn tun. Wir haben hier an unserer Schule keinerlei Möglichkeiten, ein einzelnes Kind in der normalen Klasse weitergehend zu fördern, wir haben, wie ich schon sagte, ganz andere gravierende Probleme."

„Leider gibt es keine Spezialschulen hier an unserem Wohnort, wir haben uns schon eingehend erkundigt", stellte Roland richtig. „Es existieren zwar zwei Einrichtungen aber erstens gibt es dort erst Sonderklassen ab der neunten Klasse und zweitens befinden sich diese Schulen in anderen Bundesländern, ein Schulbesuch wäre also nur in Form eines Internataufenthaltes möglich. Deshalb bleibt zur Zeit für uns nur die Möglichkeit des erneuten Überspringens."

„Ja, hm", jetzt sahen sich Rektor und Lehrerin ratlos an.

Dann ergriff Herr Brühler das Wort: „Gut, Sie haben uns Ihre Situation sehr eingehend geschildert, ich kann Ihnen nichts versprechen, versichere Ihnen aber, Ihren Antrag zu unterstützen. Allerdings wissen Sie ja, dass alle Lehrer, die in der Klasse Ihres Sohnes Unterricht erteilen, gemeinsam entscheiden und eine Mehrheit für die Vorversetzung erforderlich ist, damit Ihrem Antrag stattgegeben werden kann. Am besten formulieren Sie noch einmal die wichtigsten Punkte, die zu Ihrem Entschluss den Antrag zu stellen geführt haben schriftlich, damit alle Lehrer auf Grund dieser Fakten ein Urteil fällen können. Denn wie ich schon erwähnte, mit Underachievern haben wir noch keine Erfahrung."

Mit dem Versprechen, ihnen die Entscheidung dann schriftlich mitzuteilen, wurden sie entlassen.

„Sieg oder Niederlage?", fragte Roland, als sie das Schulgebäude verließen.

„Ich weiß nicht, ich habe ein ungutes Gefühl", erwiderte sie deprimiert.

„Selbst wenn Lukas wirklich springen darf, was meiner Meinung nach noch längst nicht sicher ist, können sie hier ja doch nichts für ihn tun. Und dann das Gerede über die sozialen Schwierigkeiten. Sollte es eine versteckte Warnung sein, dass Lukas an dieser Schule nie von seinen Mitschülern angenommen wird? Heißt Bemühen um soziales Miteinander etwa, dass gerade hier die Problemfälle, die Kinder, die eh Schwierigkeiten im Umgang miteinander haben, landen, dass seine Klasse nicht die Ausnahme, sondern die Regel ist?"

XII

Am Sonntag kam, wie fast an jedem Wochenende Lukas Freund Robin zu Besuch, wie üblich begleitet von seinen Eltern, mit denen sie mittlerweile eine echte Freundschaft verband.

Beide Männer waren begeisterte Bastler und zogen sich meist sofort in den Hobbykeller zurück. Juliane, Robins Mutter, und sie hatten viele gemeinsame Interessen und konnten stundenlang miteinander plaudern. Wichtig war natürlich auch, dass sie nun ebenfalls jemanden hatten, mit dem sie offen über die Probleme der Kinder sprechen konnten, sie liehen sich gegenseitig Fachbücher, tauschten Tipps und Erfahrungen aus.

Diesmal hatte Juliane die Kopie eines Antwortschreibens des Ministeriums für Bildung und Wissenschaft in NRW mitgebracht. Es war die Entgegnung auf eine Bitte um Einrichtung von Sonderklassen für hochbegabte Kinder. Gespannt las sie:

Die individuelle Förderung von Kindern und Jugendlichen besitzt im Rahmen der Maßnahmen des Landes einen hohen Stellenwert. Auf dieser Basis sind die Schulen im Rahmen ihrer Erziehungsarbeit darum bemüht, den individuellen Lernmöglichkeiten, Begabungen und Neigungen ihrer Schülerinnen und Schüler durch innerschulische Angebote oder durch Angebote im schulischen Umfeld Rechnung zu tragen. Weil hierfür die Schulstruktur und die Arbeit in den einzelnen Schulen in NRW zahlreiche Ansätze bietet, sind spezielle Hochbegabtenklassen in NRW nicht vorgesehen.

Um dies zu verdeutlichen sollen nachfolgend beispielhaft einige Möglichkeiten der individuellen Förderung kurz beschrieben werden:

Formen der Unterrichtsorganisation:

Guter Unterricht ermöglicht selbsttätiges und verständnisvolles Lernen auf unterschiedlichen Niveaus. Schülerinnen und Schüler werden ermutigt, ihre eigenen Lern- und Lösungswege zu gehen, Wege und Lerntempo selbst zu bestimmen. Individuelle Lernmöglichkeiten, Begabungen und Neigungen der Schülerinnen und Schüler werden in besonderer Weise berücksichtigt.

Individuelle Schullaufbahngestaltung:

Teilnahme am Unterricht höherer Klassen oder Jahrgangsstufen, Überspringen einer Klasse oder Jahrgangsstufe, organisiertes Überspringen von Klassen bzw. Jahrgangsstufen auf Grund einer spezifischen Schwerpunktbildung der Schule in Verbindung mit einer Begabtenförderung, etc.

Arbeitsgemeinschaften:
Die Förderung besonderer Begabungen und Interessen kann im Rahmen der schulischen Möglichkeiten auch über Arbeitsgemeinschaften erfolgen, die eine über den Unterricht hinausgehende intensive Auseinandersetzung mit Themen anstreben, die nicht zum Pensum des Unterrichts nach dem Lehrplan gehören.

Schülerwettbewerbe:
Das Land NRW fördert eine Reihe von Schülerwettbewerben. Ziel dieser Wettbewerbe ist es, Interesse am jeweiligen Fachbereich zu wecken und Schülerinnen und Schüler zu intensiver Beschäftigung mit fachlichen oder fächerübergreifenden Problemen anzuregen. Lernenden wird hier die Möglichkeit gegeben, ihre Fähigkeiten an anspruchsvollen Fragestellungen zu erproben und weiter zu entwickeln. Sie sollen sich in ihren persönlichen Neigungs- und Begabungsbereichen verstärkt engagieren, Leistungsbereitschaft und Problembewusstsein entwickeln, Kreativität entfalten, soziale Erfahrungen sammeln und ein gesundes Selbstbewusstsein aufbauen.

Diese Beispiele von Möglichkeiten einer inner - und außerschulischen Förderung besonders begabter Schülerinnen und Schüler mögen genügen.

Für weitere Nachfragen stehen sachkundige Gesprächspartner bei den zuständigen Bezirksregierungen zur Verfügung. Durch Wahrung eines ständigen Informationsaustausches sind auch sie in der Lage, Konzepte und Initiativen des Landes zur Förderung besonders begabter Schülerinnen und Schüler an den Schulen in NRW mit Blick auf konkrete Gegebenheiten zu erörtern.

„Das klingt ja super, dann können, müssen sie in den normalen Klassen doch etwas tun, hier steht es schwarz auf weiß", jubelte sie.

Doch Juliane winkte ab. „Eine Mutter aus unserer Elterngruppe, ihr Sohn besucht die sechste Klasse eines Gymnasiums, ein Underachiever wie aus dem Lehrbuch, er wird dieses Schuljahr sitzen bleiben, das steht schon fest, hat versucht auf gerichtlichem Weg, als letzten Schritt einer ganzen Reihe von Versuchen, eine Differenzierung durchzusetzen. Sie hatte bereits ein ähnliches Schreiben bekommen und berief sich vor Gericht darauf. Gestern ist das Urteil ergangen, die Klage wurde abgewiesen mit der Begründung, die Schule könne glaubhaft beweisen, dass keine Lehrer für Extraförderung zur Verfügung stehen, sprich sie sind eh schon unterbesetzt, können so gerade den normalen Schulbetrieb aufrecht erhalten. Daher gilt dann das Ziel die Wissensvermittlung für die Gesamtheit zu wahren höher, als das Recht des einzelnen auf individuelle Förderung. Du kannst dir denken, da alle weiterführenden Schulen zu wenig Lehrer haben, was das für uns alle bedeutet. Es wird so weiterlaufen wie bisher, wir müssen halt sehen, dass wir und unsere Kinder irgendwie durchkommen."

„Aber wenn doch allgemein bekannt ist, zumindest bei den betreffenden Schuldezernenten, dass bei der derzeitigen schulischen Situation keinerlei Differenzierung möglich ist, warum bekommen die begabten Schüler dann keine Sonderklassen, zumindest vorübergehend, bis sich die Lehrersituation an den Schulen zum besseren ändert?", fragte sie erregt.

„Weil, dies ist allerdings meine persönliche Ansicht, die Politiker dann zugeben müssten, dass ihr Konzept von Schule gescheitert ist, vor Ort nicht funktioniert. Diese Fördermöglichkeiten, die in dem Papier stehen, klingen alle unheimlich toll, sind aber zur Zeit einfach nicht umzusetzen. Nur, wenn du unzufrieden bist und Extra-Förderung verlangst, wedeln sie mit diesem Papier und sagen, wir wissen gar nicht was sie wollen, die Schulen können dies alles, was sie verlangen, doch. Natürlich nicht alle Schulen alles, aber es gibt welche, wo auch ihr Kind geeignete Fördermöglichkeiten findet, wir brauchen keine zusätzlichen Maßnahmen."

„Aber das stimmt doch gar nicht!", rief sie empört, „damals, als wir für Lukas ein Gymnasium suchten, haben wir alle Schulen abgeklappert, keine hatte ein Förderkonzept für hochbegabte Schüler zu bieten, noch nicht einmal über Arbeitsgemeinschaften und nicht eine hatte eine spezielle Ausrichtung, die wenigstens in einigen Fächern Unterricht auf höherem Niveau bot."

Juliane nickte, „versteh doch, es geht den Politikern gar nicht um die einzelnen Kinder sondern um ihr System. Die zuständigen Dezernenten werden dir immer wieder sagen, wenn du sie um Hilfe bittest, dass Differenzierung an jeder Schule möglich ist. Denn dadurch, dass mittlerweile das Thema Hochbegabung wesentlich bekannter ist, immer mehr Kinder Probleme machen und viele Eltern nicht mehr bereit sind stillzuhalten, sondern Briefe schreiben, teilweise die Presse einschalten, werden die Dezernenten unter Druck gesetzt.- Und geben diesen Druck auch an die Rektoren der zuständigen Schulen weiter, wenn diese erklären, sie könnten für hochbegabte Kinder nichts tun. Will dir also dein Schulleiter nicht helfen, schaltest du deinen Dezernenten ein. Gemeinsam wird dann versucht irgendeine individuelle Lösung, die natürlich im Rahmen der schulischen Möglichkeiten liegen muss, für dein Kind zu finden. Das heißt, wenn du Pech hast, gibt es außer Überspringen gar keine Alternative. Aber vielleicht darf dein Kind auch, wenn die technischen Möglichkeiten vorhanden sind, dann in ein, zwei Fächern am Unterricht höherer Klassen teilnehmen, oder bekommt, wenn es älter ist, sogar einen Tag in der Woche schulfrei um gleichzeitig die Universität besuchen zu können. Das sind doch schließlich schon eine ganze Menge Alternativen zum Normalschüler. Nur bleiben dies halt immer Einzellösungen, die auch so gewollt sind. Hochbegabtenförderung hat in Deutschland immer noch den Beigeschmack von Elite, uns wird oft unterstellt, wir hielten uns und unsere Kinder für etwas besseres, das Leiden der Kinder und Familien wird übersehen."

Juliane hatte sich in Rage geredet, ihre Wangen waren gerötet, ihre Augen blitzten. Sie hielt inne und trank in hastigen Zügen ihr Saftglas leer.

„Ja, jedes hochbegabte Kind bleibt eben weiterhin ein Einzelfall und wird auch so behandelt", fuhr sie dann immer noch erregt fort, „ist weiter dem Neid und oft auch noch der Intoleranz seiner Klassenkameraden ausgesetzt, wird nie lernen mit Gleichen auf gleicher Ebene zu diskutieren, nie gemeinsame Projekte mit Kindern ebensolchen Potentials machen können, wird sich in fast allen Fächern nach unten anpassen müssen, soll aber bitte weiterhin gute Leistungen bringen. Und die Zusatzarbeit um in einer höheren Klasse mitarbeiten zu können, das geistige Futter, soll es sich nachmittags in seiner Freizeit aneignen." Sie lachte bitter, „was meinst du, wie viele Gymnasien eine Art Bringschuld von den Hochbegabten fordern, nach dem Motto, erst will ich von dir gute Zensuren in möglichst allen Fächern, damit ich sehen kann, dass du wirklich besser bist als der Rest der Klasse, deine überragenden Fähigkeiten auch bewiesen sind, dann erhältst du gnädigerweise die Erlaubnis, in ein, zwei Fächern am Unterricht höherer Klassen teilzunehmen oder, wenn dies nicht ausreicht zu überspringen. Mehr Möglichkeiten gibt es nicht, du kannst froh und dankbar sein, dass überhaupt was getan wird, eben, weil es sich ja immer nur um Einzelfälle handelt. Was machst du aber, wenn dein Kind bereits so geblockt ist, dass es keine Leistung mehr zeigen kann oder will? Die Lehrer, dass muss man ehrlicherweise auch betonen, haben von dem Thema Hochbegabung oft überhaupt keine Ahnung, da es in ihrer Ausbildung gar nicht vorkommt. Und wenn sie doch etwas wissen, ist es meist das übliche Bild, das sich hartnäckig in der Öffentlichkeit hält: Hochbegabte Kinder sind kleine Genies, leistungsstarke

Überflieger mit überwiegend Einser-Zensuren. Wir als Eltern, die oft das Gegenteil zu Hause haben, die sich durch die entsprechende Literatur gearbeitet, mit ausgebildeten Psychologen gesprochen haben, wissen mehr als jeder Lehrer. Aber mach denen das mal klar. Vor allem da es auch immer wieder Eltern gibt, die versuchen auf dieser Welle mit zu reiten, ihr Kind als besonders hinstellen ohne entsprechende Beweise. Aber selbst wenn du ein eindeutiges Testergebnis hast, wird es oft nicht anerkannt oder zumindest weiß kaum ein Lehrer richtig damit umzugehen, geschweige denn sich in seinem Unterricht auf so ein Kind einzustellen."

„Danke, das kennen wir zu Genüge", antwortete sie. „Aber was ist mit den Psychologen, die sich auf Hochbegabung spezialisiert haben, könnte man solche Fachleute nicht überreden mehr an die Öffentlichkeit zu gehen oder Kurse für Lehrer abzuhalten?"

Juliane schüttelte den Kopf: „Du musst wissen, dass selbst unter den Psychologen keine einheitliche Meinung besteht. Je nachdem welche Forschungsprojekte jemand verfolgt, welche Kindergruppe unter den hochbegabten Kindern herausgesucht wurde, du weißt ja auch, dass sehr viele dieser Kinder ohne Probleme sehr gut durchkommen, inoffizielle Stellen sprechen von einem Verhältnis von fünfzig zu fünfzig, entstehen unterschiedliche Ergebnisse. Das geht so weit, dass der eine Professor behauptet, es bestünde kein besonderer Förderbedarf, eine andere Kapazität kommt zu dem Schluss, Sonderklassen sind dringend erforderlich, ein dritter erklärt, Gesamtunterricht mit ausreichender Individualisierung wäre das erstrebenswerte Ziel. Und wir Eltern und unsere Kinder stehen dazwischen. Und müssen uns mit dem besagten Elitevorwurf auseinandersetzen, wenn wir versuchen auch die Rechte unserer Kinder auf adäquate Bildung einzufordern. Dass die Förderung die wir wollen etwas ganz anderes ist und dazu in einigen anderen Ländern schon längst praktiziert wird, sehen die Gegner nicht."

Sie beugte sich vor. „Warum gehen wir denn nicht viel mehr an die Öffentlichkeit? Wir alle gemeinsam, als doch ziemlich große Gruppe, müssten doch eigentlich stark genug sein etwas zu erreichen", fragte sie eifrig.

Doch Juliane schüttelte abermals den Kopf, „schön wäre es, ja, aber stell dir dies nicht zu einfach vor. Ganz viele Eltern sind schon zu oft auf Widerstände gestoßen, haben sich schon mit so vielen Menschen auseinandersetzen müssen, haben schon so viele schlechte Erfahrungen gemacht, dass sie einfach nicht mehr kämpfen wollen, sie haben aufgege-

ben, wurschteln sich irgendwie durch. Andere haben panische Angst, mit der Hochbegabung ihrer Kinder an die Öffentlichkeit zu gehen, weil sie es geheim halten, meist nachdem auch sie schlechte Erfahrungen in ihrer Umgebung gemacht haben, bei manchen weiß noch nicht einmal die nähere Verwandtschaft von der Hochbegabung der Kinder. Wieder andere stehen auf dem Standpunkt, ihre Kinder müssen halt so durchkommen, sich anpassen lernen, da sie, auch ein beliebtes Argument der Lehrer, ihr ganzes Leben lang mit diesen sogenannten Normalen leben und klarkommen müssen. Doch ich wage zu bezweifeln, ob ein Mensch, der in seiner Kindheit immer das Gefühl des Andersseins allein ertragen musste, oft ausgegrenzt wurde, in der Schule nie richtig Leistung zeigen konnte, sich eher über lange Strecken nur langweilte, dann ein selbstbewusster, zufriedener Erwachsener wird, dem am Wohl der Gemeinschaft gelegen ist. Unser großes Problem ist eben auch, dass sich die Eltern nicht einig sind, welcher Weg der richtige ist. Dabei kommt es meiner Meinung nach gar nicht darauf an. Man kann doch ruhig unterschiedliche Vorstellungen haben. Wichtig ist, dass wenigstens in unserer Gruppe die Eltern akzeptieren, dass der Weg des einen nicht unbedingt auch für den anderen gut ist, dass es Kinder gibt, die kaum Probleme haben und welche, deren Schwierigkeiten riesengroß sind, dass, weil die Begabungsbreite selbst bei den hochbegabten Kindern breit gefächert ist, oft unterschiedlichste Fördermöglichkeiten nötig sind. Wir alle sollten mit der gemeinsamen Bitte nach Hilfe für unsere Kinder an die Öffentlichkeit gehen. Und dann mehrere Fördermöglichkeiten nebeneinander einfordern, sowohl Sonderklassen, als auch fächerübergreifenden Unterricht an den normalen Schulen, offene Grundschulen nach Montessori und ein ähnliches Prinzip an den weiterführenden Schulen, weg vom Frontalunterricht und mehr Gruppenarbeit, nicht jede Schule muss alles anbieten, auch hier wäre Spezialisierung wünschenswert. Dann könnten die Eltern wirklich die Schulform wählen, die sich für ihr Kind am besten eignet, und dies würde nicht nur unseren Kindern, sondern auch den ganz normalen Schülern wesentlich bessere Möglichkeit bieten."
„So ganz allein würde ich mich auch nicht trauen an die Öffentlichkeit zu gehen, eher schon in einer Gruppe, wenn andere mitziehen. Ich werde auf dem nächsten Elternabend der DGhK dies mal ansprechen."
„Mach das", nickte Juliane, „wichtig ist, immer wieder zu versuchen die Eltern zu einen und zu gemeinsamen, öffentlichen Aktionen zu bewegen. Irgendwann wird sich bestimmt auch in Deutschland die gesamte Einstellung zu unserem Bildungssystem ändern, einzelne Ansätze sind jetzt

schon erkennbar. Aber ich glaube, dass zumindest unsere Kinder nicht mehr in den Genuss eines individuellen, auch auf ihre Bedürfnisse zugeschnittenen Unterrichts kommen werden. Die Erkenntnis, dass etwas getan werden muss ist da, aber die Umsetzung wird noch Jahre dauern. Denn eigentlich muss die Änderung ganz unten im Kindergartenalter anfangen, dort schon die Akzeptanz entstehen, dass Kinder gleichen Alters anders in ihrer Entwicklung sein können und dürfen, weiter oder zurück gleichermaßen selbstverständlich ist und alle Kinder auf sie persönlich zugeschnittene Förderung und Anerkennung brauchen. Hier wird der Grundstein für gegenseitige Toleranz gelegt. Wenn die Grundschulen diese Arbeit konsequent fortführen, wird individuelles Arbeiten ohne Neid und Ausgrenzung am Gymnasium selbstverständlich. Aber wie gesagt, dass ist ein Traum von morgen für den wir zwar alle kämpfen, der uns aber im Hier und Jetzt nicht hilft."

Sie wurden durch Laura unterbrochen, die unbedingt jetzt ein Spiel mit ihnen spielen wollte.

Nach dem obligatorischen Kaffeetrinken fragte Juliane: „Wollt ihr denn jetzt Lukas an dieser Schule überspringen lassen oder seid ihr auf der Suche nach einem neuen Gymnasium?"

„Wir sind zur Zeit auf der Suche nach einer Schule, die vielleicht wenigstens ein ganz klein wenig Förderung und eine einigermaßen verträgliche Integration schaffen kann. Nächste Woche will Roland die entsprechenden Rektoren anrufen und erst einmal vorfühlen, indem er Lukas bestehende Symptomatik offen schildert, welche Möglichkeiten, beziehungsweise ob überhaupt ein Wille zur Hilfe da ist. Einen Wechsel erzwingen wollen wir nicht."

Diesmal wurden sie von Lukas und Robin unterbrochen, die ihnen unbedingt etwas am Computer zeigen mussten.

Beim Abschied zog Juliane sie noch einmal kurz zur Seite, „ich wünsche euch viel Glück, ruf an, wenn du etwas Neues weißt."

Bei seinen Telefonaten mit den Rektoren der jeweiligen Schulen schilderte Roland ganz offen Lukas Werdegang und die derzeit bestehenden Probleme. Wiederholt betonte er, dass Lukas zur Zeit sehr blockiert sei und das Lernen selbst erst lernen müsse, wobei er mit Sicherheit der Hilfe bedürfe.

Zu seinem Erstaunen hatten fast alle Schulleiter schon von dem Thema Hochbegabung gehört, beziehungsweise selbst schon einige dieser Kinder in ihren Klassen gehabt, wussten teilweise auch von der Problematik, allerdings meist nicht im Bezug auf Underachiever. Trotzdem hörte er von vielen Rektoren, dass ihnen klar wäre, diese Kinder bräuchten intensiven, individuellen Unterricht, wenn man ihnen gerecht werden wolle. Aber leider, bei der heutigen Schulsituation, wäre dies nicht möglich, schon gar nicht bei einem Kind, dass von sich aus keine Leistung zeigen wolle, bedauerten sie schon am Telefon. Ihre Schulen hätten keine Schwerpunkte, keine speziellen Arbeitsgemeinschaften. Einige gaben Hinweise auf andere Schulen, die jedoch auch wieder bedauernd abwinkten, bis auf eine einzige Schule, die einen Termin zum persönlichen Gespräch anbot.

Nachdem sie dort wieder ihre Situation ganz offen dargelegt hatten, schüttelte der Rektor langsam den Kopf, „es tut mir leid, Ihr Sohn und Sie sind wirklich in einer schlimmen Lage. Ich will ganz offen zu Ihnen sein. Das, was Sie verlangen, beziehungsweise was Ihr Sohn braucht, kann zur Zeit noch keine öffentliche Schule bieten. Ich bin jetzt seit dreißig Jahren im Schuldienst und erteile auch noch Unterricht, daher weiß ich, wovon ich spreche. Das einzige was ich Ihnen garantieren kann ist, dass im Unterricht selbst, an dieser Schule, kein Kind ausgegrenzt wird, in welcher Form auch immer. Was dagegen die Pausen angeht und was vor und nach der Schule passiert, darauf haben wir keinerlei Einfluss. Differenzierung in den einzelnen Fächern ist auch hier abhängig von dem betreffenden Lehrer und der allgemeinen Klassensituation, ehrlich gesagt finden Sie jedoch meist den üblichen Frontalunterricht."

„Aber wäre es denn nicht möglich, sagen wir mal die besten Schüler einer Klasse zusammenzuziehen, ihnen andere weiterführende Aufgaben zu stellen und diese kurz zu erklären, während der Rest der Kinder z. B. eine Stillarbeit erledigt?", fragte Roland.

Der Rektor lachte herzlich: „Das mag zu Ihrer Schulzeit noch möglich gewesen sein, heute ist so etwas undenkbar. Sie bekämen gar keine Ruhe in die restliche Klasse um mit ein paar Schülern vernünftig arbeiten zu können." Er sah ihre zweifelnden Blicke. „Doch, Sie können mir ruhig glauben, ich lehre lange genug um den Unterschied zwischen früher und heute zu sehen. Wir haben heutzutage viel mehr Probleme mit der allgemeinen Disziplin, was haben wir denn auch noch für Möglichkeiten durchzugreifen?"

Roland nickte: „Ich weiß, wir haben einen Bekannten, der Lehrer an einer Grundschule ist und uns auch schon des Öfteren sein Leid geklagt hat."

„Dann verstehen Sie sicher, wenn ich sage, es ist heute wesentlich schwerer als früher, da bleibt wirklich keine Zeit, sich um Einzelfälle in der Klasse zu kümmern und wenn, dann eher um die Kinder, die sich schwer tun, den Unterrichtsstoff zu begreifen. Wie gesagt, ich bezweifle, dass wir Ihrem Sohn angemessen helfen können, wären aber trotzdem bereit ihn aufzunehmen, wenn Sie ihn hier anmelden wollen. Einen Tipp hätte ich noch für Sie. Vor kurzem ist einer unserer Schüler, auch hochbegabt und sehr problematisch, auf ein privates Internat für Jungen gewechselt. Die Schule hat wohl schon Erfahrung mit dieser Thematik. Er ging allerdings schon in die neunte Klasse. Ich kann Ihnen gerne die Adresse dieser Einrichtung heraussuchen. Moment", er begann in einem Stapel Papier zu wühlen. „Ja, hier ist es schon, ich schreibe Ihnen die Adresse mal auf, vielleicht hätten Sie hier eine interessante Alternative."
Sie bedankten sich herzlich für seine Offenheit, wollten sich eine Anmeldung an seiner Schule jedoch noch einmal reiflich überlegen.
„Erst sehen wir uns dieses Internat mal an", erklärte Roland, als sie zum Parkplatz gingen. „Glaubst du wirklich, Lukas würde so weit von uns weggehen?", fragte sie zweifelnd. „Auch wenn die Schule wirklich besser ist?" Sie warf einen Blick auf den Zettel mit der Adresse. „Dieser Ort ist doch bestimmt einhundertfünfzig Kilometer von uns entfernt."
„Warte es doch ab. Zusammen mit Lukas hingehen, uns alles anschauen und uns ausführlich informieren können wir schließlich auch ohne uns sofort festzulegen."

Zwei Wochen später fuhren sie mit Lukas zu einem Gespräch dorthin. Sie besichtigten die Schule, die Wohnräume, den Esssaal, liefen mit ihrem Führer, einem älteren Internatsschüler über das weitläufige Gelände zu den Sport- und der Schwimmhalle, während er ihnen von den Freizeitaktivitäten, die nachmittags und abends angeboten wurden, erzählte. Anschließend hatten sie einen Gesprächstermin mit dem Internatsleiter. Lukas fasste schnell Vertrauen zu ihm und gab offen auf dessen Fragen nach seinen Hobbys, Wünschen und Zielen Auskunft. Dann erfuhren sie, dass zur Zeit ungefähr achtzig hochbegabte Schüler hier im Internat lebten. Erzieher und engagierte Lehrer hatten ein enormes Freizeitangebot aufgebaut, bei dem sich schnell interessierte Gruppen zusammenfanden. Nur die Schule, gab der Leiter zu, musste sich an den Unterrichtsstoff einer öffentlichen Einrichtung angleichen, auch hier gäbe es kaum Fördermöglichkeiten. Sie hätten schon einen Antrag auf Genehmigung von Sonderklassen für Hochbegabte gestellt, leider wäre dieser von den zuständigen Schulämtern abgelehnt worden, andere Fördermöglichkeiten als die in normalen Klassen möglich seien nicht gewollt und würden nicht gestattet. So würden sie zur Zeit versuchen, drei, vier, fünf Schüler pro Klasse zusammenzufassen. Das hätte den Vorteil, dass der Hochbegabte nicht mehr völlig allein sei und nicht wieder nur ein Einzelfall in der Klasse, nach dem Motto Gemeinsamkeit stärkt. Ähnliches ließe sich bereits im Freizeitbereich positiv an. Die hochbegabten Kinder würden sich schnell erkennen und zusammenschließen, die normalen Kinder würden sie zwar auch hänseln und ärgern, aber hier wären sie in einer Gruppe, da ließe sich so etwas leichter ertragen.

Wider Erwarten begeisterte sich Lukas sehr für einen Internatsaufenthalt, einziger Wehrmutstropfen war, dass er nur jedes zweite Wochenende nach Hause kommen würde. Mit der Zusage auf einen Platz in der siebten Klasse zum nächsten Schuljahr fuhren sie wieder nach Hause, allerdings hatte sich Lukas eine Woche Bedenkzeit erbeten. Er wollte erst noch in Ruhe über diesen doch sehr großen Einschnitt in seinem Leben nachdenken.

In den nächsten Tagen war Lukas hin- und hergerissen. Einerseits lockte dieses faszinierende Angebot, andererseits hing er sehr an seiner Familie und seinem Zuhause. Schließlich siegte die Aussicht auf einen Neuanfang. Er wusste, dass er hier, so wie er war, kaum Chancen hatte, überhaupt einen Abschluss zu erreichen. Und endlich Freunde finden, mit denen er richtig spielen konnte, die seine Interessen teilten, die ihn so nahmen, wie er war! Er sagte zu.

Das alte Gymnasium genehmigte das Überspringen, war aber wohl doch froh, Lukas anderweitig untergebracht zu wissen.
Sie glaube nicht, dass er in einer höheren Klasse hier an dieser Schule akzeptiert worden wäre, meinte seine Klassenlehrerin. Sie sei erleichtert über die neue Regelung, vor allem da, seitdem irgendwie durchgesickert war, dass Lukas eine Klasse überspringen sollte, die Klassensituation sich wieder verschlechtert hatte.

XIII

Beim nächsten Elternabend der DGhK gab es einen Vortrag zum Thema Konsequenz in der Erziehung, circa fünfzig Eltern waren diesmal erschienen. Die Referentin hielt ihren Vortrag, dann begann die Diskussion. Doch schon bald drehten sich die Fragen hauptsächlich um Schulprobleme, da dies bei den meisten Eltern der schlimmste Punkt war.

Wie soll ich mein Kind überzeugen Schularbeiten zu machen, wenn selbst ich sehen kann, dass es schon wesentlich weiter ist, aber von der Lehrerin keinerlei Fördermaterial bekommt und sich langweilt? Soll ich ihm wirklich erklären, es müsse sich immer anpassen? Wie setze ich durch, dass mein Kind in Mathematik nicht nur die Ergebnisse, sondern auch die Rechnung hinschreibt, wenn es alles im Kopf rechnen kann? Was soll ich sagen, wenn die Lehrerin seine unmögliche Form bemängelt und ihn zwingen will eine vollständige Berichtigung zu machen, obwohl er nur einen Fehler in der Arbeit hatte? Was soll ich tun, wenn mein Kind nicht mehr in die Schule gehen will und jeden Morgen weint und über Bauchschmerzen klagt?

Als eine Mutter dann berichtete ihr Sohn wäre mittlerweile so verzweifelt, dass er schon über Selbstmord gesprochen habe: Was soll ich denn noch auf dieser Welt, ich habe keine Freude mehr an meinem Leben und auch keine Aussichten darauf, dass es besser wird, irgendwann in nächster Zeit. Sie hatte sofort den zuständigen Rektor informiert, der ihr aber nur von oben herab empfahl einen Psychologen aufzusuchen, in ihrer Familie würde wohl einiges schief laufen, - kehrte für einen Moment Schweigen ein.

Die Referentin ergriff das Wort: „Ich lese Ihnen jetzt einen kurzen Abschnitt aus einem Buch über Hochbegabung vor: Auch wenn die meisten Menschen vom Gegenteil überzeugt sind - ein Hochbegabter ist nicht unbedingt fähig, seinen Weg allein zu machen. Trotz außergewöhnlicher Fähigkeiten können die meisten hochbegabten Schüler und Studenten ohne Unterstützung nichts Überragendes leisten. Sie brauchen Unterstützung im intellektuellen Bereich, aber sie brauchen Unterstützung auch in gefühlsmäßiger Hinsicht. Sie wollen verstanden und akzeptiert werden, sie möchten, dass man ihnen hilft und sie ermutigt. An einer anderen Stelle heißt es, hochbegabte Kinder verschlafen ungefähr die Hälfte des Unterrichts in der Grundschule, Höchstbegabte sogar dreiviertel."

Sie schwieg und sah die Eltern der Reihe nach an. „Ich empfehle jedem, sich entsprechende Stellen aus den Büchern für Hochbegabung zu kopieren und dann erst mit den Lehrern oder Rektoren zu diskutieren. Bessert sich die Situation danach nicht, zögern Sie nicht sich an das Schulamt zu wenden, wenn erforderlich, dann weiter an die zuständigen Dezernenten. Lassen Sie sich nichts gefallen, kämpfen Sie, es geht um Ihr Kind!"

Zögernd meldete sie sich zu Wort, nun doch aufgeregt, als sich ihr so viele Augenpaare zuwendeten. „Heute ist mir wieder einmal bewusst geworden, dass ich mit meinen Problemen nicht alleine dastehe, sondern es ganz viele Familien mit ähnlichen Schwierigkeiten gibt. In den meisten Klassen sind unsere Kinder nur Einzelfälle und dies wird uns Eltern auch oft genug vorgehalten, nach dem Motto, es ist ja nur dieses eine Kind in der Klasse, dafür kann ich nicht Extraunterricht machen. Ist es nicht langsam an der Zeit, als Gruppe nach außen zu treten, nicht nur unsere Elterngruppe hier, sondern alle Gruppen unseres Vereins zusammen und gemeinsam Hilfe für unsere Kinder zu fordern? Dann würde endlich auch in der Öffentlichkeit bekannt, dass es sich nicht nur um eine Handvoll Kinder handelt, sondern um ganz, ganz viele."

Viele Eltern nickten beifällig und eine Mutter, die erzählt hatte, dass ihre höchstbegabte Tochter, nachdem sie vor einem Jahr schon wegen Mobbings die Klasse gewechselt hatte, gleichzeitig auch gesprungen war und jetzt wieder ausgegrenzt wurde und sich auch schulisch schon wieder unterfordert fühlte, sagte: „Vielleicht sollten wir dann ganz gezielt auch Sonderklassen für unsere Kinder fordern, wenigstens für die, die es in einer normalen Schule nicht mehr schaffen."

„Aber wie sollten wir nach außen treten?", fragte eine andere Mutter. „Ich jedenfalls möchte nicht, dass in unserer Nachbarschaft bekannt wird, dass unsere Tochter hochbegabt ist. Sie hat jetzt endlich Freunde gefunden, dann geht der Spießrutenlauf wieder von vorn los. Und wenn es wirklich Sonderklassen gäbe, wüsste auch jeder, dass sie anders ist. Wir wollen doch mal ganz ehrlich sein. Wer hat nicht schon schlechte Erfahrungen im Nachbarschafts- oder Freundeskreis gemacht, als man am Anfang noch relativ offen über die Hochbegabung der Kinder gesprochen hat? Ich kann mich noch gut erinnern, wie selbst gute Bekannte, die erst sehr verständnisvoll waren, als sie davon erfuhren, im Laufe der Zeit doch oft seltsam reagierten und wenn auch nicht bewusst, doch auch irgendwie neidisch waren, wenn unsere Kinder mehr wussten, besser waren als ihre eigenen, älteren Kinder. Und wie man instinktiv merkte, dass sie sich nicht in unsere Verzweiflung hineinversetzen konnten, wenn die Schulprobleme wieder massiv auftraten. Im Gegenteil, meist hatte ich das Gefühl, dass sie die Probleme ihrer Kinder viel schwerwiegender einschätzten und auch hier wieder so reagierten, wie wir es oft von Außenstehenden gewöhnt sind, eure Kinder sind doch so intelligent, die müssten es doch eigentlich mit links schaffen. Seid froh, dass ihr nicht unsere Probleme habt, wie Lese-Rechtschreib-Schwäche oder ein Kind, das niemals mehr als die Hauptschule schaffen wird." Sie schüttelte den Kopf, „meine Tochter hat jetzt endlich nach langer Zeit des Alleinseins zwei Freundinnen gefunden, auch meinem Sohn geht es zur Zeit einigermaßen, anscheinend haben sich beide endlich angepasst, das setze ich nicht aufs Spiel."

Etliche Eltern nickten beifällig und Frau Taß sagte: „Ich verstehe sowohl die eine wie auch die andere Sicht der Dinge. Es ist auch völlig normal, dass bei so vielen verschiedenen Kindern mit unterschiedlichstem Begabungsprofil ganz individuelle Probleme auftauchen. Gerade deshalb sollten wir als Verein auch für verschiedene Varianten eintreten, die Lösung für alle gibt es nicht. Wenn wir wenigstens Sonderklassen oder speziell ausgerichtete Fachschulen hätten, wären zumindest Alternativen für die Kinder geschaffen, die im jetzigen System scheitern, man hätte die Möglichkeit sich auszusuchen was man möchte. Nur dies ist leider noch Utopie."

„Es ist aber nicht so, dass unser Verein nichts tut", erklärte Frau Baum, „erst letzte Woche hatten die Vorsitzenden des Regionalverbandes NRW ein Gespräch mit den zuständigen Schuldezernenten. Doch es ist noch viel Überzeugungsarbeit zu leisten. Fordern bringt erfahrungsgemäß nämlich gar nichts, dann ziehen sich die zuständigen Damen und Herren zurück und sind nicht mehr zur Zusammenarbeit bereit. Wir können nur immer wieder versuchen, ins Gespräch zu kommen und durch gute Argumente und Fallbeispiele mehr Verständnis für die Situation unserer Kinder zu erhalten. Doch gravierende Veränderungen durchzusetzen dauert nun mal eine lange Zeit. Und nur für unsere hochbegabten Kinder Sonderklassen fordern, damit kommen wir gar nicht weiter. Im Gegenteil, wir müssen als erstes versuchen eine Öffnung der Klassen zu erreichen, durch Individualisierung des Unterrichts und dabei betonen, dass dies für alle Kinder Vorteile bringt, nur so haben wir Chancen, dass sich überhaupt etwas ändert. Aber so etwas erfordert einen langen Atem, unsere Kinder werden wohl, wenn nicht gerade erst eingeschult, nicht mehr in den Genuss solcher Klassen kommen."

„Und was sollen wir mit unseren Kindern machen, die jetzt leiden, nicht mehr weiter können und wollen?", fragte sie erregt.

Frau Baum zuckte bedauernd die Schultern: „Ich kann nur, wie auch die Referentin gerade, dazu raten, immer im Dialog mit der Schule zu bleiben, Einzelentscheidungen zu erarbeiten, viele fordernde Nachmittagsaktivitäten den Kindern anzubieten und wenn es gar nicht mehr geht auf die Internate in Braunschweig oder Rostock auszuweichen, eventuell auch das Kind für ein Jahr nach England in die Schule zu schicken."

Traurig und frustriert fuhr sie an diesem Abend nach Hause zurück. So viel Hoffnung hatte sie gehegt, als sie sich zu Wort meldete, dass hier die Möglichkeit bestand, sich mit vielen anderen Eltern effektiv zusammenzuschließen, endlich etwas Sinnvolles zu unternehmen, um den Kindern jetzt konkret weiteres Leid zu ersparen. Was hatte der Verein denn in zwanzigjähriger Tätigkeit bewegt? Gut, die DGhK hatte vielleicht einen großen Anteil daran, dass das Thema Hochbegabung etwas bekannter geworden war, aber was hatten sie schulisch und gesellschaftlich für die Kinder bisher erreicht? Jeder Regionalverband kämpfte weiterhin allein, erreichte nur für sein Bundesland, teilweise durch sehr engagierte Eltern vor Ort, nur für eine einzelne Stadt bestimmte Vergünstigungen und Alternativen. Bundesweiten Zusammenschluss mit allgemein gültigen Forderungen gab es zwar auf dem Papier, aber gemeinsam gekämpft für die Belange der Kinder wurde nicht, zumindest so wie ihr schien, nicht ausreichend genug. Und in den meisten Ortsverbänden stand anscheinend immer noch die Mehrheit auf dem Standpunkt: weiter bitten statt endlich fordern!

Die sechseinhalb Wochen Sommerferien waren zum ersten Mal keine einzige Freude. Lukas war zu tief verwundet, um in der kurzen Zeit zurück zu seinem alten Selbst zu finden. Oberflächlich gesehen verblassten zwar die schlimmsten Erinnerungen, aber die Wesensveränderungen blieben. Hinter jeder Bemerkung, jeder Geste witterte er Feindseligkeit, er kritisierte jeden Fehler, Versprecher gnadenlos während er, selbst bei vorsichtiger Kritik sofort beleidigt war oder wütend wurde. Seine ganze Körperhaltung drückte zugleich Abwehr und Resignation aus. Sein Blick war meist nach innen gerichtet, was um ihn herum passierte, interessierte ihn kaum.

Am Sonntag vor dem Ende der Sommerferien war der Tag der Trennung gekommen. Tapfer verabschiedete sich Lukas von seinen Geschwistern, nachdem er seine liebsten Spielsachen im Wagen verstaut hatte. Sie fuhren los, alle drei hatten einen Klos im Hals, doch tapfer versuchte einer den anderen dies nicht spüren zu lassen.

An der Aufnahme wurden sie von dem Erzieher abgeholt und zu Lukas Zimmer gebracht, wo gerade sein neuer Zimmerkamerad seine Sachen auspackte. Eine kurze verlegene Pause entstand, dann bat der Erzieher sie alle in sein Sprechzimmer. Er war schon über Lukas Werdegang von dem Internatsleiter informiert worden und hatte auch den Anmeldebogen vorliegen, in dem Lukas seine Hobbys, Stärken und Schwächen aufgezählt hatte.

Zuerst erklärte er ihnen die Internatsregeln: Sieben Uhr wecken, Frühstück, Schule, Mittagessen, Freizeit, Hausaufgaben, dann wieder Freizeit und um einundzwanzig Uhr Schlafenszeit, so würde sich Lukas Leben hier gestalten. Ein bis zwei Mal in der Woche gab es gemeinsame Abende der Wohngruppe, zu der zwanzig Jugendliche zwischen siebter und elfter Klasse gehörten. Lukas mit seinen elf Jahren war der Jüngste, aber der Erzieher war sicher, dass er gut in die Gruppe passen würde. Klar beschrieb er ihm die deutlichen Grenzen, die er setzte und auf deren strikte Einhaltung er achten würde, erklärte ihm seine Pflichten und Freiheiten. An den hier verbrachten Wochenenden fanden zahlreiche Veranstaltungen statt, teils freiwillig, teils verpflichtend, an den Schultagen standen für alle Internatszöglinge nachmittags wahlweise mehrere Freizeitmöglichkeiten zur Verfügung.

Mit großen Augen hatte Lukas zugehört, so hatte er sich das Internatsleben wohl doch nicht vorgestellt, eher so, wie in den verschiedenen Büchern beschrieben, die er gelesen hatte. Als der Erzieher zum Abschluss noch erklärte, Lukas müsse darauf gefasst sein, von den schon länger hier lebenden Internatszöglingen in der ersten Zeit tüchtig auf die Probe gestellt zu werden, um ´abzuchecken´, wie er denn so sei, musste auch sie schwer schlucken. Während sie das Zimmer verließen, versuchte sie sich ihre Gefühle nicht anmerken zu lassen, doch am liebsten hätte sie ihren Sohn sofort wieder mitgenommen, zumal der Erzieher bei ihm anscheinend sehr stark den Eindruck einer strengen Respektsperson hinterlassen hatte, Lukas sichtlich vor ihm zurückschreckte und sicherlich lange brauchen würde um sich ihm zu öffnen.

Nachdem alle mitgebrachten Utensilien verstaut waren, kam der Moment der Trennung. Sie nahmen auf Lukas Bitte nur hastig Abschied, da sie merkten, dass er die Tränen kaum noch zurückhalten konnte.

Schweigend gingen sie allein zum Parkplatz, fuhren los. Auf der Autobahn brach sie in heftiges Weinen aus, konnte gar nicht mehr aufhören, sodass Roland schließlich den nächsten Rastplatz anfuhr und sie tröstend in die Arme nahm. „Ich fühle mich, als hätten wir ihn abgeschoben", brachte sie endlich hervor.

Die ersten Tage waren schlimm. Lukas verwaistes Zimmer, sein leerer Platz beim Essen, die traurigen Gesichter seiner Geschwister, ließen sie seine Abwesenheit noch deutlicher spüren. Zudem rief Lukas dreimal am Tag an und weinte, er wolle wieder nach Hause, er hielte es ohne sie nicht aus. Er würde viel geärgert und gehänselt, die anderen Internatsschüler wären gar nicht so nett, wie er sich vorgestellt hätte, es wäre auch nicht anders als an der alten Schule. Ständig versuchte sie ihn am Telefon aufzubauen, tröstete ihn, riet ihm abzuwarten, die Jungen müssten ihn schließlich erst richtig kennen lernen, ermunterte ihn, sich nicht mit seinem Zimmerkameraden, der auch neu war und dem es ähnlich erging, in ihrer Unterkunft abzuschotten, sondern trotzdem zu versuchen auf die anderen Kinder zu zugehen, an den nachmittäglichen Veranstaltungen teilzunehmen.
Schulisch bekam Lukas tatkräftige Unterstützung, zwei Lehrer erarbeiteten mit ihm zweimal in der Woche nach dem Unterricht den fehlenden Stoff des sechsten Schuljahres. Sie erhielt begeisterte Kommentare über seine Lernfähigkeit und Leistungen. In seiner Klasse fand er relativ schnell Anschluss an einen anderen Jungen und fühlte sich auch bald in der Gemeinschaft einigermaßen wohl, obwohl es auch hier mehrere Kinder gab, die ihn oft ärgerten. Doch die Lehrer führten ein strenges Regiment, duldeten keinerlei Zwischenkommentare, keinen Unsinn, jeder Verstoß der Regeln wurde konsequent bestraft.

Nach circa zwei Monaten erlangte Lukas eine gewisse Akzeptanz in der Klasse, bis auf Querelen mit einzelnen kam er insgesamt gut zurecht. Einziger Wehrmutstropfen war, dass sein Schulfreund leider das Internat verließ und er keinen neuen Freund in der Klasse fand.
Seine Lehrer waren nicht sonderlich begeistert von ihm. Die zwei, die ihm Nachhilfe gegeben hatten, unterrichteten leider nicht in seiner Klasse und hatten mittlerweile, da er den kompletten Stoff aufgeholt hatte, die Arbeit mit ihm eingestellt. Er träume viel hieß es, würde sich nie melden und wenn nicht die schriftlichen Arbeiten wären, in denen er relativ gute Leistungen erbrachte, könne man nicht glauben, dass er in

der siebten Klasse richtig wäre, war die einstimmige Meinung seiner Lehrer. Außerdem habe Lukas Probleme mit der Ordnung, er vergäße oft Bücher oder Hefte und hätte fast immer einige Hausaufgaben nicht, obwohl dafür nachmittags mit einer kurzen Pause zweieinhalb Stunden angesetzt waren.

Die Wohngruppe hatte ihn mittlerweile akzeptiert und voll in ihre Gemeinschaft aufgenommen. Hier fand er dann nach einiger Zeit eine feste Gruppe von hochbegabten Kindern, zu denen er sich hingezogen fühlte und die ihn oft bei gemeinsamen Spielen mittun ließen. Allerdings waren diese Jugendlichen zwei bis drei Jahre älter als er, hatten häufiger Freigang, durften länger aufbleiben und hatten zum Teil auch ganz andere Interessen als er. Sein Legospiel, seine Phantasiespiele entlockten ihnen nur ein gutmütiges Lächeln, ihre Musikgruppen und auch Mädcheninteressen fand er dagegen schrecklich. So blieben gemeinsame Aktivitäten auf Brett- und Kartenspiele und Austausch von Computererlebnissen begrenzt.

Schließlich fand er gemeinsam mit seinem Zimmerkameraden, mit dem er sich mittlerweile relativ gut verstand, doch zwei andere Kinder in seinem Alter, mit denen er ab und zu zum Toben und Spielen zusammentraf. Oft zog er sich jedoch auch zurück, blieb allein auf seinem Zimmer und las. Zu nachmittäglichen, freiwilligen Freizeitaktivitäten wie Sport oder Sprach- und Computerkursen war er nicht bereit, er hätte morgens bereits genug zu lernen, außerdem würde er oft mit den Schularbeiten nicht fertig und müsse abends noch einige Zeit dranhängen, erklärte er. Sein Erzieher bestätigte dies, wenn er Lukas während der Hausaufgabenzeit kontrolliere, erwische er ihn oft beim Malen, Lesen oder Träumen, er könne oder wolle sich nicht konzentrieren. Er riet ihnen, Lukas noch Zeit zu lassen und ihn nicht unter Druck zu setzen, irgendwann würde er sich schon fangen und auch mehr aus sich herausgehen. Der Impuls lernen zu wollen und an der Gemeinschaft der anderen teilzunehmen müsse von ihm aus kommen, zwingen könne man ihn nicht.

Die Herbstferien verbrachten sie alle gemeinsam zu Hause. Auch Felix lebte merklich auf, hatte seinen Bruder doch schmerzlich vermisst, vor allem da er niemanden fand, mit dem er so gut Lego bauen und Phantasiespiele spielen konnte, selbst beim Computerspiel harmonierte er am besten mit Lukas.

Um so schlimmer war der Abschied. Lukas weigerte sich zuerst, überhaupt wieder zurückzugehen, bis sie ihm versprachen das Ziel nur bis zu dem Halbjahreszeugnis zu setzen. Wolle er dann immer noch zurück, würden sie ihn hier wieder anmelden. Sie erinnerten ihn aber auch an seine schwere Zeit im letzten Schuljahr und baten ihn, seine jetzige Situation dem gegenüberzustellen und gründlich zu prüfen.

Natürlich sah auch er den Unterschied, fühlte er sich dort schulisch wesentlich wohler, hatte jetzt dort zumindest ein paar Kinder, mit denen er sich austauschen konnte, die ihn akzeptierten.

Andererseits, gestand sie sich insgeheim ein, war Lukas immer noch nicht in der Lage, ein normales Verhältnis zu anderen zu entwickeln. Er war misstrauisch bei jeder ihn betreffenden Äußerung, nahm jede Art von Spott ernst und wurde wütend, fühlte sich schnell missverstanden, konnte keinerlei Ärgereien vertragen.

Sein Erzieher war ratlos. „Ich möchte ihm so gern helfen, denn er steht sich oft selbst im Weg. Den Kindern hier fehlt das Hintergrundwissen, warum er so seltsam ist, sie wissen nichts von dem, was ihm angetan wurde. Sie erleben ihn jetzt hier, sehen nur seine Reaktionen, die oft überzogen sind und können diese nicht verstehen. Sie urteilen so, wie er sich hier darstellt. Es ist verständlich, dass er nicht leicht Freunde findet, so wie er sich verhält. Dazu kommt seine Art sich an Regeln zu halten, nie über die Stränge zu schlagen, keine Streiche mitzumachen. Ganz schlimm finde ich persönlich auch, dass ich keinen Zugang zu ihm finde. Er baut kein Vertrauen zu mir auf, sieht in mir nur eine Respektsperson, geht mir aus dem Weg und reagiert auf jede noch so kleine Kritik mit Rückzug. Selbst wenn ich versuche nur mit ihm zu sprechen, ihn frage, wie er zurechtkommt, weicht er mir aus. Wenn er Probleme hat, geht er eher zu den älteren Schülern hier in der Wohngruppe und bittet sie um Rat."

Als Lukas vom nächsten Heimfahrtwochenende zurückkam, folgte der nächste Schlag, sein Zimmerkamerad erschien nur noch um seine Sachen zu packen und sich von ihm zu verabschieden, er verließ das Internat, da er weder schulisch noch privat hier zurechtkam und außer Lukas keine Freunde gefunden hatte. Er wollte einen Neuanfang auf einer Schule an seinem Wohnort versuchen.

In den nächsten Wochen nahmen die schulischen Probleme verstärkt zu. Lukas wurde immer unkonzentrierter, machte kaum noch Hausaufgaben, dafür um so mehr Fehler in den Klassenarbeiten. Jegliche Form der Reglementierung seitens der Lehrer und des Erziehers schlug fehl. Er saß zwar nun fast auch die gesamte Freizeit vor seinen Büchern, brachte jedoch nichts zustande.

Jetzt an diesem Wochenende war ihr aufgefallen, dass er regelrechte Ticks entwickelt hatte, er wandte bei Gesprächen den Blick ab, konnte seinem Gesprächspartner nicht mehr in die Augen sehen, trommelte ständig mit den Fingern auf dem Tisch herum, seine Fingernägel waren bis auf das Fleisch abgekaut, er hatte seitdem er im Internat war acht Kilo zugenommen, davon in den letzten Wochen bestimmt vier, er vernachlässigte stark sein Äußeres.

Der Wecker klingelte. Mühsam erhob sie sich. Wieder ein neuer Tag, wieder ein Tag ohne Lukas, noch elf lange Tage bis zum nächsten Heimfahrtwochenende.

An diesem Morgen rief Felix Lehrerin an, ob sie wohl in den nächsten Tagen einmal mittags zu einem Gespräch vorbeikommen könne? Sie bekam ein drückendes Gefühl in der Magengegend. Sollten jetzt auch hier neue Schwierigkeiten auftauchen? Sicher, Felix litt sehr unter Lukas Abwesenheit, aber schulisch schien er zur Zeit zufrieden zu sein, beklagte sich nie, erledigte selbständig ohne zu murren seine Schularbeiten.

Bangen Herzens traf sie am übernächsten Tag an der Schule ein.

„Nein, es gibt nichts wirklich schlimmes", beruhigte Frau Spiller sie, ihren ängstlichen Gesichtsausdruck richtig deutend. „Es ist nur...", sie zögerte, gab sich dann einen Ruck. „Ich muss Ihnen ganz ehrlich gestehen, dass ich langsam an die Grenzen meiner Möglichkeiten stoße. Es liegt nicht an Felix, im Gegenteil, wenn es nach ihm ginge, könnte es noch mehr, noch schneller vorangehen. Ich habe das Gefühl, je mehr ich gebe, um so mehr fordert er. Ich denke, das ist auch sein gutes Recht, aber ich habe nun mal nicht nur ihn, sondern noch vierundzwanzig andere Kinder. Und er bekommt schon seit geraumer Zeit persönliche Arbeitsblätter, weil kein anderer bei diesem Tempo mithalten kann. Außerdem ist er dem Klassenziel des dritten Schuljahres jetzt schon so weit voraus, dass mir langsam die Ideen ausgehen, was ich noch mit ihm machen soll, ohne noch weiter im Stoff vorzugreifen. Er könnte ohne Schwierigkeiten jetzt schon im vierten Schuljahr mitmachen."

„Das will Felix aber auf keinen Fall", unterbrach sie Frau Spiller, „er ist in seiner Klasse voll akzeptiert und liebt Sie sehr."

„Ich weiß, darauf wollte ich auch nicht hinaus", beruhigte die Lehrerin sie. „Ich würde Felix auch gerne noch bis zum Ende des dritten Schuljahres begleiten, wollte Ihnen aber vorschlagen ihn dann gleich in die fünfte Klasse vorversetzen zu lassen. Dann kann er jetzt gezielt den Stoff der vierten Klasse weiterlernen. Nur, an welches Gymnasium sollte er gehen? Ich habe zwei meiner Freundinnen, die hier an unterschiedlichen Gymnasien unterrichten von seinem Fall erzählt", sie schüttelte den Kopf, „beide sind äußerst skeptisch, nicht dass Felix den Sprung nicht schafft. Nein, eher dass er auf dem Gymnasium, wo er ja viele verschiedene Lehrer hat, so mit Sicherheit nicht weiter gefördert wird. Sehr wahrscheinlich muss er da in jeder Stunde den allgemeinen Unterricht mitmachen, selbst ansatzweise individuelle Unterrichtsformen mit Differenzierung gibt es nur bei ganz vereinzelten Lehrern und ob er die bekommt?" Sie schüttelte wieder den Kopf, „außerdem wäre er dann wieder ein Einzelfall in der Klasse, wie es ihm selbst hier und trotz des tollen Klassenklimas oft bewusst wird. Er muss sich halt viel an die Klassenkameraden anpassen, wenn er mit ihnen spielen will, verleugnet sich dann oft mit seiner Art und seinen Interessen. Und meine beiden Freundinnen betonen, dass auf den weiterführenden Schulen ein viel härterer Wind weht als hier."

Frau Spiller stand auf und begann in dem Klassenraum auf und ab zu gehen. „Aber das ist es nicht nur alleine. Mir ist insgesamt unwohl bei dem Gedanken, dass Felix mit ganz normalen Kindern auf eine ganz normale Schule gehen soll. Ich sehe schließlich immer wieder, dass er in einigen Bereichen eigentlich Sonderförderung bräuchte. Zum Beispiel sein Lesen, es ist nicht so, dass es offensichtlich auffällig wäre, wenn er im Unterricht vorlesen soll, liest er wie ein guter Viertklässler. Nur, konzentriert er sich nicht aufs Äußerste, verliest er sich häufig, was bei den kurzen Texten hier natürlich nicht auffällt. Ich weiß es dadurch, dass ich ihn in der Freiarbeit ein paar Mal längere Geschichten habe laut vorlesen lassen. Wenn er sich verliest, liegt es jedoch daran, dass er die Zeilen viel zu schnell überfliegt, er überliest vieles oder liest einige Wörter nur an, meint sie zu kennen und ergänzt sie. Auch beim Stilllesen überfliegt er entweder nur die Sätze oder ärgert sich andauernd, dass er nicht so schnell lesen kann, wie sein Gehirn zur Aufnahme fähig ist. Das führt dann oft zu Frustrationen und, wie mir aufgefallen ist, bei ihm auch schnell zur Verweigerung. Hier bräuchte er ein gezieltes Training um nicht den Spaß am Lesen ganz zu verlieren. Außerdem hat er dadurch zur Zeit Probleme im Diktat und bei Aufsätzen, er überliest die Wortfehler und merkt nicht, wenn er Buchstaben verdreht hat oder einzelne fehlen. Seine Ausdrucksfähigkeit ist enorm, aber es fehlt ihm die feinmotorische Fertigkeit, der Schnelligkeit seiner Gedanken zu folgen. So liefert er oft nur das Minimum dessen, wozu er eigentlich fähig ist. Nur, das entspricht eben trotzdem noch, sogar im guten bis sehr guten Bereich den Anforderungen des Schulstoffs. Hier liegt meines Erachtens das ganz große Problem, so etwas kann an einer normalen Schule einfach nicht aufgefangen werden. Felix wird seinen Ansprüchen an sich nicht gerecht, verzweifelt wieder, verharrt in einer normalen Klasse in der Mittelmäßigkeit, wenn er nicht genötigt, ja herausgefordert wird, seinen Fähigkeiten entsprechend arbeiten zu müssen. In der Mathematik geht sein Verstand ganz andere Wege, als die der Norm, er braucht viele Zwischenschritte wirklich nicht, denkt wesentlich komplexer, kommt oft auf ganz anderen Lösungswegen zum Ziel. Ich persönlich weigere mich auch, ihn in die Norm zu zwingen, es macht mir Freude zu sehen, wie ihn Problemstellungen beschäftigen und zu selbständig erarbeiteten Lösungen führen, allerdings da er auch erkannt hat, dass keiner seiner Mitschüler den Lernstoff bearbeitet, den er bekommt, oft doch nur mit leichtem Druck von mir."

Frau Spiller unterbrach ihre Wanderung und sah sie an: „Überhaupt Fragen und Diskutieren ist eine seiner Lieblingsbeschäftigungen, Fragen und deren Antworten führen bei ihm gleich zu neuen Fragen, aus den Antworten ergeben sich sofort wieder neue, usw, usw. Hier ist konsequente, aber nicht zu strenge Führung notwendig, damit er sich nicht verzettelt. Aber leider ist unser Schulsystem nicht auf Querdenker ausgelegt, traurigerweise läuft unsere Form der Wissensvermittlung oft nur so ab, dass der Lehrer den Unterrichtsstoff komplett erklärt und bei den Schülern abfragt. Und ich habe Angst, dass Felix sich in eine normale Schule mit starren Lernmethoden nicht einpassen kann. Und eine leise Stimme in mir fragt: Sollten wir von diesen Kindern so etwas wirklich verlangen? Diese Kinder in ein Schema pressen, das für sie nicht passt, geht dann nicht ihr ganz und gar eigenständiges Denken, ihre Art der oft sehr eigenwilligen Problemlösung, die Angewohnheit neue Pfade zu betreten und auszuprobieren verloren? Erziehen wir sie dadurch nicht zu bequemen Mitläufern, die zwar lernen wie es verlangt wird, aber nicht mehr aus Neugier, aus eigenem Antrieb. Felix hat mal zu mir gesagt, je mehr ich lerne und je mehr ich nachdenke, um so mehr offene Fragen entstehen, über die ich dann wieder nachdenken muss. Das ist manchmal echt unbequem, aber ich kann nicht anders, nicht ich denke, sondern es denkt mich. Ich glaube, er hat das, was er meint, ziemlich gut zum Ausdruck gebracht. Es ist seine Art so zu sein, sollen wir ihn wirklich zwingen sich anzupassen statt zu versuchen ihn angemessen zu fördern? Denn gerade dieses Anderssein, dieses sich verselbständigende Denken könnte ihn als Erwachsenen nutzbringend werden lassen für unsere Gesellschaft. Die großen Dichter und Denker, die Erfinder und Forscher, waren das nicht alles Menschen, die anders waren als die Masse, kritischer, unabhängiger in ihrer Art zu denken, mutiger Neues zu wagen, dem Zeitgeist voraus?"

Frau Spiller brach erschöpft ab und lächelte entschuldigend, „jetzt habe ich mich dazu hinreißen lassen, Ihnen einen Vortrag zu halten, als wenn Sie jemand wären, der über dieses Thema nichts wüsste oder Förderung von Begabung ablehnend gegenüber stände. Dabei wollte ich Ihnen eigentlich nur meine Beweggründe für meine eigene Ratlosigkeit darlegen, warum ich Ihnen aus meiner Sicht kein Gymnasium empfehlen kann, obwohl auch ich weiß, dass es nun mal keine Alternative gibt."

Sie sah die Lehrerin nachdenklich an: „Ich weiß jetzt gar nicht, was ich sagen soll. Mit Felix lief zur Zeit alles so gut, dass ich mir über unser weiteres Vorgehen gar keine Gedanken gemacht habe, und jetzt kommen Sie und halten mir alle Schwierigkeiten, die durch seine Begabung entstehen, wieder vor Augen."

Frau Spiller sah sie bestürzt an. „So war das aber nicht gemeint, ich wollte nur..."

„Ich weiß, entschuldigen Sie", unterbrach sie die Lehrerin, „ich habe mich missverständlich ausgedrückt. Aber bei uns brennt es jetzt wirklich an allen Ecken und Enden. Sie wissen ja, dass Felix Bruder zur Zeit im Internat lebt, doch so ideal wie wir alle uns dies vorgestellt hatten, ist die Situation für ihn dort nicht. Einmal hat er hier im Vorfeld sozial so viel mitgemacht, dass er immer noch nicht wieder in der Lage ist, Freundschaften aufzubauen oder überhaupt von sich aus auf andere zu zu gehen. Zweitens besteht auch dort das leidige Schulproblem mit mittlerweile wieder massiven Lernblockaden. Dazu kommt noch sein Heimweh nach uns und seinem Zuhause und auch wir vermissen ihn sehr. Ich glaube, dieser Aufenthalt dort ist keine Dauerlösung. Mein Mann hat daher noch einmal Kontakt zu unserem zuständigen Schuldezernenten aufgenommen. Doch im letzten halben Jahr, seit unserer damaligen Anfrage, hat sich nichts getan, es wäre zwar eine Art Förderung im Aufbau, hieß es, aber es dauert noch mindestens ein Jahr, bis sich zumindest in ein, zwei Schulen spürbar etwas ändern würde. Wenn Felix jetzt auch noch springt, ich weiß wirklich nicht wo wir ihn anmelden könnten."

Eine Zeit lang saßen sie sich schweigend gegenüber.

„Ich weiß, dass ich Sie jetzt vor ein großes Problem stelle", sagte Frau Spiller endlich, „aber ihn noch ein Jahr hier zu lassen, dass wäre wirklich sinnlos, es wäre ein verlorenes Jahr, würde ihn auch nur ausbremsen. Na ja, ich kann Sie halt nur bitten, nochmals an alle in Frage kommenden Schulen heranzutreten und die bestehenden Fakten offen darzulegen, irgend jemand muss sich doch zuständig fühlen."

Sie lächelte bitter: „Ja, sollte man eigentlich meinen. Na gut, versuchen wir es halt noch mal. Es bleibt uns wohl nichts anderes übrig."

XIV

In den nächsten Tagen telefonierten sie noch einmal mit allen Gymnasien in der Stadt. Jede Schule war bereit Felix aufzunehmen, doch echte Differenzierung konnte keine bieten.

Sie begannen im Internet nach entsprechenden Hinweisen auf Spezialschulen zu suchen, mittlerweile bereit, eventuell in die Nähe einer, in Frage kommenden, Einrichtung zu ziehen. Gleichzeitig sprachen sie noch einmal mit dem zuständigen Dezernenten, der jedoch auch nur die Schule empfahl, bei der sie vor einigen Monaten wegen Lukas schon vorgesprochen hatten.

Sie baten Freunde und Bekannte sich umzuhören, doch bis auf die bereits bekannten Schulen mit Sonderklassen für Hochbegabte, beginnend mit dem neunten Schuljahr, erfuhren sie zuerst nicht viel Neues.

Eine Schule, ca. zwei Fahrstunden entfernt, gab es, die integrative Förderklassen ab der fünften Jahrgangsstufe anbot. Sie nahmen Kontakt zu dort wohnenden Eltern auf und fragten nach deren Erfahrungen. Für Felix sei die Schule durchaus zu empfehlen, erfuhren sie, aber als sie auf Lukas zu sprechen kamen, rieten einige ganz offen ab. Mit solchen Kindern, wie ihrem Ältesten wäre es überall sehr schwierig. Sicher gäbe es einige Problemkinder, die an dieser Schule hier aufgeblüht wären, aber bestimmt genauso viele, die auch hier nur so gerade eben durchkämen oder die Schule bereits wieder verlassen hätten. Und nur für einen Versuch alles aufgeben und mit der gesamten Familie umziehen, das sollten sie sich doch noch einmal reiflich überlegen.

Sie erhielten noch mehrere Hinweise auf Spezialschulen in den neuen Bundesländern, dort schien Förderung wesentlich selbstverständlicher und auf ein Gymnasium mit Hochbegabtenklassen in Bayern, an dem allerdings schon Wartelisten geführt wurden. Nur, beides kam nicht in Frage, da Roland dort kaum die Möglichkeit hatte, Arbeit zu finden und sie die Familie nicht über eine so weite Entfernung auseinanderreißen wollten.

Ein Hinweis ließ sie aufhorchen. Eine Kinderpsychiatrie in der Nähe wolle eine eigene Hochbegabten-Schule eröffnen, hieß es. Sofort rief Roland an und fragte nach. Er erreichte tatsächlich eine der Projektleiterinnen persönlich. Ja, die Information stimme, erklärte sie, allerdings befänden sie sich noch in der Planungsphase und hätten auch noch keine behördliche Genehmigung. Durch die stationäre Behandlung vieler hochbegabter Kinder in letzter Zeit, die oft gravierende psychische Probleme hätten, und der dort stattfindenden schulischen Betreuung hätten sie erkannt, dass Sonderklassen für viele dieser Kinder wirklich erforderlich seien. Nur, es würde eben noch eine Weile dauern, bis sie ihre Schule aufgebaut hätten.

Die nächste Information berichtete von einem Mensa-Projekt. Hier wollten Mitglieder eine eigene Hochbegabten-Schule aufbauen. Ein weiterer Hinweis betraf eine Privatschule in der Nähe und schließlich erfuhren sie aus den Reihen der DGhK, dass auch hier eine Elterngruppe, allerdings nicht in unmittelbarem Umkreis, ein ähnliches Projekt plante.

Doch alle diese Schulen würden den Betrieb zuerst nur mit fünften Klassen aufnehmen, zudem nur eine Schule bereits mit Beginn des nächsten Schuljahres anfangen. Dies war die Privatschule, die zwischen eintausendfünfhundert und zweitausend Mark für das Tagesinternat pro Monat für ein Kind forderte. Unmöglich für sie, und selbst wenn sie vielleicht einen staatlichen Zuschuss erhalten konnten, was sollte mit Lukas geschehen?

Zwei Tage später erschien plötzlich Harald, ein guter Freund von ihnen, abends ganz aufgeregt an der Tür. „Ich habe da etwas Tolles entdeckt!"

Er zog Roland ins Wohnzimmer zum Computer und gab im Internet den Begriff ´homeschool. de´ ein. „Da, lest euch das mal durch."

Sie beugte sich gespannt über die Schultern der Männer. Nacheinander erschienen drei Zeitungsartikel, über eine Familie, die ihre Kinder aus der Schule genommen hatte und nun zu Hause unterrichtete, da diese nach einem langen Auslandsaufenthalt in den hiesigen Klassen nicht mehr mit den dort herrschenden Verhältnissen zurecht gekommen waren und massive psychische Probleme entwickelt hatten. Sie bezogen jetzt ihr Unterrichtsmaterial über das Internet aus Amerika, wo homeschooling eine mittlerweile anerkannte Alternative zu öffentlichen Schulformen darstellte. Da sie gegen die allgemeine Schulpflicht verstießen, hatten sie, nachdem sie sich weigerten ein Bußgeld zu bezahlen und auch auf wiederholte Aufforderungen ihre Kinder, denen es jetzt erkennbar besser ging, nicht in die Schule zurück schickten, in einem Gerichtsverfahren die Duldung der jetzigen Situation erstritten.

„Wäre das nicht auch die ideale Lösung für euch?", fragte Harald.

Sie sahen sich an. „Ich weiß nicht", sagte sie zögernd. „Toll wäre es natürlich schon, unsere Kinder könnten dann wirklich nach ihrem eigenen Tempo, auf ihre eigene Art lernen. Aber sie selbst unterrichten, das traue ich mir nun doch nicht zu. Ich bin schließlich kein Lehrer. Und so gut Englisch sprechen wir leider alle nicht, als dass wir auf das amerikanische Material zurückgreifen könnten."

„Es muss doch aber auch andere Möglichkeiten geben", beharrte Harald. „Wie wäre es mit Nachhilfelehrern?"

„Zu teuer", winkte Roland ab, „das können wir uns nicht leisten. Nein, das beste wäre irgendein Schulprogramm, nachdem wir uns richten könnten, dann würden wir es alleine schaffen."

Drei Tage später sahen sie zufällig einen Fernsehbericht über Schulverweigerer. Der Reporter stellte eine Fernschule vor, die über schriftliche Unterrichtsvermittlung diesen Kindern zu einem Abschluss verhalf.
Über den Fernsehsender erhielten sie die Telefonnummer des Projektleiters. Ja, seit ein paar Jahren würde ihre Schule versuchsweise betrieben, erklärte er Roland. Doch nachdem er von ihren Problemen erfahren hatte, musste er bedauernd zugeben, leider für ihre Kinder nicht zuständig zu sein. In seiner Fernschule würden solche Kinder aufgefangen, die auf der Straße lebten, die, wegen Problemen im Elternhaus auffällig geworden wären oder aus dem Drogen- oder Straßenstrichmilieu aussteigen wollten, alles Jugendliche, die ohne Abschluss die Schule abgebrochen hätten. Dieses Projekt sei vom Staat eingerichtet worden, um diesen Kindern einen nachträglichen, auf ihre spezielle Situation abgestimmten Hauptschulabschluss zu ermöglichen, damit sie so bessere Möglichkeiten hätten in das normale Leben zurückkehren zu können, völlig kostenlos übrigens. Aber er hätte einen Tipp für sie, es gäbe da noch eine Fernschule für Kinder, die mit ihren Eltern im Ausland lebten. Er wusste sogar den Namen und die Telefonnummer.
Roland bedankte sich für die Auskunft, legte auf und wählte sofort wieder.
Ja, sagte die zuständige Dame, sie würden deutsche Kinder im Ausland über eine Fernschule unterrichten. Die Kinder bekämen die Unterlagen für ein Schulhalbjahr mit allen nötigen Anleitungen und Kontrollblättern für die Eltern, um so selbständig den Schulstoff lernen zu können, zugeschickt. Auch Prüfungen würden von ihrem Institut durchgeführt und Zeugnisse erstellt, sie wären schließlich staatlich anerkannt.
Sie würden Hauptschul-, Realschul- und Gymnasialunterricht anbieten, von der fünften bis zur zehnten Klasse. Danach habe man auch die Möglichkeit weiter bis zum Abitur zu gehen. Der Unterrichtsstoff entspräche dem einer normalen Schule. Kinder, die aus dem Ausland zurückkämen

und hier wieder auf die Regelschule gingen, hätten erfahrungsgemäß nicht mehr Schwierigkeiten, als Schüler, die von einem Bundesland ins andere umziehen würden. Auch von denen, die bis zum Ende über ihr Institut lernen und dann ihre Prüfungen ablegen würden, erreichten prozentual gesehen genau so viele Jugendliche ihre Abschlüsse wie an den regulären Schulen.

Ob der betreffende Schüler denn auch schneller arbeiten könne, wollte Roland wissen.

„Selbstverständlich", erwiderte die Dame erstaunt, „bremsen sie Ihre Kinder bloß nicht. Wir sind auch auf solche Fälle eingerichtet. Wenn ein Schüler den Unterrichtsstoff eines halben Jahres in vier Monaten schafft und anhand der schriftlichen Prüfung beweist, dass er alles verstanden hat, bekommt er dann schon das Material für das nächste Halbjahr, das ist doch gar kein Problem."

„Also individuelle Einzelförderung", meinte Roland.

Ja, so könne man es auch nennen, da ihr System wesentlich flexibler sei, als an den normalen öffentlichen Schulen. Ob Sie denn demnächst ins Ausland gehen würden?

„Äh, eigentlich nicht", gab Roland zu und schilderte ihr die problematische Situation seiner Söhne.

„Wir dürfen nur Kinder unterrichten, deren Eltern im Ausland leben und arbeiten", erklärte sie bedauernd. „Obwohl, verstehen, dass Sie sich für unser System interessieren, kann ich schon, es wäre für Ihren Fall geradezu ideal. Nur, wir haben in Deutschland nun mal die allgemeine Schulpflicht. Wir dürfen Ihre Kinder nicht unterrichten, wenn Sie ständig hier leben. Aber Sie könnten versuchen eine Ausnahmegenehmigung bei Ihrem zuständigen Schuldezernenten zu erwirken, wenn wir die vorliegen haben, könnten wir Ihre Kinder in unser Programm aufnehmen. Wissen Sie was, ich schicke Ihnen die entsprechenden Unterlagen und die Preisliste der einzelnen Schuljahre unverbindlich zu, dann wissen Sie schon mal mehr und können sich in aller Ruhe überlegen ob wir als Alternative wirklich für Sie in Frage kommen."

Als am nächsten Tag schon die Unterlagen eintrafen, jubelte Roland: „Das ist die Möglichkeit für uns! Offiziell anerkannt, trotzdem individuell und auch noch finanziell erschwinglich. Für Lukas kostet das Schuljahr ungefähr dreihundertfünfzig Mark im Monat, für Felix zweihundertfünfzig. Das Unterrichtspaket beinhaltet Sprachkassetten für Englisch und bei Lukas auch für Latein, und sogar kleine Experimentierkästen für die naturwissenschaftlichen Fächer. Der gymnasiale Zweig enthält fast die gleiche Anzahl von Fächern, wie sie an einer öffentlichen Schule gegeben werden, auch die Wochenstundenzahl ist ungefähr gleich. Die Kinder lernen dort vom Umfang genau so viel, nur eben in ihrem eigenen Tempo, also genau das richtige für uns. So schwer kann es doch bestimmt nicht sein, eine Ausnahmegenehmigung zu erwirken."

Wieder riefen sie ihren zuständigen Dezernenten an. Nein, von der Fernschule für deutsche Kinder im Ausland hatte er noch nichts gehört. Er war auch äußerst skeptisch, diese Möglichkeit überhaupt in Betracht zu ziehen. Als vorübergehende Einrichtung für Kinder, die wegen länger andauernder Krankheit nicht am öffentlichen Schulunterricht teilnehmen könnten, wäre dies eine sinnvolle Alternative, aber nicht als Dauereinrichtung. Schule sei schließlich nicht nur lernen, sondern auch wichtig für soziales Miteinander, helfe Teamfähigkeit und Einsatzbereitschaft fördern, aber auch die nötigen Techniken zu finden um für den späteren Konkurrenzkampf im Beruf fit zu sein. Daher wäre es auch für hochbegabte Kinder sinnvoll dort zu verbleiben, denn schließlich müssten sie ihr Leben lang mit diesen normalen Anderen auskommen. Wenn sie dies nicht früh genug lernen würden, hätten sie dann in der Ausbildung und im Beruf noch größere Probleme.

Aber die Wirklichkeit sähe doch ganz anders aus, zumindest nach seinen Erfahrungen mit seinem Sohn, widersprach Roland. Lukas hätte bis jetzt meist erlebt, dass er auf Grund seines Andersseins abgelehnt würde, oft geradezu ausgegrenzt. Durch diese Erfahrungen würde er eher schon von klein auf eine negative Einstellung zu den sogenannten Normalen bekommen. Und Teamfähigkeit könne seiner Meinung nach nicht entstehen, wenn ein Schüler seinen Klassenkameraden überall überlegen sei und Diskutieren und Experimentieren auf gleichem Niveau nicht möglich wäre. Und da die Schulen nicht bereit seien, die hochbegabten Kinder in einer gemeinsamen Klasse zu unterrichten, wo sie wesentlich besser als Gleicher unter Gleichen lernen könnten und auch nicht in der Lage wären, im Moment für diese Kinder vernünftige, weiterreichende Projekte anzubieten, könnte dann nicht wenigstens für die Kinder, die schon sichtbare Anzeichen eines Underachievments entwickelt oder die bereits gravierende, psychische Probleme hätten und deren Eltern willens wären, ihre Kinder beim Unterricht zu beaufsichtigen, eine Ausnahmegenehmigung erwirkt werden?

Doch der Dezernent sah die Notwendigkeit immer noch nicht gegeben. Sicher, Lukas hätte bis jetzt leider sehr viel schlechte Erfahrungen gemacht, doch das, was ihm passiert sei, wäre eher die Ausnahme, eine Verkettung unglückseliger Geschehnisse. Normalerweise ginge es in den Klassen wesentlich zivilisierter zu, Lukas hätte wohl einfach Pech gehabt. Tatsache sei aber, dass die hochbegabten Kinder eben in besonderem Maße lernen müssten sich anzupassen und dafür eben gerade die Schule sehr wichtig sei.

Das könne er nun mal mittlerweile nicht mehr so sehen, versuchte es Roland noch einmal zu erklären. Sein Sohn würde die anderen Schüler durchaus so akzeptieren wie sie seien, verlange auch keine Sonderbehandlung. Nur, wenn man selbst eben mit seiner Andersartigkeit nicht angenommen würde, sondern ganz im Gegenteil ständig darunter zu leiden habe, dazu noch schulisch ständig ausgebremst werde, nie die Leistung zu der man fähig wäre bringen dürfe, könne er dies nicht als gangbaren Weg für seinen Sohn akzeptieren. Des weiteren glaube er, dass ein Kind, das unbelastet in seiner eigenen Geschwindigkeit in einem geschützten Raum lernen könne, ohne Spott und Hänseleien, ohne sich ständig verteidigen oder zurücknehmen zu müssen, wesentlich freundlicher und ohne Groll mit seiner Umwelt Kontakt aufzunehmen bereit sei und sich bestimmt eher zu einem glücklichen Erwachsenen entwickeln würde. Zu Hause lernen hieße ja nicht, sämtliche Kontakte mit der normalen Welt aufzugeben, nein ihm wäre schon klar, dass er die Verantwortung hätte, seinen Sohn weiterhin auch mit Gleichaltrigen zusammenzubringen. Doch auch hier sähe er eher die Möglichkeit dies nachmittags zum Beispiel durch Teilnahme an Sport- und Interessensgruppen zu erreichen. Zudem sähe er gerade im Bekanntenkreis, dass sich die erwachsenen Hochbegabten auch eher mit Gleichgesinnten zusammenschlössen, oft zwar nur einen kleinen, aber adäquaten Bekanntenkreis hätten und durch ihre Berufswahl meist auch mit den intellektuell Begabteren zusammenarbeiteten, so sähe er sich eher in seiner Meinung bestätigt. Vor allem aber, Lukas wäre im Moment total unglücklich, hätte zur Zeit massive soziale Probleme und Lernblockaden, die Schulen hätten bisher nicht helfen können. Seine Frau und er wollten nun nicht warten, bis Lukas psychisch so krank sei, dass er dann ärztlich attestiert unbeschulbar wäre. Sie hätten es jetzt fünf Schuljahre lang in insgesamt vier unterschiedlichen Klassenzusammensetzungen an drei verschiedenen Schulen probiert, sein Zustand hätte sich seit seinem Schuleintritt stetig verschlechtert, sei dies nicht Beweis genug, dass zumindest ihr Kind an diesem System scheitern würde, wenn sie es noch länger darin beließen?

Doch der Dezernent beharrte auf seiner Meinung. Ihr Fall wäre wirklich sehr traurig, aber in Deutschland gäbe es nun mal die allgemeine Schulpflicht, aus der nur unbeschulbare Kinder herausfielen. Er könne sich durchaus vorstellen, dass, wenn ein Arzt Lukas, auf Grund psychischer Beschwerden für längere Zeit schulunfähig schriebe, er dann einige Zeit, auch für ein Jahr, wegen Krankheit Fernschulunterricht bekommen könnte. Aber auch in diesem Fall nur als Ausnahme, vorübergehend, immer mit dem Ziel ihn wieder in das normale Schulsystem einzugliedern. Das, was sie sich jedoch vorstellten wäre ein Antrag gegen geltendes Recht, er könne darüber nicht entscheiden, soweit reiche seine Zuständigkeit nicht.

Er gab ihnen die Telefonnummer seines Vorgesetzten in Düsseldorf, betonte aber nochmals, besser wäre es aus seiner Sicht, wenn sie ihr Kind, vielleicht auch mit psychologischer Unterstützung, weiter in eine normale Schule schickten, er würde sich dann gerne mit ihnen und dem zuständigen Rektor zusammensetzen und Einzelfallentscheidungen für Lukas erwirken.

„Womit wir dann zumindest weiterhin ein soziales Problem hätten", flüsterte Roland ihr zu, und sagte laut in die Hörermuschel: „Nein, wir wenden uns auf jeden Fall jetzt erst an Ihren Vorgesetzten."

Gut, dann sollten sie dies tun, kam die Antwort, doch er würde ihren Antrag weiterhin nicht befürworten und dies auch den zuständigen Herren in Düsseldorf mitteilen.

Der Ansprechpartner in Düsseldorf war allerdings an diesem Tag nicht mehr erreichbar. Seine Mitarbeiterin, der sie ihre Bitte vortrugen, versprach aber ihn über ihr Anliegen zu informieren. „Bitte rufen Sie morgen noch einmal an, ich bin noch nicht lange hier beschäftigt und kann Ihnen leider nicht weiterhelfen."

Nach mehreren vergeblichen Versuchen den zuständigen Dezernenten zu erreichen, rief seine Mitarbeiterin sie schließlich ein paar Tage später zurück. „Sie müssen einen schriftlichen Antrag stellen", erklärte sie ihnen, „mein Vorgesetzter hat mich gebeten, Ihnen dies mitzuteilen."

Einfach so, ohne ein vorheriges persönliches Gespräch mit einem Entscheidungsträger, dem sie die Gründe für ihren Antrag darlegen konnten? Roland war skeptisch, ob so etwas denn wohl Erfolg versprechend wäre.

Das könne sie natürlich nicht beurteilen, bedauerte die Mitarbeiterin, schließlich müsse gegen geltendes Recht entschieden werden. Und ob dann nicht ganz viele andere Eltern, deren Kinder irgendwelche Probleme in der Schule hätten, auch Anträge stellen würden, müsse auch bedacht werden.

„Also wir nicht, damit auch kein anderer die Möglichkeit hat", flüsterte Roland ihr zu und sagte laut zu der Mitarbeiterin: „Wenn es denn möglich ist, möchte ich den Dezernenten doch gerne selbst sprechen. Zumindest möchte ich von ihm wissen, ob wir in dem Antrag eine schriftliche Stellungnahme abgeben sollen mit Schilderung des Werdegangs unseres Sohnes oder ob wir vor der Entscheidung doch noch mündlich angehört werden."

Mehr als seine Mitarbeiterin ihnen schon mitgeteilt habe, könne er auch nicht sagen, erklärte dieser, als Roland dann doch durchgestellt wurde. Es wäre völlig ausreichend einen kurzen, formlosen Antrag zu stellen, er würde sich dann schon mit dem zuständigen Schuldezernenten, den einzelnen Schulen und den entsprechenden Schulaufsichtsbehörden in Verbindung setzen um notwendige Details zu erfragen.

„Und unsere Darstellung des Falles benötigen Sie dazu nicht?", fragte Roland ungläubig. „Uns wäre es doch sehr lieb, wenn wir in einem persönlichen Gespräch mit den zuständigen Entscheidungsträgern auch unsere Sicht und warum wir die Durchsetzung dieses Antrags für sinnvoll halten, darstellen könnten."

„Wissen Sie eigentlich für wie viele tausend Schüler wir zuständig sind und wie viel Anträge und Anfragen wir täglich erhalten?", der Dezernent reagierte jetzt ungehalten. „Da haben wir wirklich nicht die Zeit uns mit allen Eltern persönlich zu unterhalten, dafür sind schließlich die zuständigen Schuldezernenten der Bezirksämter da."

Aber der hätte sie extra an ihn verwiesen, da er solche Dinge nicht entscheiden dürfe, versuchte Roland zu erklären.

Das wäre auch richtig, trotzdem müssten sie einen schriftlichen Antrag stellen. Dann würden die ihm eingangs genannten Stellen angeschrieben und nach Erhalt aller Berichte entschieden, ihr Kommen sei überflüssig. Sie dürften jedoch sicher sein, dass der Antrag eingehend geprüft werde.

Und wie lange dies dauern würde, wollte Roland noch wissen.

Das könne er jetzt nun wirklich noch nicht wissen, je nachdem, wie lange die einzelnen Behörden mit der Antwort bräuchten. Danach müsse hier im Amt eine Entscheidungskommission einberufen werden, so einen Fall könne er auch nicht allein entscheiden, also einige Monate würde es sicherlich dauern. So, nun hätte er aber wirklich keine Zeit mehr, er müsse dringend in eine Konferenz.

Entmutigt legte Roland auf. Sie hatte das Gespräch gespannt über die Mithöranlage verfolgt. „Und jetzt?", fragte sie traurig, „glaubst du, es hat Sinn diesen Antrag wirklich zu stellen? Ohne all die Hintergrundinformationen die unabdingbar sind, um unsere Sicht der Notwendigkeit dieses Schrittes erklären zu dürfen?"

„Nein, ich glaube nicht", erwiderte Roland niedergeschlagen. „Sie müssten, wie du selbst gehört hast, gegen geltendes Recht entscheiden. Wir wissen, dass unser, für uns zuständige Schuldezernent unserem Antrag ablehnend gegenübersteht - und nachdem ich diesen Dezernenten jetzt noch gehört habe, glaube ich nicht, dass sie unserem Antrag stattgeben würden."

Die Weihnachtsferien kamen. Mehrmals versuchten sie mit Lukas über seine Situation zu sprechen, doch er wich ihnen aus, erklärte es wäre zur Zeit im Internat annehmbar, erträglich. Er hatte seit vier Wochen einen neuen Freund aus seiner Klasse, mit dem er viel unternahm. Er rief seltener an und klagte nicht mehr so extrem über Heimweh. Der Erzieher, der Roland am Abholtag kurz beiseite genommen hatte, war jedoch eher der Meinung, dies wäre eine Art Notgemeinschaft, da Lukas keine anderen Freunde fände, und sicher nicht von langer Dauer. Seine Verhaltensweisen hätten sich nicht gebessert und auch schulisch ginge es immer mehr bergab.

Roland hatte sich Urlaub genommen und sie verbrachten viel Zeit gemeinsam. Als sie eines Tages ins Kino gingen, überraschte Laura sie damit, dass sie die Überschriften der Kinoplakate laut vorlas. Alle sahen sie erstaunt an.

„Sei wann kannst du denn lesen?", fragte Roland überrascht.

Laura wurde rot, „ach, ich habe mit Ute zusammen gelernt, Schule macht echt Spaß!" Ute war das siebenjährige Nachbarsmädchen, das im Sommer eingeschult worden war. In den letzten Monaten war Laura fast täglich mit ihr zusammen gewesen.

„Und ich dachte, ihr spielt mit euren Barbiepuppen", sagte sie.

Laura nickte, „machen wir doch auch, Mama. Aber wir spielen auch oft Schule, Ute ist die Lehrerin und bringt mir alles bei, was sie gelernt hat, ich kann schon genau so gut lesen wie sie, Ute ist eine tolle Lehrerin, aber schreit nicht so, wie ihre eigene Lehrerin in der Schule."

„Und warum hast du uns nie davon erzählt?", fragte Roland.

„Äh, Ute hat gesagt, das wäre unser großes Geheimnis. Ihre Mutter hat einmal mitbekommen, wie Ute mir das Schreiben beigebracht hat und fürchterlich geschimpft, ich wäre noch zu klein, und ich käme erst nächstes Jahr in die Schule, dann wäre es früh genug, die schulischen Dinge zu lernen. Wenn sie so etwas noch einmal sehen würde, dürften wir nicht mehr zusammen spielen! Na ja, und da habe ich euch eben auch lieber nichts gesagt."

Roland hob sie hoch, bis ihr Gesicht direkt vor seinem war. „Ja glaubst du denn, wir hätten mit dir geschimpft?"

Sie schüttelte zögernd den Kopf, „aber vielleicht gesagt, ich dürfe nicht weiterlernen und solle warten, bis ich in die Schule komme. Ich habe gehört, wie Mama zu Frau Spiller gesagt hat, dass sie schon darauf achte, mit mir keine schulischen Arbeiten zu machen, damit ich mich dann später in der Schule nicht langweile. Aber es macht solchen Spaß und ist gar nicht langweilig."

Über ihren Kopf hinweg sahen sie sich an. Noch so ein Kind! Sie hatten es zwar schon vermutet, aber trotzdem bisher weit von sich geschoben, war Laura doch glücklich und zufrieden.

„Wenn es dir Spaß macht, Tochter", sagte Roland lächelnd, „darfst du natürlich all das lernen was du möchtest, wir haben bestimmt nichts dagegen. Wir finden es sogar toll, Mama und ich, dass du ganz alleine, nur mit Utes Hilfe lesen gelernt hast. Gleich zu Hause musst du uns mal eine Schreibprobe geben. Und rechnen kannst du auch schon?"

Glücklich, dass ihre Eltern nicht schimpften, sondern sie sogar lobten, begann Laura weitere Einzelheiten zu erzählen.

Sonntag, am Tag der Abreise brach Lukas zusammen. Weinend erklärte er, nicht mehr ins Internat zurück zu wollen. Gemeinsam versuchten Roland und sie ihm gut zuzureden. Sie gaben ihm aber auch zu verstehen, dass sie sich seit zweieinhalb Wochen bemühten mit ihm über seine Probleme zu sprechen und ihn immer wieder ermuntert hätten, sich ihnen zu öffnen. Lukas schüttelte nur beharrlich den Kopf und wiederholte ständig: „Ich gehe nicht mehr dorthin."

Als Roland hart blieb und ihm vorwarf, er hätte sich diesen Entschluss eher überlegen müssen, seine Koffer und sein Bettzeug zum Auto brachte, schloss Lukas sich im innenliegenden Badezimmer ein und weigerte sich vehement herauszukommen. Weder Bitten noch Drohungen brachten Erfolg. Schließlich mussten sie aufgeben. Roland rief den Erzieher an und erklärte ihm die Sachlage.

Am nächsten Tag, Roland war zur Arbeit gegangen, Felix in der Schule, Laura im Kindergarten setzte sie sich mit Lukas zusammen. Immer noch war er voll Trotz und Abwehr. Ruhig erinnerte sie ihn daran, dass es seine eigene Entscheidung gewesen sei, ins Internat zu gehen.

„Sicher kannst du jetzt sagen, diese Entscheidung war falsch, ich möchte wieder zurück. Dann bitte aber so rechtzeitig, dass wir die Möglichkeit haben, eine andere Schule hier für dich zu suchen. Natürlich triffst du die Entscheidungen, wie dein Leben weiter verlaufen soll. Und, wie Papa dir schon einmal gesagt hat, egal wie du dich entscheidest, welchen Weg du einschlagen möchtest, wir werden dir auf jeden Fall helfen, ihn zu gehen. Willst du hier wieder eine Schule besuchen, werden wir dir dies ermöglichen, willst du weiter im Internat bleiben, ziehen wir mit Sicherheit bald in deine Nähe, auf Dauer dich so weit weg zu haben, ist für uns alle nicht tragbar. Aber jetzt zu trotzen und am Tag der Abreise zu sagen, ich gehe nicht mehr zurück, vorher aber jedes Gespräch über deine Situation abzulehnen, so geht es nicht. Außerdem, jetzt vier Wochen vor dem Halbjahreszeugnis kannst du wahrscheinlich sowieso nicht wechseln. Auch musst du uns wenigstens die Möglichkeit geben eine gewisse Anzahl von Schulen anzusprechen und die für dich bestmögliche auszuwählen."

Jetzt war Lukas schon wieder hin- und hergerissen. Die Schule im Internat war ein relativ sicherer Ort, zwar gab es dort auch den üblichen Frontalunterricht ohne Individualisierung, aber es gab keine Häme und keinen Spott, keine Ausgrenzung. Wenn es hier wieder so schlimm würde, wie an seinem alten Gymnasium? Lange erwogen sie gemeinsam für und wieder, kamen aber zu keinem Entschluss.

„Weißt du was?", sagte sie endlich, es war schon Mittagszeit. „So aus dem Internat wegbleiben, wie du es vorhattest, ist meiner Meinung nach kein Ausweg. Zurück, zumindest bis zum Zeugnis musst du auf jeden Fall. Prüfe in den zwölf Tagen, bis du wieder nach Hause kommst ganz genau die Vor- und Nachteile der Schule und des Internatslebens. Geh mit offenen Augen umher und bilde dir eine Meinung. Erst dann kannst du entscheiden, was du wirklich möchtest. In der Zwischenzeit können Papa und ich uns ganz unverbindlich bei den einzelnen Schulen hier erkundigen, was für dich machbar ist."

Lukas nickte zustimmend, zwar nicht sonderlich glücklich, aber ihren Vorschlag als gangbaren Weg akzeptierend.

Doch am frühen Nachmittag bekam er hohes Fieber, der konsultierte Kinderarzt konnte jedoch keinen Infekt feststellen. Nachdem sie ihm ansatzweise Lukas Geschichte erzählte, tippte er auf eine Art Nervenfieber durch die extreme psychische Belastung und schrieb Lukas für die gesamte Woche krank. „Es ist besser, er kuriert sich erst vernünftig zu Hause aus und findet zu sich selbst", erklärte er ihr, „sonst können Sie ihn zwei Tage später wieder dort abholen."

Als sie Lukas dann am nächsten Sonntagnachmittag gemeinsam ins Internat brachten, bat der Erzieher sie um ein Gespräch. Da Roland in dieser Woche schon zweimal mit ihm telefoniert und alles wesentliche besprochen hatte und er auch ihre Bitte an Lukas sich in Ruhe zu entscheiden kannte, folgten sie ihm etwas verwundert in seinen Raum.

„Die Klassenlehrerin von Lukas hat mich am Freitag informiert, dass er dreimal die Note mangelhaft auf dem Zeugnis bekommen wird, in Biologie, Geschichte und Mathematik. Auf der Zeugniskonferenz haben alle ihn unterrichtenden Lehrer eindeutig erklärt, es läge mit Sicherheit nicht daran, dass die Anforderungen für ihn zu hoch seien, alle sind der Meinung, er könne viel mehr, wäre eher immer noch unterfordert. Deshalb wird er auch nicht zurückgestuft, sondern verbleibt in dieser Klasse."

Als er ihre ungläubigen Blicke sah, musste er schmunzeln. „Unsere Lehrer wissen über Hochbegabung und Underachievment Bescheid, sie besuchen, wenn möglich, alle Fortbildungskurse, um dies eindeutig erkennen zu können. Nur, Lukas Lehrer sind trotzdem hilflos, wissen nicht, wie sie ihm noch helfen sollen. Alles was sie ihm anbieten, lehnt er ab, weder Lob noch Bestrafung wirkt. Deshalb bat mich seine Klassenlehrerin noch einmal mit Ihnen zu sprechen, es muss dringend etwas geschehen, sonst wird Ihr Sohn trotz seiner großen Begabung sitzen bleiben. Doch auch das würde ihn nicht wachrütteln, eher seine Probleme noch schlimmer machen. Wenn wir es nicht schaffen, ihn jetzt langsam zu motivieren, endet er bald als kompletter Schulversager."

Traurig sah sie ihn an, nickte. „Ich weiß", sagte sie, „aber auch wir wissen nicht weiter. Für mich sieht es so aus, als habe er den Sinn von Schule und Lernen, teilweise sogar den Sinn des Lebens verloren. Bevor er den nicht wiedergefunden hat, irgendwie, wird jegliche Hilfe umsonst sein."

Auf der Rückfahrt saßen sie lange schweigend da, jeder durchdachte das Problem still für sich. Roland durchbrach das Schweigen endlich: „Siehst du noch eine Möglichkeit?"

Sie schüttelte den Kopf und seufzte. Wieder blieb es eine Weile still.

„Lass uns noch eine Nacht darüber schlafen", bat sie dann, „ich glaube wir sehen beide nur noch einen, den gleichen Weg. Aber wir sollten uns ganz sicher sein, wir müssen jetzt endlich die richtige Lösung finden."

Am nächsten Abend brachte es Roland auf den Punkt: „Ich weiß, dass es etliche hochbegabte Kinder gibt, die funktionieren, die es im normalen Schulsystem schaffen. Es ist müßig, darüber zu diskutieren, weshalb Lukas nicht dazu gehört. Sicher haben auch wir viele Fehler gemacht und vielleicht liegt es auch mit an bestimmten Charakterzügen von Lukas. Tatsache ist, wir haben alles nur mögliche versucht, doch keiner konnte ihm helfen, im Gegenteil, erst als er eingeschult wurde, begannen die Probleme und sind seither von Jahr zu Jahr schlimmer geworden. Er ist auf dem besten Weg zu scheitern, ist von dem offiziellen Schulsystem fast völlig kaputt gemacht worden. Willst du aufgeben, es so weiterlaufen lassen, warten bis auch er in der Psychiatrie landet?"
Sie schüttelte energisch den Kopf: „Es gibt noch einen Weg. Aber lass uns abwarten, wie Lukas sich entscheidet. Will er im Internat doch noch einmal einen neuen Anfang wagen, lassen wir ihm zwei, drei Monate Zeit und sehen, ob sich etwas ändert. Will er jetzt aufgeben, nehmen wir ihn sofort aus der Schule heraus und behalten ihn zu Hause."
„Sehe ich genau so", bestätigte Roland. „Also sind wir uns einig. Wenn uns keiner helfen kann, müssen wir uns eben selbst helfen und gehen dann gemeinsam den schweren Weg."

Als Roland Lukas freitags abholte, hatte der seine gesamten Sachen eingepackt. Er könne nicht mehr, erklärte er und würde auch nicht für einen einzigen Tag nochmals hierhin zurückkehren, egal, was das für Konsequenzen nach sich ziehen würde.

Durch Vermittlung guter Freunde erhielten sie für Anfang der nächsten Woche einen Termin bei einem Kinderpsychologen, der nach langem, eingehenden Gespräch Lukas wegen emotionalen Störungen und Depression, einhergehend mit massiven Lernblockaden für einen Monat krank schrieb und eine therapeutische Behandlung aufnahm.

Ein erneuter IQ-Test ermittelte eine Höchstbegabung im verbalen und mathematisch-logischen Bereich, zeigte aber gleichzeitig deutlich auf, dass Lukas keinerlei Lern- und Arbeitstechniken erlernt hatte, er in diesen Testbereichen sogar gegenüber dem alten Test, ein halbes Jahr nach Schuleintritt, wesentlich zurückgefallen war. Das würde erklären, warum ihr Sohn in der Schule nicht zurechtkäme, meinte der Psychologe. Lukas wäre nicht in der Lage ihn langweilende Aufgaben schnell zu erledigen, da er die erforderlichen Techniken gar nicht beherrsche. Und da er stofflich in allen Fächern weiter unterfordert sei, der Anspruch der Schule ihm auch in höheren Klassen nie gerecht werden würde, müsse Lukas deshalb dringend daran arbeiten, sich notwendige Arbeitstechniken anzueignen. Zudem sonst zusätzlich auch noch die Gefahr bestünde, später im Erwachsenenleben ebenfalls an Routineaufgaben zu scheitern. Viel wichtiger wäre jedoch, dass Lukas seinen Platz in dieser Welt finden müsse. Er hätte zur Zeit keine Zukunftsperspektiven, sähe sämtliche Bereiche des Lebens aus einer negativen Sicht und hätte daher im Moment auch keinerlei Motivation.

Da sich Lukas Zustand nur langsam besserte und die Gefahr bestand, dass er in einer öffentlichen Schule sehr schnell wieder in die alten Verhaltensmuster zurückfallen würde, verlängerte der Psychologe die Krankschreibung auf das gesamte zweite Schulhalbjahr.

Die ersten Monate mit Lukas zu Hause waren sehr schwer. Anfänglich verweigerte er jede Form von Unterricht. Er hätte sich entschieden, später als Erwachsener Hausmann zu werden, daher interessiere ihn Schule nicht mehr, erklärte er. Seine Frau würde arbeiten gehen und er sich um

Haushalt und Kinder kümmern, sie, seine Mutter, wäre schließlich damit auch zufrieden.

Den gesamten ersten Monat verbrachte er damit, ihr morgens bei der Hausarbeit zu helfen. Abends diskutierten sie endlos über den Sinn des Lebens.

Der Umgang mit ihm gestaltete sich schwierig, einerseits war er sehr anhänglich und verschmust, andererseits reichte schon die leiseste Kritik um ihn zu der Überzeugung zu bringen, selbst seine Eltern liebten ihn nicht. Mal war er aufbrausend, dann wieder beleidigt, er hinterfragte sämtliche Anordnungen, kritisierte ständig jeden in seiner Umgebung, um schon im nächsten Moment wieder in tiefste Selbstzweifel zu fallen, mal war er herausfordernd, ja großkotzig, dann wieder kleinlaut und schüchtern - seine Stimmungslagen konnten blitzschnell von einem Extrem ins andere umschlagen.

Im zweiten Monat gelang es ihnen endlich, ihn wieder zum Lernen zu animieren. Doch Lukas war nicht in der Lage Unterrichtsstoff aufzunehmen, selbst das bereits Erlernte konnte er nicht mehr umsetzen.

Zum Glück fanden sie sehr schnell einen engagierten Nachhilfelehrer, der begeistert mit Lukas arbeitete und ihn schon nach kurzer Zeit mit dieser Begeisterung ansteckte. Wenn dieser dann mit ihm arbeitete, war Lukas wieder hellwach, konzentriert und motiviert. Sollte er allerdings allein Vokabeln lernen oder Grammatikregeln pauken, saß er immer noch stundenlang vor seinen Büchern, ohne viel in seinen Kopf hinein zu bringen. So verabredete sie mit dem Lehrer Lukas regelmäßig zu überprüfen, ihm einen festen Zeitrahmen zu setzen, den er einhalten musste und ihn ständig zu kontrollieren.

Ganz, ganz langsam begann er diese Hilfen anzunehmen, für sich umzusetzen, er wurde allmählich selbständiger. Jetzt erwachte endgültig sein Wille den Klassenabschluss zu erreichen. Acht Wochen vor den Sommerferien setzte er sich hin und begann ernsthaft zu lernen, aber weiterhin musste sie den Zeitrahmen vorgeben und aufpassen, dass er über längere Zeit konzentriert arbeitete. Auch sein Nachhilfelehrer half, indem er ihm den Stoff in stark komprimierter Form vermittelte. Und Lukas schaffte es, die siebte Klasse pünktlich zu beenden.

Zu anderen Kindern nahm er in dieser Zeit nur zögernd Kontakt auf. Er spielte gern und viel mit Felix, so oft wie möglich mit Robin und ab und zu auch mit den Nachbarskindern. Doch noch lange Zeit konnte er nicht einmal von seinem Bruder Spottworte oder verbale Angriffe ertragen, teilweise reagierte er, selbst nach mehreren Monaten psychologischer

Behandlung, besonders bei fremden Kindern immer noch übertrieben gekränkt oder gleich zornig aufbrausend auf Ärgereien. Sein neu entstandenes Selbstbewusstsein stand noch auf sehr wackeligen Füßen. Um Lukas Fortschritte nicht gleich wieder zu gefährden hatten Roland und sie in der Zwischenzeit einen Antrag auf Fernbeschulung für ein Jahr gestellt und baten darin gleichzeitig auch um eine Ausnahmegenehmigung für Felix. Laura wollten sie versuchsweise gleich in die zweite Klasse einschulen lassen, da diese, jetzt wo sie der Zustimmung ihrer Eltern sicher war, auch zu Hause gern und schnell lernte.

Kurz vor den Sommerferien wurde der Antrag auf Fernbeschulung ohne eine Anhörung ihrerseits, abgewiesen. Sie wussten, dass ihnen nun ein Bußgeldbescheid und bei weiterer Fernhaltung ihrer Kinder vom öffentlichen Schulbesuch ein Gerichtsverfahren drohte. Trotzdem wollten sie anfangs diesen Weg gehen.

„Es muss doch in einem Rechtsstaat wie Deutschland möglich sein, dass der Richter, wenn er die Vorgeschichte der Kinder erfährt und wir belegen, dass wir mehr zu fördern bereit sind als die öffentlichen Schulen zur Zeit leisten können und dazu auch noch die soziale Eingliederung im Freizeitbereich weiterverfolgen, in diesem speziellen Fall für uns entscheidet", meinte Roland.

Doch mit Ämtern erfahrene Freunde warnten sie eindringlich vor diesem Schritt. Auch wenn Richter in Baden-Württemberg schon in Einzelfällen gegen die Schulbehörden entschieden hätten, dürften sie nicht vergessen, sie beide stellten sich gegen geltendes Recht und die Chancen zu gewinnen seien gering. Es würde wahrscheinlich einen langen Kampf geben, in den sie alle Kräfte stecken müssten, der auch nicht spurlos an den Kindern vorbeiginge. Im schlimmsten Fall könnte es mit einer Gefängnisstrafe für Roland enden und die Kinder müssten dann trotzdem in das öffentliche Schulsystem zurück. Wollten sie das wirklich riskieren?

Als sie dann auch noch erfuhren, dass Laura doch in die erste Klasse eingeschult und erst dann vorversetzt würde, wenn die Lehrer eindeutig von ihrem Kenntnisstand überzeugt wären, obwohl auch hier mittlerweile ein Testergebnis eindeutig Hochbegabung bewies, wurden sie unsicher. Was sollten sie bloß tun?

Ein halbes Jahr ist inzwischen vergangen. Lukas, Felix und Laura lernen nun alle drei über die Fernschule. Sie sind nach den großen Ferien mit ihrer Mutter zu Verwandten nach England gezogen. Mittlerweile, vor einem Monat, ist auch Roland endgültig nachgekommen, nachdem er durch Vermittlung dort Arbeit gefunden hat.

Lukas hat wieder Ehrgeiz entwickelt, lernt leicht und ohne Mühe in seinem eigenen Tempo. Er hat fast das neunte Schuljahr beendet. Langsam öffnet er sich jetzt auch wieder mehr der Außenwelt, entwickelt neue Interessen. Über das Gegenstück der DGhK in England, Gifted Children, hat er neue Freunde gefunden, die ihn regelmäßig besuchen und mit denen er seine Freizeit gestaltet. Zusätzlich hat er sich einem Astronomieclub und einem Schachverein angeschlossen und geht regelmäßig schwimmen.

Felix stürmt weiter vorwärts, braucht allerdings einen festen Rahmen und lange Übungsphasen in Bereichen, in denen er sich bis jetzt mehr oder weniger durchgemogelt hat. Tägliches Vorlesen und häufig Aufsätze und Diktate schreiben gehören für ihn zur Schule dazu.

Laura lernt zur Zeit den Stoff des zweiten Schuljahres. Da auch sie keine längeren Übungsphasen braucht, bekommen Felix und sie zusammen erweiterten Englischunterricht, um die Landessprache schneller zu beherrschen. Gleichzeitig steht für alle drei Kinder regelmäßig Allgemeinbildung auf dem Plan, wovon selbst Lukas noch profitiert.

Auch die beiden Kleineren haben schnell neue Freunde gefunden, sind nur traurig, dass die Oma nicht mitgekommen ist.

Roland und sie haben sich mit den Umständen abgefunden. Wenn sie sehen, wie zufrieden und glücklich die Kinder sind, bereuen sie die getroffene Entscheidung nicht, doch Zorn und Bitterkeit sind noch nicht verschwunden.

Anmerkungen

Schulpflicht

In Deutschland besteht die allgemeine Schulpflicht, d. h. jedes Kind muss mit Erreichen des schulpflichtigen Alters in eine öffentliche Schule oder private Ersatzschule (muss staatlich anerkannt sein) eingeschult werden. Ausnahmen (z. B. bei schwerer Krankheit) gibt es nur selten und nach eingehender Prüfung, meist vorübergehend.

Wer seine Kinder trotzdem der Schulpflicht entzieht und zu Hause behält, begeht eine Ordnungswidrigkeit. Neben einer zwangsweisen Zuführung der Schulpflichtigen zur Schule bei längerer, unentschuldigter Abwesenheit und schriftlicher Abmahnung, können auch Bußgelder verhängt werden.

Schulische Situation Hochbegabter

Es gibt nur einige wenige Schulen, die spezielle Klassen für Hochbegabte anbieten. Dies sind (soweit mir bekannt): die Christopherus-Schulen in Braunschweig, Königswinter und Rostock (öffentlich anerkannte Schulen in ev. Trägerschaft), allerdings existieren hier zum Teil schon lange Wartelisten, - ein Gymnasium in München mit speziellen Förderklassen, - die Privatschule Talenta in Eringerfeld, eine reine Hochbegabtenschule, staatlich anerkannt, aber privat zu finanzieren (evtl. mit Antrag, wenn schon psych. Beeinträchtigungen vorliegen, staatl. Unterstützung). In den neuen Bundesländern gibt es verstärktes Bestreben neben schon bestehenden Schulen mit besonderer Profilbildung, Begabtenförderung zu vertiefen.

An den meisten staatlichen Schulen und auch den meisten konfessionellen Schulen wird nach den normalen staatlichen Unterrichtsvorgaben gearbeitet, gemeinsam mit allen Schülern. Da hebt sich eine Schule schon als ′′hochbegabten-freundlich′′ heraus, wenn sie z. B. Schülern in der siebten Klasse ermöglicht gleich zwei neue Fremdsprachen auf einmal zu lernen.

In vielen Bundesländern gibt es in den zuständigen Bezirksregierungen spezielle Dezernenten für die Hochbegabtenproblematik an den Schulen. Eltern können sich dorthin wenden, wenn sie an der Schule ihrer Kinder keine Hilfen erhalten oder die Fronten dort bereits zu verhärtet sind, um allein eine Lösung zu finden.

Des weiteren wird versucht Schulen zu gewinnen, die im normalen Unterrichtsgeschehen auch Möglichkeiten für hochbegabte Kinder bieten wollen, und Lehrer zum Thema Hochbegabung weiterzubilden.

Fernschulen
Fernschulen gibt es sowohl für den Grundschulbereich als auch für die weiterführenden Schulformen, staatlich anerkannt und gefördert. Allerdings dürfen dort nur Kinder, die mit ihren Eltern im Ausland leben, beschult werden.

Homeschooling
Bei meinen Recherchen zu diesem Buch bin ich auf zwei größere Gruppen gestoßen, die sich aus unterschiedlichen Gründen gegen die Schulpflicht und für eine Bildungspflicht einsetzen. Zum einen Eltern, die nach amerikanischem Vorbild ihre Kinder zu Hause selbst unterrichten, zum anderen Eltern, die eine (nicht anerkannte) Schule gegründet haben, um ähnlich einer Fernschule die Kinder zu beschulen, deren Eltern es nicht möglich ist, den Unterricht vollständig allein zu gestalten. - Doch für all diese Eltern gilt: was sie machen ist ungesetzlich. Einige haben vor Gericht eine Niederschlagung des von ihnen geforderten Bußgeldes und eine staatliche Duldung des Homeschoolings erreicht, doch ich weiß von keinem Fall, in dem es eine echte Ausnahmegenehmigung gegeben hätte. Und - wie so ein Gerichtsverfahren ausgeht hängt immer von den Umständen und vom einzelnen Richter ab.

(Stand 2001 bei Erstveröffentlichung im ATE Verlag)